La música de los huesos

L A T R A M A

La música de los huesos

Nagore Suárez

Papel certificado por el Forest Stewardship Council®

Primera edición: septiembre de 2020

© 2020, Nagore Suárez
© 2020, Penguin Random House Grupo Editorial, S. A. U.
Travessera de Gràcia, 47-49. 08021 Barcelona

Printed in Spain – Impreso en España

ISBN: 978-84-666-6840-8
Depósito legal: B-8.106-2020

Compuesto en Llibresimes, S. L.

Impreso en Rodesa
Villatuerta (Navarra)

BS 6 8 4 0 8

Penguin
Random House
Grupo Editorial

Para mi madre. Por leer todos mis cuentos

y escuchar todas mis historias.

Por enseñarme que leer es viajar

Some things you'll do for money and some
you'll do for fun
But the things you do for love
Are gonna come back to you one by one.

«Love Love Love.» THE MOUNTAIN GOATS

Prólogo

Nunca pensó que se pudiera tener tanto miedo. Que su mundo pudiese desmoronarse en cuestión de segundos. Que pudiera sentirse tan ajena a su cuerpo, como si contemplara la escena desde fuera. Desearía estar en cualquier otro lugar del mundo. Pero estaba allí, en el jardín. Contemplando cómo todo ardía frente a sus ojos, cómo se desvanecían los últimos capítulos de su vida igual que la luz de aquel día dejaba paso a la oscuridad. Le hubiera gustado ser capaz de analizar la situación, pero tenía tierra en la boca, en los ojos, no podía concentrarse. Tenía miedo. Un miedo que la consumía, ¿qué ocurriría después?, ¿qué sería de ella? Apenas tenía respuestas. Sentía las piernas débiles, el cuerpo caliente como si sufriera una extraña fiebre. Quería huir, salir corriendo de allí y no volver la vista atrás.

Abandonarlo todo, correr hasta que no pudiera más, hasta que se desmayara. Y, sin embargo, permanecía anclada al suelo del jardín.

No dejaba de pensar en lo que había pasado, las escenas de los últimos días se repetían una tras otra en su cabeza. Buscaba una explicación coherente para lo ocurrido, el punto exacto en el que se había desatado la locura. Hacía un rato que se había quedado sola junto al fuego y, sin embargo, era incapaz de saber cuánto tiempo llevaba allí sentada.

Escuchó música a lo lejos, el tocadiscos estaba encendido. Una canción en inglés flotaba en el aire. No la reconoció. Pero en aquel momento le pareció una melodía siniestra. Se quedó allí mirando la hoguera absorta, sola. Se preguntó una y otra vez qué podría haber hecho para que todo fuera diferente, si hubiera podido cambiar algo. Se odiaba. Se odiaba por no haber visto lo evidente, por haberse dejado engañar, por haber sido tan ingenua. Acarició el collar que llevaba en el cuello, sentía que ahora le quemaba como si estuviera al rojo vivo. Sólo tocarlo desencadenaba una tormenta en su mente.

—Se está haciendo de noche —dijo una voz a su espalda.

—No quiero irme todavía... —susurró ella.

—No puedes quedarte aquí.

—Déjame —respondió mientras se abrazaba las rodillas.

—Como quieras.

No se dio la vuelta para ver cómo se iba, escuchó sus pasos alejándose hacia la casa y se quedó mirando el fuego mucho tiempo más, hasta que las llamas casi se hubieron consumido. Ya era de noche y empezaba a hacer frío, pero no le importó. Lo único que escuchaba era el sonido lejano del tocadiscos y el ruido de los grillos, de vez en cuando una racha de viento que movía las copas de los árboles y le llenaba el pelo de cenizas. Le escocían los ojos y le picaba la garganta. Pero aun así no quería levantarse, no quería averiguar lo que vendría después. Quiso seguir allí un rato más. No se sentía con fuerzas para vivir, para entrar en la casa, para afrontar la realidad.

Contempló el cielo: la luna todavía estaba casi llena e iluminaba la casa, que parecía un monstruo agazapado en la oscuridad. Se estremeció al pensar en la noche anterior, en aquella luna llena. Cerró los ojos con fuerza y se esforzó en no recordar. Quería olvidarlo todo para siempre.

Pero sabía que eso iba a ser imposible.

1

Madrid

Siempre se me ha dado fatal hacer maletas. Me hubiera gustado ser una de esas personas que una semana antes de irse de viaje hacen listas con lo imprescindible, y lo dejan todo preparado con antelación. Pero mi estilo es más vaciar el armario en la maleta en el último momento hasta hacerla rebosar.

Y cómo no, aquel día no fue una excepción. Las evidencias se acumulaban por la casa: bolsas llenas de zapatos, *tote bags* cargadas de libros y hasta un abrigo doblado sobre la mesa del salón. Aunque las probabilidades de necesitar un abrigo en julio en Madrid son casi nulas, en el norte algunas noches de verano son más frescas que muchas de noviembre en el centro.

Tuve que saltar por encima de una bolsa para entrar en la cocina. Mi piso era microscópico, un zulo de treinta metros en el corazón de la ciudad, en el barrio de La Latina. Pero era *mi* zulo, y le había cogido cariño después de tres años viviendo en él. Me había costado mucho conseguirlo: días enteros buceando en páginas de alquileres y muchas visitas a apartamentos inhabitables. Pasé horas llorándole a mi casera para que me bajara un poco el precio porque no había reformado el piso, al menos, en los últimos treinta años.

Pero al final había merecido la pena. Era un lujo poder vivir sola en el centro. Los alquileres estaban por las nubes y muchos de mis amigos tenían que compartir piso con auténticos desconocidos. En cambio, yo vivía únicamente con Dalí, mi *border collie*, aunque a veces parecía más que viviera en una fraternidad americana. Como ese día, que se había pasado la mañana comiendo hierba en el parque, y yo llevaba un buen rato fregando vómitos por toda la casa.

Guardé la fregona en el armario de la cocina y me asomé por la ventana. Para mi sorpresa iba a echar de menos Madrid: el bullicio de las calles, las tiendas abiertas veinticuatro horas, los baretos llenos de modernos y los locales *cool* donde los *instagramers* se hacían todo tipo de fotos. Desde allí podía ver la plaza de la Cebada con su mercado y ríos de gente pasando por la calle. Por un momento dudé. Pensé que quizá me había precipitado, que no podría sobrevivir a todo un verano en el pueblo, que no debería haber dejado el trabajo. Pero respiré hondo tres veces y me sentí mejor: la decisión estaba tomada y ya no podía echarme atrás.

Habían pasado ya diez años desde mi llegada a Madrid, y, aunque al principio el caos de la ciudad me había parecido una locura —por no hablar de las veces que me había perdido en el metro—, le había cogido cariño a su ritmo y a la vida acelerada de los madrileños. Vine con mi madre cuando recibió una oferta de trabajo en el hospital de La Paz. Vendimos nuestro apartamento en Pamplona, donde habíamos vivido hasta entonces, y nos instalamos cerca de plaza Castilla. Viví con ella hasta que, al graduarme, encontré mi primer trabajo y decidí independizarme y buscar algo más céntrico. Al fin y al cabo, a pesar de estar más lejos, tampoco me iba a echar mucho de menos. Mi madre pasaba casi todo su tiempo en el hospital y cuando al fin tenía vacaciones le faltaba tiempo para apuntarse a cualquier proyecto humanitario que organizara Médicos Sin Fronteras en algún lugar recóndito del mundo. Apenas hacía unos días que se había ido a la India, a una aldea en medio del Himalaya, cerca de Nepal. Hablábamos por

Skype bastante a menudo, y parecía feliz cubierta por su chubasquero y con el pelo empapado con una mezcla de sudor y agua del monzón. La verdad es que su determinación para cambiar el mundo me parecía admirable. Para mí, lograr cambiar mi vida ya era suficiente reto. O por lo menos intentarlo. Por eso, un par de semanas atrás había tomado la decisión de dejar mi trabajo. Llevaba mucho tiempo dándole vueltas, pero creo que lo que me hizo decidirme finalmente fue la muerte de Arun.

En los bajos de mi calle se acumulaban toda clase de locales: peluquerías donde te hacían la manicura permanente, bares de mala muerte, tiendas de disfraces... y la frutería de Arun. Desde que me mudé me fui acostumbrando a comprar toda la fruta y la verdura en su tienda. Los supermercados me quedaban más lejos y su frutería estaba en el local contiguo a mi portal. Porque si hay algo que me define es la pereza. Al principio no hablábamos mucho, lo normal en una transacción de compra y venta de tomates o melocotones. Pero, como yo bajaba casi todos los días a la tienda, porque soy incapaz de hacer la compra para toda una semana, pronto empezamos a tener más confianza. Arun era indio, del Rajastán, en concreto de un pueblo del desierto llamado Jaisalmer. Allí solía regentar una tienda de alfombras y telas para los turistas, pero hacía más de diez años que había venido con su familia a España siguiendo a uno de sus hermanos. Sin embargo, no había perdido ese sentido de la hospitalidad que caracteriza a su país, y cuando me veía entrar, después de asesorarme para que me llevara los mejores aguacates, me ofrecía un vasito de té con leche, azúcar y jengibre. El mejor que he probado en mi vida. Lo intenté replicar un par de veces en mi casa siguiendo su receta, pero después de cargarme un cazo al que le tenía bastante cariño en uno de los intentos, decidí que el resultado no merecía tanto sacrificio.

En el tiempo que llevaba abierta la frutería, Arun se había ganado a todo el barrio: a las señoras que no tenían nada mejor que hacer que ir al médico y pasar la mañana comprando, a los jóvenes que querían comprar frutas y verduras de proximidad... ¡Si hasta había sustituido las bolsas de plástico por otras de tela siguiendo mi consejo de ecomarketing! Había recibido un par de quejas, pero el resto de los vecinos estábamos encantados. Además, Arun tenía una paciencia inusual. Aguantaba con una sonrisa estoica conversaciones eternas sobre pesticidas, o las peroratas de los abuelos desencantados con la vida. La verdad es que se hacía querer.

Dos semanas atrás, un martes cualquiera, gracias al horario de verano de mi agencia salí de trabajar a las tres. Pasé todo el trayecto en metro pensando en bajar a la frutería a comprarme sandía para merendar y, de paso, tomarme un té con Arun. Según él, el té caliente era el mejor remedio para el calor. Cuando llegué, me sorprendió encontrarme la puerta cerrada. No había ningún cartel en el que pusiera algo del tipo «cerrado por defunción», como en las películas. Sin embargo, enseguida supe que algo iba mal. Cuando Arun no podía abrir la frutería se encargaba alguno de sus hijos, o su mujer, pero nunca cerraba, ni siquiera los domingos. Me quedé un rato contemplando la puerta, esperando a que alguien abriera. A los diez minutos me rendí y entré en mi portal.

Subí a casa extrañada, pero no tardé mucho en enterarme de lo que había pasado. En el rellano del segundo me encontré a una de mis vecinas, Pili, una viuda que por algún motivo —probablemente porque era una cotilla— estaba siempre merodeando por el edificio. Como el bloque no tenía ascensor, todos estábamos condenados a cruzarnos con ella en algún momento del día. Apenas me vio, se lanzó sobre mí como un perro de presa, con los ojos castaños brillando de emoción:

—Niña, ¿ya te has enterado de lo del frutero?

Tuve la sensación de que llevaba un rato esperando a que pasara alguien a quien soltarle la exclusiva.

—No, ¿qué ha pasado? He visto que la tienda estaba cerrada. —Me apoyé en la barandilla de la escalera y me preparé para la charla informativa. Normalmente me ponía los cascos o le decía que iba con prisa, pero aquel día estaba preocupada por Arun.

Pili sonrió complacida, estaba feliz de haber encontrado una víctima.

—Parece que al señor le ha dado un infarto... No veas qué de ambulancias esta mañana, pero nada, que no han podido hacer nada, parece que estaba ya muerto cuando llegaron. Si es que no somos nadie...

Aunque sospechaba que había pasado algo serio, la noticia me dejó en shock. Arun había muerto. Hacía tan sólo un par de días que le había visto y estaba perfectamente. Al segundo me di cuenta de que eso era justo lo que se decía siempre que alguien moría repentinamente: «Pero si ayer nos vimos y estaba normal...».

—¿Le conocías mucho, hija? Yo le compraba poca cosa, porque traía mucha verdura china.

Estuve tentada de responder, pero la noticia me había dejado sin fuerzas para enzarzarme en una conversación eterna con Pili sobre la procedencia de las verduras que consumíamos en general. Así que me despedí de ella, que se quedó en el rellano con su bata de franela azul, porque pasaba de los convencionalismos como vestirse para salir de casa, y subí escaleras arriba hasta el quinto. Trataba de consolarme por el esfuerzo pensando que era bueno para la salud subir cinco pisos todos los días.

La muerte de Arun me afectó mucho, quizá porque era la primera vez que había tenido que lidiar con la pérdida de alguien cercano, alguien a quien veías con regularidad y que de repente te dejaba con la sensación de que se había borrado de tu mundo. Porque la última vez que había visto a Arun, él no se imaginaba que le quedaban cuarenta y ocho horas de vida. Y sin poder evitarlo y quizá de forma egoísta empecé a pensar en mí, en mi vida y en qué estaba haciendo con ella. Y ese fue el momento en que decidí que iba a dejar mi trabajo.

Tenía veinticinco años y llevaba tres trabajando en una agencia de comunicación. No era un mal trabajo, me encargaba de hacer planes de comunicación para diferentes clientes, escribir notas de prensa, contactar con revistas, periódicos y otros medios y supervisar calendarios de redes sociales. De vez en cuando, hasta me invitaban a algún evento interesante. Sin embargo, mi verdadera vocación siempre había sido el periodismo puro. Era lo que había estudiado en la universidad, aunque al terminar la carrera había empezado a hacer prácticas en la agencia y me había acomodado. Pero, después de tres años, había rechazado un ascenso y de la noche a la mañana había decidido dejarla para dedicarme al periodismo de investigación. Me había peleado con mi madre, que estuvo a punto de desheredarme por dejar un trabajo fijo y razonablemente bien pagado, y me había propuesto relajarme y buscar temas para escribir mis primeros artículos como *freelance*.

Y como los cambios radicales nunca vienen solos, me pareció perfecto pasar los siguientes meses en la casa indiana que mi abuela tenía en un pueblo de la Ribera Navarra. Y de paso, me iba a un festival de música. Porque ¿quién dijo que el trabajo está reñido con el ocio? En el pueblo se iba a celebrar un festival con cartel internacional y yo, que era bastante fan de cualquier evento en el que pudieras beber cerveza y escuchar música, no me lo iba a perder. No se me ocurría un momento mejor para regresar al pueblo después de diez años. La verdad es que no me costó tanto decir en la oficina que lo dejaba, ni desató tanto drama como me esperaba. No es un secreto que nadie es imprescindible en una multinacional. Mi jefa sufrió un pequeño episodio de pánico que le duró unas dos horas, el tiempo que tardó en darse cuenta de que podía contratar a un becario que hiciera lo mismo que yo por menos dinero. Después, me dijo que entendía mi decisión, no sin antes recordarme lo precaria que era la situación laboral de los jóvenes y la suerte que tenía de tener un contrato indefinido. Y en el fondo yo sabía que tenía razón, pero también sabía que, si no me atrevía a dejarlo con veinticinco años, no lo iba a hacer con más de treinta. Era el momento.

El verdadero drama fue despedirme de mis compañeras. En una agencia se comparten muchas horas al día, y se acaban creando vínculos bastante fuertes. En mi caso había conectado bastante bien con Alicia y Sara, así que me despedí de ellas tomando muchas copas en Madklyng, un bar de música indie rock de Malasaña, en la calle San Andrés. Uno de los pocos sitios donde la música estaba a un volumen que permitía mantener una conversación. Un pub decorado con espejos y máquinas antiguas de *pinball*. El mismo pub donde había conocido a mi exnovio años atrás. Saúl. Me parecía que había pasado una eternidad desde que nos habíamos dejado, al acabar la carrera, cuando él se fue a Australia. Pero Sara se encargó de recordármelo aquella noche:

—¿Aquí no conociste a tu ex cuando estabas en la uni? —me preguntó mientras se tomaba el tercer gin-tonic apoyada en la barra.

—¿El capullo de Australia? —apostilló Alicia, que se estaba peinando el flequillo pelirrojo contemplándose en el espejo de la pared.

—El mismo —dije yo mientras me terminaba la copa de un trago—. ¿Sabéis? Creo que deberíamos pedir unos chupitos de tequila.

Y ese fue mi último recuerdo nítido de la noche. Hablar de Saúl siempre me llevaba a tomar malas decisiones. Intentaba no acordarme de él, aunque a veces entraba en su Instagram para cotillear su vida de surfero en Australia. Veterinario de koalas. Si es que el tío era un capullo de manual...

Después de aquella noche tuve que enfrentarme a mi último día en la agencia. Además de a una buena resaca. Tuve un día tranquilo hasta que salí por la puerta. Ahí fue cuando me di cuenta de que a partir de ese momento tenía todo el tiempo del mundo para hacer lo que quería. Y sentí una sensación de vértigo terrible en el estómago. Porque uno se pasa la vida diciendo que quiere hacer cosas pero que «no tiene tiempo» y cuando se te acaban las excusas, es cuando empiezas a sentir pánico.

Así que, dos días después, allí estaba. Terminando de organizarlo todo para el viaje. Había hablado con mi abuela y había quedado con ella en que iría a San Sebastián a visitarla y, de paso, recoger las llaves de la casa del pueblo. Mi madre y yo solíamos ir varias veces al año a verla, y siempre le hacía mucha ilusión. Eso sí, todas las tardes nos dejaba en casa y se iba al bar con sus amigas a tomar chocolate con churros y jugar a la brisca. Porque las costumbres son las costumbres, y que tengas familia de visita en casa no tiene por qué alterarlas.

Eché un último vistazo por el piso, lo tenía prácticamente todo listo. También había aceptado el hecho de que mis pobres cactus se iban a morir. Me había planteado dejarle la llave de la casa a Pili, para que me los regara, pero no me merecía la pena sacrificar mi intimidad. Me la imaginaba abriendo todos los cajones y cotilleando los armarios de la cocina. Así que había improvisado un sistema de riego con una botella de plástico —lo había visto en un vídeo de YouTube—, tenía mis dudas sobre los resultados. Lo más probable es que me tocara comprar nuevos cactus en septiembre. Me planteé llevarme algo de comida a la casa del pueblo, pero la verdad era que no tenía demasiado que llevarme: un par de briks de leche de soja, media caja de cereales, un aguacate que tenía pinta de estar podrido... Decidí que lo mejor sería hacer la compra al llegar. Si no recordaba mal, había un par de tiendecitas donde podría abastecerme.

Tuve que hacer varios viajes para bajar todo el equipaje al coche. Me alegré de ir a *crossfit* un par de veces por semana, porque, si no, subir y bajar cinco pisos cargada de bolsas me hubiera matado. Después de meter todo en el coche, me quedé un momento en la entrada, sin atreverme a bajar. Siempre que me iba a ir de viaje tenía la sensación de que me olvidaba de algo. Pero nunca sabía el qué. Me miré por última vez al espejo del pasillo antes de salir del piso: tenía el pelo castaño bastante mono teniendo en cuenta que hacía un calor terrible y que llevaba media hora subiendo y bajando escaleras. No conseguía recordar si me olvidaba algo en concreto, así que no tenía sentido demorarlo más, tenía que irme. Bajé hasta el coche, coloqué a Dalí en el asiento de atrás y puse rumbo a Donosti. Según el navegador, me esperaban unas cinco horas de viaje y unos cuantos peajes. Quizá si hubiera sabido todo lo que iba a vivir en las siguientes semanas, me hubiera quedado en Madrid. Pero, para qué engañarnos, conociéndome, probablemente no.

2

Hacia el norte

Un buen viaje por carretera necesita una buena banda sonora. En mi caso, no puedo aguantar cinco horas al volante sin escuchar nada más que el ruido del coche, me aburro como una ostra. Así que, para amenizar el camino hasta San Sebastián, me había preparado una lista de Spotify con mis temas preferidos para viajar. Uno de los grupos que no podían faltar en mi *playlist* de viajes era la Creedence Clearwater Revival. Nunca pasa de moda, además es muy motivador y alegre. Mientras cantaba a pleno pulmón *Have you ever seen the rain?*, tenía la sensación de estar en un *road trip* por la Ruta 66 y no en Burgos. Otro imprescindible en mi lista —y que me recordaba a mi infancia—

era La Oreja de Van Gogh. Me volvía loca berreando *Puedes contar conmigo* como si estuviera haciendo una audición para *La Voz*.

Según me iba alejando de Madrid, el termómetro del coche iba perdiendo grados, y a la altura de Aranda de Duero el calor ya no era tan asfixiante, aunque el cielo aún estaba despejado y el sol brillaba con ganas. La predicción del tiempo decía que en Donosti me esperaban un cielo plomizo y unos veinticinco grados de máxima. Al parecer, un año más, allí no se habían enterado de que era verano. Aunque una de las cosas que más me gustan del norte son las noches frescas. En el pueblo incluso podía salir a pasear con una chaqueta por la tarde y dormir debajo de la manta en pleno agosto. Todo lo contrario que en Madrid. Porque además de no tener ascensor, mi piso tampoco tenía aire acondicionado y dormir podía convertirse en una pesadilla. Había noches que tenía la sensación de que iba a fusionarme con la cama. Podía sentir cómo el calor subía del suelo, no corría una brizna de aire y daba igual que abriera todas las ventanas o pusiera dos ventiladores, era imposible que la casa se refrescara mínimamente. A veces, echaba de menos Pamplona, pero, sobre todo, echaba de menos el pueblo.

La verdad es que estaba un poco nerviosa por volver.

No paraba de pensar en los buenos ratos que había pasado allí, en todos los recuerdos y las noches en la casa de mi abuela. Porque casi todos los recuerdos tenían un elemento común, algo que estaba siempre presente cuando mi mente volvía a aquellos años: la casa, mi casa. Mi infancia parecía girar alrededor de aquella imponente mansión. Si cerraba los ojos, podía evocar el olor a humedad de su interior, aunque los enormes ventanales estuvieran abiertos durante todo el día. Recordaba que de pequeña solía decirle a mi abuela que la casa olía igual que la iglesia, tenía el mismo olor a viejo. Ella me respondía que eso era porque era muy antigua y, como todas las casas antiguas, tenía una historia.

En los siglos XIX y XX era bastante común que muchos jóvenes emigraran a América con la intención de hacer fortuna y escapar de la pobreza. Muchos no encontraban allí más que la misma miseria que habían conocido en España; sin embargo, los había que tenían éxito y volvían al país entre honores. Se les conocía coloquialmente como «indianos». Uno de estos afortunados fue José Arizmendi, que supongo que vendría a ser algo así como mi trastatarabuelo. José se fue del pueblo cansado de trabajar en el campo, en busca de un futuro mejor. Y sorprendentemente lo consiguió. En México amasó una gran suma de dinero gracias al negocio textil y años después regresó a la tierra patria del brazo de una mexicana. En 1890 decidió construir una casa, y no una casa cualquiera. Igual que muchos de los indianos que regresaban, construyó un edificio ostentoso que denotaba su posición económica. Para llevarlo a cabo contrató a los mejores arquitectos, y por si a alguien le quedaban dudas acerca de la procedencia de su fortuna, mandó plantar palmeras en el jardín como recuerdo de su aventura en las exóticas y lejanas Indias.

José Arizmendi empezó a ser conocido en el pueblo como el Mexicano y, en consecuencia, la mansión blanca pasó a ser llamada la Casa del Mexicano. Y aunque lo normal hubiese sido que la gente se hubiera olvidado de la historia con los años, aún seguían llamándola así. Según me había contado mi abuela, que había heredado la casa de su madre, Arizmendi no debía de ser especialmente querido en el pueblo; al parecer, se convirtió en un nuevo rico presuntuoso y de carácter difícil. Otros indianos invertían en causas benéficas o sociales a su regreso a España, pero José prefirió dilapidar su fortuna en asuntos menos humanitarios.

Era bastante común encontrar casas indianas en Asturias, Cantabria, País Vasco..., pero hasta donde yo sabía, la nuestra era la única de la Ribera Navarra. Habíamos recibido en numerosas ocasiones ofertas de compra: compañías hoteleras, millonarios extranjeros... sin embargo, mi abuela se negaba a deshacerse de ella, pertenecía a su familia y había pasado de generación en generación. Así que, aunque hiciera años que no la pisábamos, se encargaba de que siempre estuviera en perfecto estado.

Si tuviera que elegir un momento de todos los que me venían a la cabeza cuando pensaba en la casa, me quedaría con la noche en la que le hice creer a un niño que yo era, ni más ni menos, que mexicana. Lo único que sabía yo de México entonces —debía de tener unos diez años— era lo que había visto en las novelas que veía en la tele mi abuela todas las tardes. El chico era de Bilbao, tendría unos ocho años, y había venido a pasar unos días a casa de su tía. Todas las noches de verano los niños del pueblo, sin importar la edad, jugábamos en la plaza a polis y cacos, al escondite, al mapa... Las noches eran largas y la imaginación, infinita. No obstante, yo sabía que lo que realmente estaban deseando todos era que fuéramos a mi casa. Por algún motivo que desconozco, las mansiones y las casas antiguas ejercen una extraña fascinación sobre los niños, y todos querían que les invitara a jugar en el enorme jardín o a explorar los sótanos y habitaciones. Siempre parecía que quedaban nuevas estancias por descubrir, nuevos rincones y fotografías en blanco y negro que aparecían dentro de cajas olvidadas en el desván. Aunque sin lugar a dudas, el lugar favorito de todos era el torreón. La casa indiana tenía, en uno de los laterales, una torre de tres pisos rematada con una aguja que parecía interminable. Allí pasábamos las horas. A veces contando historias de miedo, otras simplemente comiendo regalices y mirando las luces del pueblo desde una de las ventanas del último piso.

El niño de Bilbao —cuyo nombre no recordaba— había escuchado durante toda la noche nuestras historias sobre la casa, la torre y las habitaciones que no se acababan nunca, y estaba fascinado.

—Mi abuela dice que en la Casa del Mexicano había fantasmas, porque la casa ya estaba ahí cuando ella era pequeña... —le contó Abel, uno de los niños más mayores y uno de mis mejores amigos.

La abuela de Abel siempre había sido una mujer extremadamente supersticiosa. Según me contó la mía, hasta se santiguaba cuando pasaba cerca de alguno de los jornaleros negros que iban a la recogida del espárrago. Después de la muerte de su marido, perdió la cabeza completamente y comenzó a ver espíritus y demonios en todas las esquinas. Sin embargo, eso no fue lo que llamó la atención del niño nuevo que, como todos nosotros, había crecido viendo *Scooby Doo* y no le tenía mucho respeto a los fantasmas.

—¿La Casa del Mexicano? —preguntó con los ojos como platos.

Y yo, que ya desde pequeña he tenido muy poca vergüenza y demasiada imaginación, aproveché la oportunidad. En lugar de explicarle la verdadera historia de por qué la gente del pueblo llamaba así a la casa, le hice creer durante toda la noche que acababa de venir de México. Me inventé que allí trabajaba en un rancho de caballos, porque eso era lo que hacían los protagonistas de todas las telenovelas que había visto. Y sí, me pasé la noche entera hablando como si acabara de salir de la serie *Pasión de gavilanes*. Conté todo tipo de historias sobre cómo iba al colegio con poncho y sombrero y, por supuesto, Abel y el resto de mis amigos apoyaron mi versión.

Había conservado intactos algunos recuerdos similares de aquellos veranos en el pueblo. Tampoco me había olvidado de la caja de grandes hallazgos que Abel, Paloma y yo guardábamos celosamente en un cajón de la cómoda de mi habitación. Cartas antiguas, sellos, horquillas, pesetas... En ella reuníamos las mejores piezas que encontrábamos explorando la casa.

Por aquel entonces éramos inseparables; con el tiempo,

había perdido el contacto con Abel, aunque le seguía en las redes sociales. Y, si era verdad lo que colgaba, parecía que le iba muy bien. Su familia tenía una bodega muy importante a las afueras del pueblo y ahora él se encargaba de llevar las relaciones públicas y el marketing. Le veía en los selfies que colgaba junto a los viñedos, con el pelo castaño claro algo más largo, pero con la misma sonrisa de siempre.

En el caso de Paloma fue distinto, con ella siempre había tenido mucha más relación, había venido a visitarme más de una vez a Madrid y la verdad es que hablábamos bastante por teléfono y por WhatsApp. Desde que le había contado mis planes, no paraba de mandarme mensajes preguntándome cuándo llegaba. Estaba como loca.

Habíamos compartido muchas tardes los tres juntos, casi hasta cumplir los quince, cuando yo dejé de ir; habíamos jugado infinitas partidas de *Crash* y *Guitar Hero* en la Play Station 2 que me regalaron por la comunión; habíamos bebido Malibú con zumo de piña a escondidas en las fiestas del pueblo y habíamos explorado las casas abandonadas de pastores en el monte cuando paseábamos al perro de Abel, Uva. Una mezcla enorme de gran danés con san bernardo. Por suerte para nosotros, era muy bueno y paseaba tranquilamente moviendo sus casi cien kilos sin sobresaltos. Eso sí, si se ponía de pie sobre las patas traseras, nos sacaba más de una cabeza. Cuando teníamos unos diez años Uva murió. Abel se pasó doce horas seguidas llorando, y Paloma y yo, para animarle, le organizamos al perro un funeral digno.

Como los padres de Abel no estaban muy por la labor de organizar entierros perrunos, decidimos enterrarle cerca de la fuente de mi jardín. Con ayuda de mi abuela, que no nos decía que no a nada, cavamos un hoyo —enorme, por cierto, porque Uva era casi como un poni de grande— y dijimos unas palabras. Recogimos un montón de flores y nos vestimos de negro. Le dimos las gracias a Uva por ser el mejor perro del mundo y por no matar conejos como el perro de Javi, el hijo del carnicero. Abel siguió triste unos días, pero decía que le gustaba saber que podía visitar la tumba de Uva cuando quisiera. Sugerimos ponerle una cruz de madera, pero mi abuela dijo que no nos pasáramos, que una cosa era enterrar al perro y otra poner cruces al lado de los geranios.

Pero no sólo incordiábamos a mi abuela, también volvíamos loca a la madre de Paloma. Su familia tenía un bar en el centro del pueblo, cerca de la plaza. Después de mi casa, ese era el sitio donde más tiempo pasábamos. Comíamos tantos regalices rojos que los acabé odiando. Por suerte, la madre de Paloma tenía una paciencia infinita. Había sido muy amiga de mi madre cuando de joven pasaba los veranos allí con mis abuelos. Hasta que empezó la carrera de Medicina y dejó de ir. Entonces me di cuenta de que había seguido sus mismos pasos. Mi abuela solía ir a pasar los veranos conmigo, pero cuando mi madre y yo nos mudamos a Madrid, yo hice nuevos amigos, después empecé la universidad, conocí a Saúl, decidí que me lo pasaba mejor en la ciudad y desaparecí. Con el tiempo perdí el contacto con mis amigos, menos con Paloma, y mi abuela estaba demasiado cómoda en su piso de San Sebastián, con sus partidas de cartas diarias y sus churros.

Me pregunté cómo habrían sido los años de juventud de mi madre en el pueblo. Seguro que tenía muchas historias interesantes de aquella época. Quizá hasta había tenido tiempo para algún amor secreto. Por ejemplo, Damián, el carnicero, que tenía pinta de haber sido guapo de joven.

La madre de Paloma a veces nos contaba algunas anécdotas de cuando las dos eran niñas. Sonreí al recordar lo mucho que se parecía Paloma a ella. Físicamente eran dos gotas de agua: las dos tenían el mismo color de pelo, rubio casi albino, y los ojos azules. Pero además compartían una personalidad alocada y magnética. Tenía muchas ganas de volver a su bar y, quién sabe, quizá hasta de volver a comer regalices rojos.

El sonido del manos libres del coche me sacó de mis ensoñaciones sobre los veranos de mi infancia. Miré la pantalla, era mi abuela.

—¿Abuela? ¿Me oyes? —pregunté mientras subía el volumen.

Al otro lado de la línea se oían sonidos extraños, parecía una psicofonía.

—¿Hija? ¿Anne? Se me había caído el móvil —respondió por fin.

No me sorprendía especialmente, mi abuela dominaba a la perfección todos los canales de televisión y el teléfono fijo de su casa, pero los *smartphones* no eran lo suyo.

—Hola, abuela. ¿Qué tal estás?

—Bien, aunque me pillas un poco liada. Tengo partida ahora.

Supuse que iría al bar del casco viejo donde quedaba todas las tardes con sus amigas para jugar a la brisca.

—Abuela, me has llamado tú.

—Ah, bueno, sí, *maitia*. Pues para saber dónde andas, que voy a hacer bacalao para cenar y no sé si llegas... Porque ya te dije que Mercurio estaba retrógrado y que era mejor no viajar.

Mi abuela y mi amiga Paloma tenían una cosa en común: las dos eran firmes seguidoras de la astrología. Al principio yo era bastante escéptica, pero la verdad era que mi abuela, con sus rarezas, solía tener razón en muchas de sus predicciones. Paloma, por otro lado, era bastante más mística, le encantaba regalarme cristales y llevaba la baraja de tarot siempre encima.

—Sí, llegaré a cenar. No me queda mucho ya, en una hora y media estoy allí. Acuérdate de que voy con Dalí.

—Bien, cuando llegues me avisas y voy a casa.

—No te preocupes. ¿Has localizado las llaves de la casa del pueblo?

En realidad, en la casa había gente de mantenimiento, porque estaban arreglando la fuente del jardín, pero había usado la excusa de las llaves para ir a ver a mi abuela. Sabía que le hacía ilusión.

—Que sí, hija. Las tengo a mano. Espero que no te den mucha guerra los del jardín, pero yo creo que en dos días han acabado. Ya les he dicho que luego me dejen todo bien... pero, bueno, he llamado a Rogelio, el jardinero, para que esté atento. ¿Te acuerdas de él? El hermano de la Rosa la de...

—Vale —la interrumpí antes de que me contara la vida de Rogelio, su hermana y toda su familia—. Tranquila, que no me van a molestar. Te llamo cuando esté llegando. Un beso, abuela.

—*Agur*, hija... Ten cuidado en la carretera —se despidió.

Colgué y volví a concentrarme en mi lista de Spotify. Dejé atrás un cartel azul que indicaba que me quedaban 135 kilómetros para llegar a Donostia/San Sebastián, 135 kilómetros para la primera parada del viaje, para empezar definitivamente mi nueva vida. Subí el volumen a tope y me aclaré la garganta para destrozar a voces *Still loving you*, de los Scorpions.

3

Plage

Recuerdo un día en que Paloma me pasó un test para saber a qué ciudad tenía que viajar según mi horóscopo —o algo así— y no me sorprendí nada cuando el resultado fue San Sebastián: la ciudad de la luz.

Da igual en qué estación llegues a Donosti, que llueva o que haga sol, la ciudad tiene siempre una luz que parece mágica. Aquel día la aplicación del tiempo de mi móvil había acertado: hacía una temperatura fresca y el cielo estaba nublado. Aun así, las playas de La Concha y La Zurriola estaban llenas de gente leyendo, paseando e incluso bañándose. Los vascos no se andan con tonterías.

El piso de mi abuela estaba cerca del Kursaal, el palacio

de congresos y auditorio de la ciudad. Ella y mi abuelo, Antonio, lo habían comprado cuando se casaron, a finales de los años cincuenta. No tenía muchos recuerdos de mi abuelo, había muerto cuando yo tenía sólo cinco años. Pero sabía que los dos se habían conocido en San Sebastián y que habían vivido ahí siempre. Bueno, para ser exactos, mi abuela pasó los seis primeros años de su vida en la casa del pueblo. Después, sus padres se mudaron a San Sebastián y allí había vivido desde entonces. En Donosti conoció a mi abuelo, que era de Getaria, un pueblo cercano, y que trabajaba en la industria, en una fábrica de neumáticos. Un hombre sencillo y humilde. Mi abuela venía de buena familia —la clase de familia que se pasa de generación en generación una casa de catorce habitaciones—, pero era muy cabezona, así que con veinte años se estaba casando con Antonio en la iglesia de Getaria. Cuando tenía veintidós, nació mi madre. Años más tarde, ella acabó en Pamplona estudiando Medicina en la Universidad de Navarra y años después, bueno, nací yo.

Había avisado a mi abuela de que estaba llegando antes de entrar a la ciudad, pero cuando llamé al telefonillo no contestó nadie. Estaba segura de que se había entretenido en la partida de cartas. Diez minutos después la vi doblar la esquina, con sus pasos cortos y apresurados. Dalí ladró de emoción.

—¡Abuela! —la saludé haciendo un gesto con la mano.

—¡Anne, hija! Perdóname, que se me ha hecho un poco tarde... —se disculpó apurada.

Cuando llegó al portal se puso de puntillas para darme un abrazo. Yo no soy ni mucho menos alta, un metro sesenta y cinco raspado, pero mi abuela es diminuta. Cuando la vi de cerca me fijé en que se había teñido las puntas del pelo, que normalmente llevaba blanco y muy corto, de color rosa. Evité hacer comentarios al respecto. Estaba acostumbrada a sus cambios de look. Unos meses atrás había ido a hacerse la manicura a un sitio nuevo y había acabado con uñas postizas extralargas y con purpurina, al más puro estilo Rosalía. No tenía desperdicio. Me ayudó a subir las cosas hasta el ascensor mientras me contaba que su amiga Marisa y ella habían ganado la partida esa tarde. A pesar de que yo estaba bastante cansada, me gustaba oírla hablar, era una de esas personas optimistas por naturaleza y con incontinencia verbal.

La casa olía como sólo huelen las comidas que preparan las abuelas, y cuando me asomé a la cocina vi una cazuela de barro llena de bacalao al pilpil y una tarta de queso en la encimera que no tenía nada que envidiarle a la del famoso restaurante La Viña..

—¿Has hablado con tu madre? —La voz de mi abuela

me llegó desde la cocina. Yo estaba en la habitación colocando mis cosas.

—Sí, hablé con ella hace un par de días. Está bien —respondí en un tono elevado para que me escuchara desde la otra punta de la casa. Tenía la costumbre de hablar a gritos en vez de acercarse a donde estuviera yo.

—¿Dónde dices que estaba? Y ven a cenar, que ya he calentado el bacalao.

Paré de sacar cosas de la maleta y crucé el pasillo hasta el cuarto de estar. Dalí se había convertido en la sombra de mi abuela desde que habíamos llegado. Sabía de sobra que si quería comida, le interesaba estar con ella.

—Eres un chaquetero.... —le reñí mientras le rascaba las orejas.

No pareció importarle mucho.

La cena fue prácticamente un monólogo de mi abuela, yo no era capaz de seguirle el ritmo; a veces asentía, a veces contestaba a las preguntas que me hacía. Después de comerme dos trozos de tarta de queso y sentarme en el sofá, empezaba a sentir que se me cerraban los ojos. Pero mi abuela no se rendía fácilmente, era un ave nocturna aficionada a cualquier programa que echaran de madrugada. Estaba acostumbrada a trasnochar y parecía tener energía para toda la noche.

—¿Me vas a mandar fotos por WhatsApp cuando llegues a la casa? Estoy preocupada, a ver cómo me dejan el jardín —preguntó mientras se sentaba en el sofá conmigo.

—Sí. Te las mando en cuanto llegue.

Desde que tenía la aplicación estaba entusiasmada. Aunque todavía no lo controlaba demasiado, pero seguro que alguna de sus amigas la ayudaba a abrir las fotos.

—Saluda a todo el mundo de mi parte, y dale el pésame a la Puri, la de la panadería de la plaza, que se ha muerto su marido, Juan.

—Abuela... no sé quién es Puri.

—¿Cómo no lo vas a saber? Una mujer que estaba casada con uno de Logroño, que le llamaban Juan el Riojano.

—Ah, sí —asentí.

En realidad no tenía ni idea, pero sabía que no iba a parar hasta que le dijera que sabía quién era. Considerémoslo una mentira piadosa.

—Y tu madre... en Pakistán. Parece que no puede quedarse nunca tranquila, tiene que estar siempre ayudando a todo el mundo.

—Está en la India. Pero ya la conoces, vive para el trabajo.

—Quién me lo iba a decir cuando estaba en el instituto, si hasta repitió un curso. Y luego de repente llegó de un verano y ¡hala! a Medicina. No veas qué contento se puso tu abuelo, *maitia*.

Mi madre no había sido una de esas personas con vocación temprana por la medicina, ni por estudiar. De hecho se había llevado bastantes broncas de mis abuelos. Por lo visto era bastante dispersa. En eso había salido a ella.

—¿Y tú, hija, qué tal has llevado lo de dejar el trabajo?

—De momento, bien. No me ha dado tiempo a echarlo de menos, a ver qué tal en el pueblo. Tengo ganas de volver a la casa y de ver a Paloma.

—Oye, Anne —se había puesto seria de repente—, cuando la casa sea tuya, prométeme que no la vas a vender para que hagan un hotel, o te desheredo.

Pensé que la casa le debía de traer muchos recuerdos. Más aún que a mí.

—No la voy a vender, abuela. Te lo prometo. Aunque mejor no me digas cuánto cuesta, para evitar tentaciones.

—¡Más dinero del que necesitas! —me respondió riéndose de nuevo.

Un rato después, cuando me metí en la cama, pensé en que no estaría mal tener unos cuantos millones en el banco. Pero definitivamente, si para ello tenía que vender la casa, no merecía la pena.

A la mañana siguiente me despertó Dalí chupándome la mano que tenía fuera de la sábana. Era su forma de decirme que quería comer y salir a la calle. Miré la hora en el móvil: las ocho y media. Nadie dijo que tener perro fuera fácil. Estuve unos veinte minutos remoloneando con el móvil y mirando Instagram hasta que por fin me levanté de la cama. Mi abuela ya estaba en la cocina, me pregunté si alguna vez dormía más de cinco horas. El piso olía a café. Era antiguo, de los que tienen techos altos y ventanas enormes, y por las mañanas entraba una luz increíble. Me asomé por el balcón y vi que hacía un día estupendo y soleado. Perfecto para ir a la playa. Desayuné pastel de queso con mi abuela, que ya estaba vestida, peinada y maquillada, y bajé a pasear a Dalí. En La Zurriola ya había gente instalada, y todavía no eran ni las diez de la mañana. Me entretuve un rato andando por el paseo paralelo a la playa, pasé por delante del Kursaal, crucé el puente que pasaba sobre el río y paré en mi frutería favorita. Me encantaba porque vendían zumos frescos para llevar. Los tenían en la calle, en unas barquillas con hielo. Me compré uno y seguí andando en dirección a La Concha.

Si en La Zurriola ya había gente, en La Concha había el doble. También es verdad que era más estrecha. No podía bajar con Dalí a la playa en temporada alta, así que me senté en un banco a terminarme el zumo. Pensé que después lo dejaría en casa y me bajaría a La Zurri a leer un rato y a darme un baño. Me quedé allí sentada, disfrutando del sol, que todavía no quemaba, y pensando en el verano tan maravilloso que tenía por delante. Pero las cosas no siempre salen como una quiere. Y estaba a punto de descubrirlo. El móvil me vibró en el bolsillo, miré la pantalla: llamada entrante de abuela Leonor. Seguro que quería preguntarme por la comida.

—Dime, abuela.

—Anne... Me acaban de llamar los de las obras de la casa, que han llamado a la Policía Foral. Parece que han encontrado unos huesos en el jardín cuando iban a mirar las tuberías de la fuente. —La noté bastante alterada.

Aquello no me lo esperaba. Tardé unos segundos en relacionar lo que me estaba diciendo mi abuela. ¿Unos huesos? ¿En nuestro jardín? La palabra clave para que mi mente hiciera clic fue «fuente». La fuente. De pronto los recuerdos me vinieron a la cabeza: el hoyo, Abel llorando. El entierro de Uva quince años atrás. Probablemente habían encontrado los huesos del perro.

—Tranquila. Voy para casa y me cuentas mejor, pero creo que son los huesos del perro de Abel. Le enterramos al lado de la fuente cuando murió, ¿no te acuerdas de la que montamos con el funeral?

—Ay, hija... Es verdad. —Mi abuela suspiró aliviada al otro lado—. Ya no me acordaba de eso. Vaya susto me he llevado. Pues dicen que han llamado a la policía, yo no sé...

—Bueno, no pasa nada, es que era un perro enorme, y habrán pensado cualquier cosa. Ahora hablamos.

Parecía que iba a tener que aplazar mis planes de playa al menos durante un tiempo. Deshice el camino de vuelta al apartamento bastante más rápido que a la ida. Esperaba poder solucionarlo todo por teléfono, hablando con los obreros. Imaginé que si uno está cavando y se encuentra unos huesos enterrados en un jardín, se lleva un buen susto. Pensé que Paloma se iba a morir de la risa cuando se lo contara. Pobre Uva, con lo que nos había costado organizar el entierro...

Cuando llegué al piso, mi abuela estaba bastante más calmada. Se había puesto a cocinar con la televisión de fondo.

—A ver, cuéntame otra vez qué ha pasado. ¿Los de la obra han llamado a la Foral? —pregunté mientras me sentaba en el comedor.

—Pues parece que sí. Yo les he dicho que vale, que iba a hablar con mi nieta, porque tú ibas a ir para allá. Y luego te he llamado a ti.

—Dame el número del señor de la obra porque estoy segura de que son los huesos del perro. Van a hacer ir a la Foral para nada.

Mi abuela tardó un rato en desbloquear el móvil. Y otro rato en encontrar el número del señor. No quería que la ayudara, pero al final se rindió y me dejó el teléfono.

—¿Sí? —respondió una voz masculina.

—Hola, buenos días, soy Anne Aribe, la nieta de Leonor. ¿Hablo con Gerardo? Me ha dicho que la han llamado antes por un problema durante las obras.

—Ah, sí. Estábamos arreglando la fuente de piedra del jardín, porque tu abuela nos dijo que ibas a venir unos días y no quería que *molestaríamos*, y resulta que cuando estábamos levantando la tierra para llegar a las tuberías de la fuente pues hemos encontrado unos huesos. Y parecían de persona.

Sonreí involuntariamente. Gerardo había empleado mal el tiempo verbal condicional, un error muy común en la zona de Navarra, País Vasco y La Rioja. Desde que vivía en Madrid no había oído a nadie hablar así.

—Creo que se trata de un error, hace muchos años enterramos un perro ahí, y me parece que lo que habéis encontrado son sus huesos. Sentimos mucho no haberos avisado, la verdad es que mi abuela ni se acordaba.

Para ser sincera yo tampoco había caído en que los restos de Uva pudieran aparecer en las obras de la fuente.

—¿Los huesos de un perro? —Gerardo se echó a reír—. Pues ya podía ser un perro grande, Jesús. Menos mal, porque tengo aquí a alguno acojonado. De todas formas, hemos llamado a la Foral. Me han dicho que iban a mandar a alguien. Si no estás muy lejos, acércate y se lo explicamos.

Suspiré. No me iba a quedar más remedio que ir a la casa. Adiós a mi día de playa.

—Está bien, estoy en San Sebastián, así que voy a tardar un rato largo entre que recojo y voy para allá. Si la Foral llega antes, explicádselo vosotros. Llamadme si necesitáis algo.

—Hecho, maja.

Colgué y volví a la habitación a recoger todo —otra vez—. Le pedí las llaves del pueblo a mi abuela, que estaba bastante triste porque mi visita hubiera sido tan breve. Le prometí que volvería a visitarla antes de que se acabara el verano, estábamos a menos de dos horas de distancia del pueblo. Por segundo día consecutivo metí a Dalí y las maletas en el coche. No pude evitar cabrearme mientras dejaba atrás la playa. En San Sebastián no hacía bueno todos los días y yo iba a perderme uno de los mejores del verano para ir a explicarle a la Policía Foral —que, por otro lado, seguro que tenía mejores cosas que hacer—, que los obreros de mi casa les habían llamado porque habían encontrado los huesos de un perro gigante que habíamos enterrado hacía quince años.

Lo que yo no sabía en ese momento era que las sorpresas sólo acababan de empezar.

4

All you need is love

Verano de 1978

Marga se miró una vez más al espejo antes de salir de casa y se peinó por enésima vez el pelo castaño claro, que le llegaba hasta la mitad de la espalda. Estaba bastante nerviosa, era la primera vez que la dejaban quedarse una semana sola. Sus padres se habían ido a Hondarribia de vacaciones y ella les había convencido para quedarse en la casa del pueblo. Lo que no les había contado eran los planes que tenía con su mejor amiga, Carmen. Si hubieran sabido que planeaba ir a un festival de música, nunca la hubieran dejado sin supervisión. Volvió al salón para apagar la radio, estaba sonando uno de sus temas favoritos: *Linda*, de Miguel Bosé. Aunque Carmen siempre decía que era un cursi, a Marga le encantaba, y con sus amigas de San Sebastián no hablaba de otra cosa. Pero Carmen era diferente. A ella no le gustaban Miguel Bosé ni Camilo Sesto. Le gustaban la música americana y el rock y cuando su madre la dejaba a cargo del bar y no había nadie, ponía el tocadiscos, y le hablaba emocionada de sus grupos favoritos. Marga y Carmen se conocían desde pequeñas, se habían visto todos los veranos desde que tenían uso de razón. Al principio jugaban juntas a las muñecas y después bailaban en las verbenas, se escondían para fumar detrás de la iglesia y robaban botellas de licor del bar de la madre de Carmen. A Marga le gustaba estar con ella porque no se preocupaba demasiado por nada, salía con chicos mayores —ellas tenían dieciocho años—, hacía dedo para ir a las fiestas de los pueblos cercanos y se escapaba de casa para ir a manifestaciones. Sus veranos con Carmen siempre acababan desembocando en algún castigo por parte de sus padres, pero, sobre todo, en mucha tristeza cuando volvía a San Sebastián.

Salió de casa y cogió la bici que tenía en la puerta, el centro del pueblo estaba a unos diez minutos andando, por lo que así ahorraba tiempo. Cuando llegó al bar Carmen la saludó desde la puerta, su madre no estaba y ella estaba fumando un cigarro. Todos los hombres que Marga conocía estaban locos por Carmen. Y ella lo entendía perfectamente. Era algo más alta que ella, mediría un metro setenta, y tenía el pelo de un rubio casi blanco tan largo que le llegaba hasta la cintura. Aquel día lo llevaba recogido en una trenza, a excepción del flequillo, siempre rebelde. Llevaba unos pantalones de campana y un polo de manga corta arremangado con el que se le veía el ombligo. Marga le devolvió el saludo y entraron juntas al bar.

Eran las cinco de la tarde de un domingo de agosto y el local estaba prácticamente vacío. Un par de hombres del pueblo echaban una partida de dominó mientras se tomaban un carajillo. El ambiente olía a humo de puro. Marga se sentó en uno de los taburetes acolchados que había frente a la barra y le pidió a Carmen una Coca-Cola.

—Odio los domingos —sentenció Carmen mientras abría la botella de cristal.

—Yo todos los domingos menos este. ¿Vas a venir a dormir conmigo esta noche? —Marga estaba excitada por su semana sin vigilancia.

—Claro, creo que me voy a llevar un bañador... Joder, ¿nos podemos meter por la noche en la piscina?

—Podemos hacer lo que queramos. —Marga se inclinó sobre la barra y bajó el volumen de la voz—. ¿Qué te parece si coges una botella de DYC? Mis padres le han echado la llave al mueble bar desde lo del año pasado...

Los padres de Marga eran muy estrictos y no les gustaba que saliera de fiesta o bebiera alcohol, y mucho menos que fumara. Así que cuando el verano anterior habían descubierto que ella y Carmen habían saqueado el mueble bar del salón, la habían castigado dos semanas y lo habían cerrado con llave. Por otro lado, los padres de Carmen se preocupaban bastante menos por lo que hacía su hija. Su madre había tirado la toalla hacía años y su padre pasaba mucho tiempo fuera de casa con el camión como para tener ganas de discutir con su hija cuando volvía.

—Eso está hecho. Pero no te preocupes, porque un amigo mío de Estella va a traer unas cuantas botellas para el festival —respondió Carmen.

Marga casi se había olvidado de que el festival empezaba en tan sólo un par de días, era la primera vez que se hacía y todo el pueblo estaba revolucionado. Mucha gente estaba indignada porque creían que el festival sólo traería problemas, hippies y suciedad, pero los jóvenes estaban entusiasmados. Se iba a celebrar a las afueras, en el campo. El pueblo estaba cerca de una zona de tierra roja y arcillosa, llena de cristales de sal que se formaban por filtraciones subterráneas. El terreno lo dominaba un monte que parecía salido de Arizona y no de Navarra. Si no fuera por los campos sembrados que se veían a lo lejos, parecería un pequeño desierto. Marga había oído que era muy similar al desierto de las Bardenas Reales, cerca de Tudela, pero en pequeño. Carmen y ella siempre bromeaban con que parecía Marte.

—¿Crees que vendrá mucha gente? —preguntó Marga, que estaba deseando conocer a los amigos de Carmen.

—Los viejos ya se están quejando de que están llegando varias caravanas de hippies, ya sabes. Tiene pinta de que esto se va a llenar de gente.

Bajo el nombre de Festival Internacional de Rock por el Nuevo Milenio se iban a reunir veinticinco grupos de música, nacionales y extranjeros, que tocarían durante más de veinticuatro horas seguidas. Carmen le había contado a Marga que había estado en otro festival, en Cataluña, en el que había cerca de veinte mil personas. Ella sólo había visto tanta gente cuando había ido con su padre a ver jugar a la Real al campo de Atocha. Marga iba a preguntar a Carmen más cosas sobre los hippies cuando la puerta del bar se abrió. Y entonces entró *él*. Marga no conocía a muchos chicos, pero desde luego no conocía a ninguno así. Tampoco es que fuera una mojigata, había ido al cine alguna vez con chicos de su instituto en San Sebastián y hasta había bailado con algún universitario con bigote, pero aquel hombre parecía salido de uno de los grupos de música que tanto le gustaban a Carmen. Era muy alto y tenía el pelo rubio ceniza por encima de los hombros, a juego con la barba cuidadosamente recortada. Llevaba unos pantalones anchos y una camisa estampada que tenía muy pocos botones. Cuando se acercó a la barra, las cadenas de oro que llevaba en el cuello tintinearon al chocar entre ellas.

—Buenas tardes, ¿me pones una cerveza? —saludó mientras se sentaba en el taburete contiguo al de Marga. A pesar de que tenía muy buena pronunciación, las chicas enseguida se dieron cuenta de que no era español.

Marga estaba nerviosa y tenía la mirada fija en su vaso de Coca-Cola, sin atreverse a mirar demasiado al desconocido.

—Vienes para el festival, ¿verdad? —preguntó Carmen mientras le ponía una caña. Ella estaba acostumbrada a hablar con todo el mundo en la barra del bar.

El extranjero asintió sonriente.

—He venido para pasar unos días. Pero todavía no hay mucha gente, ¿vosotras *estáis yendo* al festival también?

—Pero ¿y tú de dónde eres? Tienes un acento de guiri... —contestó Carmen entre carcajadas.

Marga estaba apurada, ¿y si al guiri le molestaba que

Carmen se riera de él? No quería que se fuera del bar, era con diferencia el hombre más guapo que había visto.

Pero a él no pareció molestarle la pregunta, le devolvió a Carmen una sonrisa que reveló unos dientes perfectos.

—Me llamo Anthony. Soy de *United States*... pero llevo aquí muchos años, mi madre era española.

—Yo soy Carmen y esta es Marga —dijo Carmen señalando a su amiga, que todavía no había abierto la boca.

—Encantado, Marga. —Anthony le tendió la mano.

—Nosotras también vamos al festival —comentó ella mientras le estrechaba la mano. No sabía ni por qué lo había dicho. Estaba al borde del desmayo. Echó un vistazo a la barra y vio que Carmen la miraba con burla, se había dado cuenta de que estaba muy nerviosa.

—Entonces deberíamos vernos allí, estoy seguro de que lo vamos a pasar muy bien.

Anthony se dirigió directamente a Marga, sonriendo de forma encantadora.

—Eso seguro —respondió Carmen—. Y ¿qué ha traído a Navarra a un americano como tú?

—Estoy viajando por toda la península. He vivido por algunos años en Madrid, y ahora quiero conocer bien toda la tierra de mi madre. Así que estoy recorriendo el país... con lo justo. Disfrutando de la naturaleza, del momento.

Hago reuniones con algunos amigos y hablamos de todo, de las energías que nos mueven, fumamos un poco de hierba... Vosotras deberíais venir alguna vez —sugirió mientras bebía un trago de cerveza—. Parecéis chicas interesadas por lo que pasa en el mundo.

Marga no sabía por qué, pero escuchando a Anthony le parecía que su mundo era muy pequeño. Ella apenas había salido del País Vasco y Navarra, ni siquiera había ido nunca a los sanfermines.

—Nos interesa muchísimo todo lo que pasa en el mundo. Seguro que tus amigos son gente interesante, deberías organizar una de esas reuniones en el festival. —A Carmen parecía entusiasmarle la idea.

—Claro, mis amigos van a venir mañana. Yo voy a dormir estos días en mi coche.

—¿Vas a dormir en el coche? —preguntó Carmen extrañada.

—Sí, no he encontrado mucho alojamiento disponible... y era todo muy caro. Pero duermo en el coche muchas veces desde que estoy de viaje. No necesito muchas comodidades, ya sabéis lo que dice el budismo.

La verdad es que Marga no tenía ni idea de lo que decía el budismo, pero se sintió un poco avergonzada por tener una casa tan ostentosa y llena de comodidades.

—¿Y por qué no te quedas en casa de Marga? Tiene como catorce habitaciones y está sola. —La sugerencia de Carmen la pilló por sorpresa, por lo que se quedó con la boca abierta sin saber qué decir.

Anthony era guapo y parecía culto e interesante. Pero Marga no pensaba meter a cualquiera en su casa la primera semana que se quedaba sola. Si sus padres se enteraban de que había metido al «hippy americano» en la casa la iban a castigar hasta el día de su boda.

—Bueno, Carmen... no sé.

—Venga, Marga, la gente moderna funciona así. ¿Verdad, Anthony? Seguro que te has quedado en casa de mucha gente cuando viajabas.

—Tranquila —respondió Anthony dirigiéndose a Marga—. Yo entiendo que no quieras meter a un guiri que acabas de conocer en tu casa, he dormido en el coche antes. No pasa nada.

—Su casa es tan grande que no os vais ni a cruzar... —Carmen estaba decidida a convencerla.

Marga sabía que se jugaba mucho si le dejaba quedarse en su casa, pero pensó que Carmen tenía razón: la casa era tan grande que no tenían ni que cruzarse. Además, no había nadie del servicio aquella semana, les habían dado vacaciones. Nadie tenía por qué enterarse de que Anthony estaba allí. Y él le gustaba mucho, nunca había conocido a nadie tan interesante, tan encantador. No le vendría mal ponerle un poco de emoción a su vida, total sólo iban a ser un par de días.

—Está bien —cedió—. Puedes quedarte en mi casa, Carmen también va a dormir conmigo estos días, podemos estar los tres juntos.

Carmen dio un saltito de emoción detrás de la barra. Ella también estaba fascinada con Anthony y con la perspectiva de pasar tiempo con alguien de mundo como él, estaba cansada de pasar el tiempo en el pueblo rodeada de gente que la aburría.

—*Okay!* Si insistís... Seguro que tu casa es más cómoda que mi coche —respondió Anthony sonriendo ampliamente—. Puedo volver aquí más tarde y vamos a tu casa, ¿te parece bien?

—Perfecto, te esperamos aquí, en cuanto cierre el bar nos vamos —dijo Carmen.

Anthony se levantó del taburete y se acercó a Marga, la miró largo y tendido con sus ojos de color avellana.

—Muchas gracias —le susurró mientras se inclinaba para abrazarla.

Marga le devolvió el abrazo torpemente, se iba a morir de vergüenza. Carmen abrió la boca en señal de sorpresa y le hizo un gesto cómplice. Cuando Anthony salió del bar, Marga vio que los viejos del dominó cuchicheaban entre ellos; no llegaba a escuchar la conversación, pero entre los susurros creyó escuchar un «hippy» y un «desvergonzadas». Sabía que si alguien se enteraba de que Anthony estaba en su casa se le iba a acabar el verano. Pero en aquel momento no le importaba, se sentía más viva que nunca. Iba a ir a un festival de música y había conocido al hombre más increíble del mundo.

¿Qué podía salir mal?

5

My house, your house

Tardé dos horas —más quince minutos extras para comerme un pincho de tortilla y mear en una gasolinera— en ir de Donosti al pueblo. Al llegar, pasé por delante del bar El Guacamayo, que estaba cerca de la plaza. Si nada había cambiado, allí hacían la mejor tortilla de patatas que he probado en mi vida. En la terraza había gente tomando el café. Me fijé en que en la puerta de entrada habían pegado carteles del festival: Milenio Music Fest. Sólo quedaban un par de días para que empezara, pronto el pueblo se llenaría de gente.

Seguí conduciendo hasta llegar al camino de tierra que llevaba a la casa, que estaba situada en una pequeña colina, bastante apartada del resto de la civilización. Era la primera vez que iba allí en mi propio coche, se me hacía extraño no recorrer el camino andando o en bici como solía hacer antes. Cuando por fin llegué frente a la enorme verja metálica de la entrada, vi que estaba abierta y, a pesar de que los árboles que había en el jardín impedían ver el interior, me pareció distinguir al menos dos coches de la Policía Foral. Suspiré y aparqué junto a la verja, ya metería el coche más tarde. Eché un vistazo por el espejo retrovisor, Dalí me miraba desde el asiento de atrás con expresión interrogante mientras jadeaba. No le podía dejar dentro del coche con ese calor.

Salí y miré alrededor, tenía la sensación de que nada había cambiado desde la última vez que estuve allí. Los árboles creaban una atmósfera sombría en la que destacaban las palmeras, que le daban un extraño aire tropical. De la entrada partía un pequeño camino empedrado que terminaba en la puerta principal de la casa, y a ambos lados se extendía el extraño bosque artificial en el que convivían chopos y cocoteros. Cuando vi de frente la casa, no pude evitar asombrarme, casi había olvidado lo imponente que era. Las paredes blancas relucían bajo el sol, que se reflejaba en los ventanales de la fachada. El tejado era negro, de pizarra, y una pequeña escalera conducía a la puerta principal que estaba encajada en un porche sujeto por dos columnas de inspiración jónica. A la derecha se alzaba el torreón, mi lugar favorito. De planta octogonal, constaba de tres pisos y estaba rematado por una aguja de varios metros.

No tardé en confirmar mis sospechas: dos coches y un furgón de la Policía Foral, además de otro vehículo negro, estaban aparcados en el jardín, en la explanada de grava que había frente a la entrada. A veces se me olvidaba que en Navarra conviven cuatro cuerpos policiales: la Policía Nacional, la Local, la Guardia Civil y la Policía Foral, exclusiva de la comunidad foral.

Me detuve allí y observé que había un pequeño grupo de gente a la derecha de la casa, cerca de la torre. Estaban reunidos junto a la antigua fuente de piedra y parecía que ni siquiera se habían percatado de mi presencia. Decidí que lo mejor sería dejar a Dalí en el interior de la casa y salir a hablar con la policía después; no me parecía una buena idea acercarme a unos huesos con él. Estaba buscando las llaves en el bolso cuando vi que un hombre se acercaba, no iba de uniforme, pero me imaginé que se trataba de un agente de la Foral. Desde luego no tenía pinta de ser Gerardo, el encargado. Era bastante alto y no parecía ser mucho mayor que yo, llevaba unas gafas de sol de aviador e iba vestido todo de negro, debía de estar muriéndose de calor. Me fijé en que tenía un busca enganchado a la cinturilla de los vaqueros.

—Buenas tardes, ¿es usted la dueña de la casa? —preguntó cuando llegó a mi altura.

No sabía muy bien qué contestar, porque lo cierto era que yo no era exactamente la dueña de la casa —ni de nada—, pero a efectos prácticos, se podía decir que estaba allí en representación de mi abuela.

—Más o menos —contesté finalmente.

El policía se quitó las gafas y cruzó los brazos con impaciencia. Tenía un gesto que resultaba demasiado formal para alguien de su edad. Sin embargo, a pesar de eso, no podía negar que era bastante guapo. Tenía una mandíbula perfecta.

—¿Cómo se es más o menos dueña de algo, señorita Anne Aribe?

Le miré extrañada, el tío era un borde. No me sorprendió que supiera mi nombre, se lo debía de haber dicho Gerardo. Pero lo curioso era que ahora, sin las gafas de sol, había algo en él que me resultaba familiar; tenía los ojos de un gris muy claro, y el pelo castaño oscuro, bastante corto. Me miraba expectante mientras mantenía los brazos cruzados a la altura del pecho. Le miré los bíceps. Saltaba a la vista que en la academia de policía les entrenaban bien. De pronto vi que su cara cambiaba y que empezaba a reírse. Estaba empezando a asustarme... Igual no era un policía, sino un psicópata que se había colado en la casa.

—Ya veo que no te acuerdas de mí. Soy Gabriel Palacios, subinspector de la Policía Foral —aclaró mientras me tendía la mano—. Nos conocíamos de pequeños, pero han pasado muchos años.

Suspiré aliviada y le estreché la mano. Gabriel Palacios... Claro que me acordaba. ¿Cómo no me había dado cuenta antes? Era igual de serio de pequeño, aunque era unos cuatro o cinco años mayor que yo y no habíamos coincidido mucho. Pero recordaba perfectamente aquellos ojos tan peculiares que tenía. Eso sí, nunca me hubiera imaginado que acabaría siendo subinspector de la Policía Foral, sus padres tenían una fábrica de conservas muy rentable. Me extrañó que se hubiera alejado tanto del negocio familiar. Lo que era innegable era que los años le habían tratado muy bien, porque no recordaba que fuera nada guapo.

—Perdóname, es que hace mucho tiempo que no vengo. Pero me alegro de verte, aunque ojalá fuera en otras circunstancias —me excusé devolviéndole la sonrisa—. Y la casa pues... es de mi abuela, pero vive en San Sebastián y me ha mandado a mí.

—No te preocupes, ya estamos trabajando en ello. ¿Te parece si hablamos dentro? Tengo que hacerte unas cuantas preguntas —añadió señalando con un gesto la entrada de la casa.

—Sí, claro. Aquí fuera hace mucho calor.

No me hacía mucha ilusión tener que responder a un interrogatorio, pero quería que aquel malentendido se resolviera lo antes posible y que a poder ser no se enterara demasiada gente en el pueblo. Probablemente ya habían visto pasar los coches de la Foral y debían de estar haciendo todo tipo de conjeturas: que la casa era en realidad un prostíbulo, que había apariciones marianas, que teníamos un negocio de venta de cocaína... Al día siguiente Paloma me informaría de las diferentes teorías.

Saqué las llaves del bolso y me dispuse a abrir la puerta. Hacía tanto tiempo que no las usaba que había olvidado cuál era la que abría la entrada principal. Al segundo intento la puerta se abrió con un ligero chasquido. Pasé al recibidor y, después de desactivar la alarma, desaté a Dalí, que salió disparado hacia la cocina olisqueando todas las esquinas. Gabriel cerró la puerta detrás de mí y contempló embelesado la sala. No me extrañaba su asombro, la casa causaba aquel efecto en los visitantes. Frente a la entrada se extendía el enorme vestíbulo del que partía la escalera de mármol que se bifurcaba al llegar al primer piso. La luz que entraba a través de las ventanas rebotaba en las paredes blancas y el efecto resultaba cegador. Entrar allí era casi una experiencia religiosa. Los susurros se amplificaban por el efecto del eco de la enorme estancia, que no tenía más adornos que un taquillón de madera oscura con un espejo ovalado, un paragüero de estaño y un cuadro de marco dorado que representaba a una Virgen con un niño en brazos. Había sido yo quien, años atrás, había rescatado el cuadro de una caja del desván. La pintura tenía una extraña peculiaridad: no sabía si por un descuido o de forma intencionada, en la mejilla de la Virgen había una pequeña gota de pintura que parecía una lágrima. Quizá respondía a un guiño del pintor, o quizá sólo se trataba de una imperfección. Me quedé contemplándolo. Después de tantos años, aquella obra seguía fascinándome.

—No recordaba que fuera tan grande, aunque creo que sólo vine un par de veces. Tu abuela preparaba unas magdalenas riquísimas para merendar.

La voz de Gabriel a mis espaldas me devolvió a la realidad.

—Me parece que no voy a poder ofrecerte magdalenas, la repostería no es una de mis virtudes. Y como acabo de llegar... creo que lo único que te puedo dar es agua del grifo.

—No te preocupes, si llevas tanto tiempo sin venir, creo que no quiero beber agua de esas tuberías —respondió mientras miraba el recibidor con una expresión de niño curioso que contrastaba con sus duras facciones.

Le hice un gesto para que me siguiera y salí por la puerta izquierda del vestíbulo, que llevaba al salón. Si bien la entrada recordaba a la de una iglesia, el salón resultaba bastante más acogedor. Conservaba la mayoría de los muebles originales de madera de roble, aunque habían tenido que ser restaurados en varias ocasiones. Los únicos indicios de la vida moderna eran los sofás beige de Ikea y una televisión plana que compartía pared con dos vitrinas acristaladas que acumulaban libros, abrecartas y fotografías antiguas. La casa era la joya de la familia y todas las generaciones se habían preocupado de tratarla con el más absoluto mimo. Se me hacía raro pensar que algún día yo iba a heredarla. Desde luego no debía de ser nada barata de mantener.

Dudé sobre si sentarme en la mesa de comedor que estaba junto al ventanal que daba al jardín trasero, donde se hallaba la piscina, pero al final me decidí por uno de los sofás, así haría la conversación menos incómoda. Gabriel me imitó y se sentó en el sofá de enfrente, me miró con una sonrisa y sacó una libreta del bolsillo.

—Como me imagino que ya sabes, durante las obras para arreglar la fuente del jardín delantero se han encontrado lo que parecen ser unos restos óseos.

Asentí mientras acariciaba a Dalí, que nos había seguido hasta el salón y tenía la cabeza apoyada en mi pierna.

—Sí, y creo que todo ha sido un malentendido. Se lo comenté a Gerardo, hace unos quince años enterramos un perro ahí. El perro de Abel.

Gabriel debía de saber quién era Abel de sobra, en un pueblo todo el mundo se conoce. Y, además, todos conocían a la familia de Abel.

—Ya, eso nos ha dicho. Pero lo que pasa es que parece que *no sólo* se trata de los huesos de un perro.

Me quedé mirándole con cara de póquer. ¿A qué se refería con que «*no sólo* se trata de los huesos de un perro»?

—Verás —continuó Gabriel—, cuando los obreros han llamado, hemos mandado a una patrulla. Parece que, aunque en la parte superior efectivamente había unos huesos de perro, debajo de ellos se han encontrado unos restos que parecen... humanos.

Lo primero que pensé es que a mi abuela le iba a dar un infarto. Al final iba a tener razón con toda la historia de Mercurio retrógrado.

—¿Humanos? ¿Huesos... humanos? —pregunté muy despacio.

—Eso parece. Y por eso estoy yo aquí. Además, como soy del pueblo y te conocía, pensé que era mejor que yo hablara contigo. Ha venido el forense de guardia y hemos decidido iniciar una investigación para identificarlos.

—Vamos a ver... Yo creo que se están confundiendo. Ahí fue donde enterramos a Uva. No pueden ser huesos humanos.

Gabriel levantó las cejas con incredulidad.

—¿Crees que el cuerpo de Policía Foral y un forense se están confundiendo?

—Bueno... no quiero decir eso, pero ¿no se parecen mucho los hue... —Antes de terminar la frase, me di cuenta de que estaba diciendo una tontería y decidí callarme.

—Intenta no preocuparte. Si los huesos estaban debajo de los del perro, tienen por lo menos quince años. Y es probable que sean bastante más antiguos.

Le miré en silencio. Ya había dicho suficiente en los últimos cinco minutos.

—¿Podrías darnos el contacto de tu abuela? Ella es la propietaria, ¿no? —dijo Gabriel mientras escribía en la libreta—. Es importante que sepamos si recuerda algún episodio extraño o si la casa ha estado ocupada por terceras personas: personal de limpieza, de mantenimiento... cualquier dato puede ser útil.

—Claro, puedo llamarla. Pero primero debería contarle bien lo que ha pasado, no quiero que se asuste.

Gabriel asintió mientras se levantaba del sofá.

—Vamos a terminar de retirar los restos, hacer fotografías y recoger evidencias. No creo que tardemos mucho más —me informó con tono profesional.

Mientras volvíamos a la puerta de entrada me esforcé por digerir toda la información. Si ya de por sí la casa daba bastante miedo, y por las noches nunca faltaban los ruidos, después de lo que me había contado Gabriel, dormir allí iba a ser toda una experiencia.

Al salir de la casa, el calor infernal de julio a las cuatro de la tarde nos saludó con un bofetón. Me senté en las escaleras del porche de la entrada, a la sombra. Gabriel se sentó a mi lado, se había vuelto a poner las gafas de sol.

—Seguro que te hubiera gustado volver al pueblo en otras circunstancias —comentó.

—Yo venía al festival... —repliqué mientras me fijaba en la gente que revoloteaba alrededor de la fuente.

—Bueno, no te vamos a molestar mucho más. Podrás ir al festival sin problema.

No contesté. Me hubiera gustado poder darle la razón a Gabriel, pero por algún motivo tenía la sensación de que los problemas no habían hecho nada más que empezar.

6

Un día de mierda

Llevaba un rato largo mirando al jardín, abstraída, ignorando el caos que rodeaba la fuente. Contemplando las co-
torras —esos pájaros verdes invasores que ahora están en
todas partes— que se habían instalado en las palmeras.

Hacía ya bastante rato que Gabriel se había levantado de
las escaleras y se había ido a hablar con los obreros y con
otros policías forales que iban de uniforme. Yo, por mi parte, me quedé sentada allí mientras miraba el móvil debatién-
dome entre llamar a mi abuela o a mi madre. Al final, me
decidí por la primera. Era un poco pronto para preocupar a
mi madre con toda aquella historia, mejor que siguiera tranquila en la India. Me estaba preparando psicológicamente

para la conversación —que prometía ser intensa— cuando alguien gritó mi nombre:

—¡Anne!

Me giré sobresaltada. La voz venía de la parte izquierda del jardín, justo donde no había nadie. Vi a un hombrecillo arrugado salir de entre los rosales. Hacía diez años que no le veía, pero no me costó reconocerle: era Rogelio, el jardinero. Probablemente acababa de llegar y estaba alucinando con todo el despliegue. Le saludé con la mano.

—¡Ay, maja! Pero si estás hecha una moza —gritó cuando llegó a mi lado.

Rogelio tenía más años que una pirámide, pero cuando le vi no me pareció más viejo de lo que le recordaba. Era como una especie de Jordi Hurtado anciano. Lo malo era que estaba un poco sordo y hablaba siempre a voces.

—Pero ¿y todo este jaleo que hay montado? ¿Qué hacen aquí los forales?

—Nada, una tontería que ha pasado mientras hacían las obras de la fuente. No digas nada por el pueblo, que ya sabes cómo es la gente.

Rogelio asintió de forma cómplice. Era muy discreto.

—Chica, pues ya sabes que aquí la gente no tiene nada mejor que hacer... y les gusta hablar. Ya te habrán visto pasar con el coche y estarán todos rebuznando, ¿qué te crees?

Rogelio tenía razón, la casa despertaba mucha curiosidad en el pueblo y siempre había todo tipo de teorías flotando en el aire, que si la íbamos a vender, que si íbamos a hacer un hotel...

—Oye, ¿ese no es el mocete de la Rosa, la de las conservas? —berreó Rogelio mientras señalaba a Gabriel, que seguía de excursión en la fuente.

—Sí. El mismo. Ahora es policía foral —contesté yo.

—Ah, no lo sabía —admitió extrañado—. Tampoco se le ve mucho por el pueblo. Aunque a sus padres sí. Bueno, y a su hermano, que es el que se encarga ahora de la fábrica. Es buen chico.

Intenté acordarme del hermano de Gabriel. Sabía que era mayor que él, pero no le ponía cara. No le había visto muchas veces.

—Su hermano... ¿se llamaba Miguel?

—Efectivamente. El jefe de los ejércitos del Señor. Y luego está Gabriel, el mensajero. Dos arcángeles. Ya sabes que aquí hay mucho devoto. Amén —comentó riéndose entre dientes.

Los padres de Gabriel, al igual que muchas familias del pueblo, entre ellas la de Abel, eran muy católicos. Pero nunca me había puesto a pensar en que los dos hermanos tenían nombres de arcángeles. Dudé por un momento:

«¿Las Tortugas Ninja se llamaban así por los arcángeles?». No. Era por los pintores, recordé. No había ninguna que se llamara Gabriel.

—Bueno, maja, ya te veré por aquí. —Rogelio interrumpió mis divagaciones—. Voy a ver si veo los geranios de la Leonor, que mira que no viene nunca, pero ahora me hace mandarle fotos por el *guasap* este. Me tiene martirizado —se despidió.

Sentí pena por él, yo sabía por experiencia que sufrir a mi abuela por WhatsApp no era nada agradable. Aunque lo que más me sorprendía era que Rogelio supiera utilizar la aplicación. Desde luego las conversaciones entre los dos tenían que ser dignas de enmarcar.

Suspiré y marqué el número de mi abuela. No servía de nada retrasarlo más.

—¿Qué pasa, hija? —contestó.

Me sorprendió que respondiera tan rápido al teléfono, debía de estar cogiendo práctica.

—Hola, abuela. Pues he estado hablando con la Foral del tema de los huesos que han encontrado en las obras...

—¿Y les has dicho ya que eran del perro? —me interrumpió.

—Sí. Pero parece que debajo de los huesos del perro podría haber otros huesos. Huesos humanos.

Solté la bomba.

—¿Huesos de persona? —me preguntó alterada.

—Eso parece. Pero tú no te preocupes, porque seguro que son antiguos. Estaban ahí antes de enterrar a Uva —intenté tranquilizarla, aunque la verdad era que yo también estaba bastante alterada con el tema.

No contestó.

—¿Abuela? ¿Estás bien?

—Sí, hija. Ay, madre, un muerto ahí en el jardín. ¿Y qué van a decir en el pueblo?

—No es un muerto, abuela. Son huesos. Y no lo sabe nadie.

—¡Coñe! Pues serán huesos de un muerto digo yo.

Me rendí ante la obviedad de su argumento.

—Bueno, sí... El caso es que te he llamado porque la policía me ha pedido que te pregunte cosas.

—¿A mí? ¿Qué cosas? Me estás poniendo nerviosa.

Solté un soplido de resignación, y me mordí la lengua para no decirle quién estaba poniendo nerviosa a quién.

—Quieren saber quién ha trabajado aquí. Dime los nombres de los que te acuerdes.

—Pues... yo qué sé. Cuando era pequeña y vivía ahí trabajaban unas señoras del pueblo, pero ya se murieron. Las hermanas Andoin. Y luego... Rogelio. Y la Maria Leceta, que venía cuando tu madre era pequeña y pasábamos allí el verano. Ah, bueno, y su prima venía a ayudar también. Y ahora hace años que lo lleva una empresa que manda a alguien una vez al mes. ¿Inter Limpieza? Algo así.

Desde luego, no se podía negar que tenía buena memoria. Repetí la lista mentalmente para acordarme de decirle todo a Gabriel.

—¿Nada más?

—Pues no me acuerdo de más, hija.

—Vale, abuela, gracias. Y no te preocupes, que seguro que se soluciona pronto.

—Oye, ¿necesitas que vaya para allá? —preguntó sin mucho entusiasmo.

Llevaba años sin salir de San Sebastián más que en situaciones imprescindibles —véase entierros— de hecho sólo había bajado un par de veces a Madrid.

—No, de momento no hace falta. No serviría de mucho.

Lo último que necesitaba era tenerla revoloteando por la casa quejándose de lo que estaría pensando la gente del pueblo. Por el bien de las dos lo mejor era que se quedara quietecita jugando a la brisca en Donosti.

—Bien, hija. Tú me vas contando —contestó aliviada.

—Mañana te llamo con lo que sea —prometí antes de colgar.

Me levanté de las escaleras y entré en la casa. Busqué a Dalí y le encontré roncando encima de un sofá, ajeno al drama que había montado fuera. Después me fui a la cocina a por un vaso de agua. Me había olvidado de lo mala que estaba —y más comparada con el agua de Madrid—, tenía muchísima cal, pero hacía demasiado calor como para ponerme sibarita. Estaba terminándome el vaso cuando llamaron a la puerta. Me asomé por la ventana y vi que era Gabriel.

—Hola, ¿te pillo mal? —me preguntó cuando abrí.

—No, no. Justo acabo de hablar con mi abuela —dije mientras cerraba la puerta a mi espalda y salía al porche.

—¿Te ha dicho algo interesante?

Me encogí de hombros y le relaté la lista de gente que había trabajado en la casa.

—Bueno, es sólo una formalidad —comentó Gabriel cuando terminó de apuntar en la libreta.

Me hacía gracia que lo apuntara todo, yo pensaba que eso sólo lo hacían los detectives de las películas.

—¿Habéis acabado ya? —pregunté señalando la fuente—. ¿Sabéis ya si son muy antiguos o algo? —Imaginé que probablemente todavía no sabrían nada, pero quería ver si podía sonsacarle algo a Gabriel.

—No podemos confirmar nada hasta que no se realice un análisis de los restos —me contestó con tono neutro.

Tuve la sensación de que era un discurso ensayado, a veces parecía un robot.

—Entonces, ¿crees que es algo de interés arqueológico? Puede que sean de la Guerra Civil o incluso anteriores.

Gabriel negó con la cabeza mientras se pasaba la mano por el pelo.

—Todavía es pronto para saber si son tan antiguos. La buena noticia es que hemos encontrado una caja con objetos asociados al cuerpo que son clave para la datación. De momento, lo único que parece evidente es que estaban ahí antes de que enterrarais al perro de Arbaiza.

Gabriel se refirió a Abel por el apellido de su familia, Arbaiza. El que daba nombre a las bodegas y al famoso vino que producían.

—¿Qué objetos? —pregunté extrañada.

—Pues parece que, entre otras cosas, había un recorte de periódico, que milagrosamente se ha conservado. Aunque se había filtrado tierra dentro de la caja que lo ha dañado, y tendrán que llevarlo al laboratorio para intentar obtener más información. Si tuviera una fecha, nos ayudaría a datar de forma precisa los huesos.

—¿Y cuándo sabréis algo?

Gabriel sonrió ante mi impaciencia. Cuando sonreía estaba más guapo, hasta parecía un ser humano.

—Pues tardará unos días, pero estaré por aquí y te iré informando de todo.

Antes de que me diera tiempo de seguir haciendo más preguntas, un hombrecillo nos interrumpió. Tendría unos cuarenta años, era bajito y rechoncho, y parecía estar pasándolo realmente mal con los casi cuarenta grados que hacía.

—Subinspector Palacios, la doctora Urriza dice que ya estamos listos para irnos —informó mientras se calaba hasta los ojos la gorra que llevaba en un intento desesperado de protegerse del sol.

—¿Han terminado ya de sacar los restos? —inquirió Gabriel.

El hombrecillo lanzó una mirada furtiva en mi dirección, dudando sobre si compartir la información en mi presencia.

—Esta es Anne Aribe, la nieta de la dueña de la propiedad —me presentó Gabriel—. Este es el agente Mendive, trabaja conmigo en el área de investigación criminal.

Mendive pareció decidirse a hablar, un poco reticente:

—Sí, acaban de terminar. Ya tenemos todo.

—Está bien, entonces te dejamos tranquila ya —dijo Gabriel dirigiéndose a mí—. Seguimos en contacto. —Se despidió mientras me daba un apretón de manos que a punto estuvo de romperme un par de falanges.

Diez minutos después la casa había recobrado la calma. No había coches de policía, ni obreros ni huesos de ninguna clase. Sólo Rogelio canturreando mientras arreglaba los geranios y Dalí husmeando cada rincón del jardín. Todo era nuevo para él y se encargaba de ir marcando todas las esquinas. Me acerqué a la fuente, que por supuesto no funcionaba, y vi que habían dejado un boquete estupendo. Tendría que preguntar cuándo podían continuar las obras, porque lo único que faltaba para que a mi abuela le diera un infarto es que Rogelio le mandara fotos de aquello. Podía soportar que hubiera huesos humanos en su jardín, pero que le hubieran dejado todo hecho un desastre ya era otra cosa. Aunque con los años se había relajado, o eso dice siempre mi madre, mi abuela seguía bastante preocupada por lo que opinara la gente. Por lo visto debía de ser bastante estricta cuando mi madre era adolescente. Aunque mi abuelo era peor.

Mientras paseaba distraída recordé que tenía la nevera vacía y que, además, allí no llegaba la comida a domicilio. Haciendo balance, el día había sido una mierda. Había empezado pensando que iría a la playa y había terminado desenterrando unos huesos humanos en mi jardín. Me pasaban muchas preguntas por la cabeza: «¿De quién serían los huesos?» «¿Qué había pasado en la casa?...» Pero de momento tenía muy pocas respuestas. Lo único que podía hacer era esperar. Además, seguro que aquello terminaba por ser algún resto arqueológico o algo así. Era mejor no preocuparse. O, por lo menos, intentarlo.

7

Walk on the wild side

Verano de 1978

Marga se estaba empezando a arrepentir de haberse tomado tres Coca-Colas aquella tarde. El corazón le latía tan deprisa que le daba miedo que en cualquier momento se le fuera a parar. Carmen y ella estaban apoyadas en la puerta del bar, que acababan de cerrar. Eran las once de la noche y ya llevaban un rato esperando a Anthony.

—No va a venir —pronosticó Marga mientras retorcía una de las mangas de su chaqueta de punto amarilla.

Carmen le dio una calada más al cigarro y soltó el humo con exasperación.

—No seas pesada. No dijo a qué hora iba a venir, seguro que aparece.

—¿Sabes qué? Que igual es mejor que no venga. No tenía que haberte hecho caso y ofrecerle que se metiera en mi casa.

—Oye, que nadie te ha obligado a nada, ¿o te crees que no me he dado cuenta de los ojitos con los que le mirabas? —respondió Carmen enfadada.

—¡Pues igual que tú! —replicó Marga levantando la voz—. Pero la casa en la que se va a meter es la mía, no la tuya.

No quería reconocer delante de Carmen que en el fondo estaba decepcionada, que se había hecho ilusiones con la idea de que Anthony se quedara con ellas, con la idea de estar cerca de él y poder conocerle más. Pensaba en cómo la había mirado aquella tarde, en cómo hablaba... y ahora las dejaba plantadas. Después de que ella se arriesgara a estar castigada de por vida por meterle en su casa.

—¿Ves? Ya te dije que iba a venir —se regodeó Carmen con una sonrisa triunfal.

Un Citroën CX de color blanco se paró frente a la puerta del bar. Al volante estaba Anthony, que las saludó y les hizo un gesto para que subieran al coche. Carmen aplastó el cigarro contra el suelo con el tacón de su bota y no lo pensó dos segundos antes de montarse en el Citroën. Marga, aún en shock, la siguió después de meter su bici en el maletero, que estaba lleno de bultos y mochilas. En el radiocasete del coche sonaba una cinta de Lou Reed, Anthony tarareaba los acordes de *Coney Island Baby.*

—¡Hey, chicas! Perdón por el retraso, tenía que ver a unos amigos —se disculpó—. Bueno, y ¿hacia dónde está tu famosa casa? —preguntó girándose para mirar a Marga, que estaba sentada en el asiento de atrás.

Marga le guio con un hilo de voz durante el camino. Cuando él estaba delante se hacía pequeñita, le temblaban las piernas y hasta la voz. Nunca se había sentido así antes. Cuando Anthony aparcó el coche en la explanada frente a la puerta de la mansión y los tres se bajaron, las dos chicas contemplaron expectantes su reacción.

—*Holy shit!* —exclamó—. Pero si eso parece una casa de New Orleans... Había visto alguna parecida por Asturias, pero esto es... increíble.

Marga sonrió divertida. Le hacía gracia cómo hablaba Anthony, cómo intercalaba expresiones en inglés en las frases en castellano y, sobre todo, el acento que tenía. Los tres entraron en la casa y él, en agradecimiento por la hospitalidad de las chicas, se ofreció a hacer la cena. Después de abrir la nevera se decidió por unos huevos fritos con chistorra. Nada sofisticado, pero Marga lo agradeció profundamente porque ella no se apañaba muy bien con los fogones.

—¿Y dónde ha aprendido un guiri a hacer chistorra? —preguntó Carmen mientras terminaban de cenar en la cocina.

—Ah, bueno, sólo hay que freírla, hasta un guiri como yo puede hacerlo —respondió Anthony entre risas.

Marga no estaba del todo de acuerdo con aquella afirmación: para ella, freír algo era bastante dramático. Se asustaba cada vez que el aceite saltaba en la sartén y le daba miedo quemarse.

—Pero lo mejor es que, para daros las gracias, he traído algo para vosotras —anunció Anthony levantándose y saliendo de la cocina.

A los treinta segundos reapareció con una botella y una bolsita en la mano.

—Esto es whisky, mejor que el DYC que tomáis aquí, es bourbon —comentó triunfante alzando la botella.

Marga se dio cuenta de que, con el jaleo de Anthony, ni ella ni Carmen se habían acordado de coger ninguna botella de licor del bar.

—Ya, muy bueno. Pero ¿qué es lo que hay en la bolsa? —preguntó Carmen.

Anthony abrió la bolsita de tela y les enseñó el interior.

—Hierba de la felicidad. Marihuana. *A good one* —susurró con una sonrisa—. Una muy buena —aclaró en castellano.

Carmen sonrió extasiada. A Marga no le hizo tanta ilusión. Sólo había probado la marihuana una vez, en las fiestas del pueblo, con Carmen. No le había afectado mucho, pero no estaba segura de querer probarla otra vez. Anthony debió de notar que no estaba muy convencida, porque se sentó de nuevo a la mesa, a su lado.

—No tenemos que fumar si no quieres, es tu casa. Pero te prometo que si la pruebas, vas a estar más relajada.

Marga estaba a punto de hiperventilar, Anthony estaba muy cerca de ella. Podía ver las motitas oscuras que tenía en los iris de color miel, alguna cana en la barba, que por cierto llevaba demasiado cuidada para ser un hippy, y unas arrugas que empezaban a aparecer cerca de los ojos.

—Bueno, supongo que podemos probarla —concedió.

Carmen se levantó de la mesa entusiasmada.

—Vamos al patio de atrás, a las tumbonas —propuso.

Hacía una noche cálida, no era habitual que en agosto hiciera tanto calor. En cuanto se iba el sol, solía refrescar. Cuando salieron al jardín Marga no se molestó en encender las luces. El cielo estaba despejado y la luna ya estaba casi llena, por lo que iluminaba todo con claridad. Quitaron los cojines de las tumbonas y los pusieron en el suelo para sentarse más cómodos, cerca de la piscina.

Anthony no tardó más de unos minutos en mezclar la marihuana con tabaco y liar un porro. Marga pensó que debía de tener bastante práctica.

—*Okay* —dijo mientras lo encendía—. Quiero saber más de vosotras. ¿Qué os gusta hacer? ¿Habéis estado antes en un festival de música? —las interrogó mientras le daba la primera calada.

—Yo estuve en uno el año pasado, en Canet, en Cataluña —respondió Carmen mientras le quitaba el porro de la mano—. No hacía más que llover, pero estuvo bastante bien.

—¿Y tú? —le preguntó Anthony a Marga.

—Yo... no he estado nunca en ninguno. Va a ser el primero.

Anthony asintió en silencio.

—¿Sabéis? Desde que estoy aquí, desde que hemos llegado, he sentido algo especial en este lugar. Una... energía.

Carmen se rio a carcajadas.

—Eso deben de ser los fantasmas de la casa —bromeó mientras le pasaba el cigarro a Marga, que lo cogió sin mucho convencimiento.

—¿Esta casa está embrujada?

—Dicen que las noches de luna llena puedes ver a los espíritus en las ventanas. Y que si cruzas por delante de un espejo, pueden atraparte —relató Carmen.

Anthony escuchaba cautivado.

—Se dice que en las obras para hacer la casa murieron algunos obreros y que, desde entonces, sus fantasmas vagan por aquí —continuó ella.

—Ya vale, Carmen. Que yo vivo aquí y nunca he visto nada —intervino Marga rompiendo el hechizo.

—Nunca has visto nada, pero... sí que has oído cosas —puntualizó Carmen.

—Bueno..., alguna vez se escuchan ruidos, pero la casa es muy grande y además es bastante vieja. Suenan las tuberías, la madera cruje o las ventanas chirrían.

Carmen se encogió de hombros, no parecía muy convencida con la explicación de su amiga.

—Puede que eso sea lo que he sentido, el alma de la gente que vivía aquí —apuntó Anthony—. Pero es una buena energía. Siento... algo magnético. Noto el poder de la Tierra, de lo antiguo.

Marga escuchaba con atención a Anthony, aunque no entendía mucho lo que estaba diciendo. Tenía los sentidos adormilados, la cabeza le estaba empezando a dar vueltas, sentía que entre ella y el resto del mundo había una fina membrana, como si estuviera metida en una burbuja. Por algún motivo tenía muchas ganas de reírse.

—¿Crees en las energías? Yo tengo una amiga que tiene un montón de cristales, dice que en algunos sitios la Tierra vibra más —comentó Carmen.

—Todo vibra en el planeta. Nosotros vibramos. El amor vibra..., nos mueve. A mí, a vosotras. Mueve el mundo —afirmó Anthony.

Marga pensó que tenía razón. Si cerraba los ojos, podía sentir cómo todo vibraba, cómo se movía. Se quedó mirando el reflejo de la luz de la luna en el agua de la piscina. Y empezó a pensar que sería una buena idea bañarse.

—Creo que tenéis que conocer a unos amigos míos —dijo Anthony de pronto—. Van a venir al festival, pero sería genial que pudiéramos reunirnos todos antes. Durante el tiempo que he estado viajando he conocido gente. Gente especial, como vosotras.

—¿Nosotras somos especiales? —inquirió Marga incrédula.

Anthony se acercó más a ella.

—Claro que lo sois. Y por eso creo que tenéis que estar en mi círculo de personas especiales. Tenéis que conocer al grupo. Os va a encantar. Bailamos, hablamos, hacemos rituales... —Anthony sonaba emocionado y Marga sentía que su emoción la contagiaba.

—¡Me gusta bailar! —exclamó—. Tenemos que conocer a tus amigos, ¿verdad, Carmen?

Carmen estaba tumbada en el suelo, con la vista fija en las estrellas y el pelo rubio esparcido como un halo a su alrededor.

—Eso suena genial. ¿Sabéis que durante el festival va a haber luna llena? Va a ser una pasada —comentó.

—Eso es una buena señal. Me encantan las fiestas de luna llena —coincidió Anthony.

—Creo que voy a bañarme —interrumpió Marga que, de repente, tenía mucho calor.

Se quitó la chaqueta de punto, los calcetines y las bambas blancas y metió los pies en el agua de la piscina. Se quedó allí sentada unos instantes, contemplando los árboles del jardín. Pero la tranquilidad le duró muy poco, porque de pronto sintió cómo una ola de agua la empapaba. Abrió los ojos y vio a Carmen en el agua, a donde se había tirado de bomba. Se empezó a reír a carcajadas. Se sentía muy feliz. No le importaban sus padres, ni los castigos, no le importaba nada más que ese momento. Notó cómo Carmen le agarraba de las piernas y tiraba de ella para meterla en el agua, y se dejó llevar. No podía dejar de reírse. Tenía el vestido empapado, pegado al cuerpo.

—¡No me has avisado! —le increpó a Carmen, que tampoco parecía poder parar de reír.

Carmen no le contestó, se limitó a salpicarla con las manos. Marga ahogó un grito de indignación y le devolvió el gesto.

Anthony las siguió después de quitarse los pantalones y la camisa y pronto estaba participando también en la pelea. Marga sintió cómo Carmen se agarraba a su espalda como un mono para tratar de hundirla, siempre hacía lo mismo. Sin pensarlo mucho, se abrazó a Anthony, que estaba delante, para no caerse. Notó la forma de sus músculos contra su cuerpo. Ella no era así, no abrazaba a chicos semidesnudos, ni fumaba marihuana, ni se bañaba vestida de madrugada. Pero en ese momento aquello le daba igual. Quizá aquella era la verdadera Marga, la que hacía lo que quería sin pensar en las consecuencias.

Cuando salieron del agua los tres se tiraron en el suelo, chorreando. Marga se tumbó cerca de Anthony y él empezó a acariciarle el pelo empapado. Era tarde y hacía frío. Pero Marga no podía sentirlo, no podía sentir nada más que felicidad. Cerró los ojos muy fuerte y se concentró en guardar aquel momento en su mente para siempre:

«Cuando sea vieja y me vaya a morir, quiero volver aquí», pensó.

Lo que no sabía entonces es que muchos años años después, desearía no haber grabado aquel verano a fuego en su memoria.

8

Los amigos que perdí

Me despertó el sonido del móvil vibrando en la mesa. Miré a mi alrededor desorientada. Me llevó unos segundos darme cuenta de dónde estaba. Y después los recuerdos volvieron de golpe a mi mente: el viaje al pueblo, Gabriel, los huesos del jardín... Estiré el brazo y cogí el móvil de la mesilla: una llamada perdida de Paloma. Y diez notificaciones de WhatsApp. Me había olvidado de contarle nada del día anterior, pero le habrían llegado rumores por el pueblo y querría saber qué había pasado. Me froté los ojos para quitarme las legañas. He leído muchas veces que todos los expertos recomiendan que no mires el teléfono, mail o mensajes nada más levantarte porque aumenta el nivel de estrés. Pero teniendo en cuenta que el día anterior habían sacado unos huesos humanos de mi jardín, contestar un par de whatsapps no iba a cambiar nada. Suspiré y abrí los mensajes de Paloma:

> Estás aquí?

> Qué ha pasado?? Ha ido la foral a tu casa?

> Oye, perra, contéstame.

> Anneeee, estoy preocupada, tía.

Efectivamente, tal como me imaginaba, ya le habían llegado las noticias de que estaba en el pueblo y de que la Policía Foral había estado en mi casa. Sopesé la opción de llamarla, pero me da mucha pereza hablar cuando me acabo de despertar, así que le mandé un whatsapp:

> Estoy aquí, perdona, pero tuve mucho lío ayer. Voy a comprar, que no tengo nada. Nos vemos en El Guacamayo? Mi cuerpo necesita un pincho de tortilla.

Por la noche, después de todo el jaleo, le había pedido a Rogelio un par de huevos para hacerme una tortilla para cenar y me había puesto a ver Netflix hasta que me dormí, lo que quería decir que no tenía desayuno. Empecé a salivar sólo con pensar en la tortilla de patata de El Guacamayo, porque la triste realidad era que no tenía ni un paquete de galletas. Reuní todas mis fuerzas y me levanté de la cama. Cuando subí la persiana, la luz del sol inundó la habitación. Eran las diez de la mañana pero ya tenía pinta de hacer mucho calor. Miré a Dalí, que seguía dormido encima de mi cama y no parecía tener intención de levantarse, y decidí ducharme antes de sacarle a pasear. Mi habitación tenía baño privado, como casi todas las de la casa, así que no tuve que irme muy lejos. Busqué en Spotify la *playlist* que había hecho con canciones de los grupos que quería ver en el festival, tenía que írmelas aprendiendo bien para poder cantarlas en los conciertos. Además, me encanta cantar en la ducha —lo cual no quiere decir, ni mucho menos, que lo haga bien—. El móvil volvió a vibrar, tenía otro mensaje de Paloma:

Ok, nos vemos allí a las 12.30.

Después de ducharme destrozando tres o cuatro temas de Florence + The Machine, peinarme y pintarme un poco, bajé al piso de abajo y le abrí la puerta a Dalí para que le meara los geranios a mi abuela. No tiene sentido sacar al perro fuera si tienes un jardín como un campo de fútbol. Antes de irme volví a abrir la nevera, sólo para comprobar que seguía absolutamente vacía. Nunca sabes si ha brotado algo durante la noche o si no miraste bien. Tenía la esperanza de que Rogelio se hubiera apiadado de mi alma y me hubiera traído algo. Pero no. Los armarios también estaban vacíos, y en la despensa había unas latas de pimientos que debían de llevar allí más años de los que tenía yo. Me rendí a la obviedad y me fui al supermercado.

En realidad, llamar «supermercado» a alguna de las tiendas del pueblo era exagerar. Eran todo negocios más bien pequeños. Paloma me había contado que había un proyecto para abrir una franquicia de un hipermercado a las afueras, pero, de momento, no era más que un proyecto. Así que fui a la tienda a la que solía ir siempre con mi abuela. Aparqué el coche en doble fila. En los pueblos todo el mundo tiene la manía de moverse en coche, aunque vivan a doscientos metros del sitio al que van, por lo que nunca hay sitio para aparcar. En mi caso tenía más sentido porque mi casa estaba en las afueras, pero, aun así, me prometí a mí misma que intentaría ir andando a los sitios. Al fin y al cabo, después de diez años viviendo en Madrid, estaba más que acostumbrada a andar.

La señora de la tienda no hizo ningún gesto que indicara que me reconocía, lo cual fue un alivio. No tenía ganas de encontrarme con las amigas de mi abuela y responder una ronda de preguntas interminable. Dentro sólo había un par de mujeres de mediana edad que me miraron con curiosidad pero que tampoco parecían saber quién era. Tomé una cesta y me dispuse a coger víveres para los próximos días: pan de molde, leche, huevos, una cantidad ingente de pizzas precocinadas, pasta rellena, embutido, cerveza... Vamos, lo que viene siendo la dieta mediterránea. Si me viera Carlos Ríos, el nutricionista que se había hecho tan famoso en las redes sociales, le daría un infarto. Me autoengañé pensando que después del festival haría dieta y me apuntaría a algún gimnasio en Logroño.

Para rematar, cuando guardé la compra y aparqué bien el coche, me fijé en que la pastelería de la plaza estaba abierta y no me pude resistir a comprarme una bolsa de palmeras de chocolate. La Plaza de los Fueros —o plaza a secas, como la conoce todo el mundo— junto con la calle Mayor, eran el epicentro de actividad del pueblo. Allí estaban todos los bares, un par de bancos y algunas de las tiendas: carnicerías, un todo a cien que regentaba un chino, una tienda que sólo vendía ropa blanca y pañuelos rojos para las fiestas y una frutería. También allí tocaban las orquestas en las fiestas, se hacían comidas populares —generalmente se cocinaba rancho, es decir, patatas guisadas con carne— y hasta se ponía un arbolito en Navidad. Subí por la calle Mayor hasta que llegué a El Guacamayo. Ya eran las doce y media, pero Paloma era bastante impuntual. Pensé que quizá estaba en el bar de su familia, que estaba un poco más abajo, en la plaza.

Cuando entré en El Guacamayo me di cuenta de que nada había cambiado. Parecía que hubiera estado detenido en el tiempo los diez últimos años: era un tugurio poco luminoso con una barra, unos taburetes, una máquina tragaperras y una tele donde se ponían siempre los partidos del Osasuna, el equipo navarro de fútbol. Me sentí en casa. En la barra tenían expuestos algunos pinchos, entre ellos el de tortilla, mi favorito. Era martes, así que no había mucha gente, sólo un par de grupos de jubilados tomando algo, la mayoría de la gente estaba en la piscina o trabajando.

Me iba a sentar en un taburete cuando Paloma apareció por la puerta. Cuando me vio soltó un grito muy agudo y se lanzó a mis brazos como un marine que vuelve de la guerra.

—¡Tía! ¡Me muero! ¡Cuánto tiempo! —gritó mientras me abrazaba tan fuerte que hizo que me dolieran las costillas.

—¡Te he echado de menos! —confesé yo intentando librarme de su abrazo.

Paloma es extremadamente cariñosa y, aunque la quiero mucho, a veces puede resultar un poco asfixiante.

—¡Estás guapísima! —exclamó soltándome por fin.

—Tú también. ¿Te has cortado el pelo?

Tenía el pelo rubio platino, que siempre había llevado en una larga melena, por encima de los hombros, semirrecogido en un moñito.

Asintió orgullosa mientras movía la cabeza para enseñarme el corte. La última vez que nos habíamos visto había sido en Madrid, hacía más de un año. Pero quitando el corte de pelo, Paloma seguía igual. Tenía la misma cara de niña, con los ojos azules achinados, las mejillas sonrojadas y una sonrisa traviesa.

—Bueno, ¡vamos a por ese pincho de tortilla! —dijo mientras se sentaba en la barra.

Me volví para pedir y vi que los señores que había visto antes nos estaban mirando, no me extrañó mucho: Paloma era de todo menos discreta.

—¡Luis! —llamó Paloma al camarero—, ponnos dos pinchos de tortilla y dos crianzas.

El camarero, un señor calvo y orondo de unos cincuenta años, le dedicó una sonrisa y se acercó.

—Buenas tardes primero, ¿no, maja? —bromeó—. A ver, ¿qué crianza queremos? Tengo Azpilicueta, Ramón Bilbao, Coto, Arbaiza...

Antes de que ninguna de las dos tuviéramos la oportunidad de contestar, alguien lo hizo por nosotras:

—Hombre, Luis, pues Arbaiza, ¿no?

No tuve que darme la vuelta para saber quién hablaba. Porque aunque habíamos pasado diez años sin vernos, no eran suficientes como para que me olvidara de su voz.

—¡Abel! —exclamó Paloma volviendo al estado de euforia.

Abel Arbaiza. Le miré sin dar crédito. Ya no era un chaval desgarbado y escuchimizado de dieciséis años, aunque seguía teniendo la misma mirada cálida. Llevaba una camisa de manga larga —en julio— y pantalones chinos. Imaginé que vendría de trabajar. Me miró y me dedicó una sonrisa tímida. La misma sonrisa de siempre. Y no me pude resistir a darle un abrazo.

—Pero ¿qué ha tenido que pasar para que vuelvas aquí después de diez años? — preguntó mientras me abrazaba.

—Esa es una buena pregunta —secundó Paloma—. Pensé que llegabas el jueves... ¿Por qué viniste ayer?

Me separé de Abel y solté un suspiro de resignación.

—Si queréis que os lo cuente, primero voy a necesitar esa copa de tu vino, Abel. Y el pincho más gordo de la barra —contesté.

Dedicamos un rato a ponernos al día y también a ponernos finos de tortilla. Abel nos contó que trabajaba en la gestión de las bodegas de su padre. Había estudiado Dirección y Administración de Empresas y Marketing, y ahora se encargaba de llevar la parte de publicidad y relaciones públicas de la empresa. Yo estaba más o menos enterada gracias a su Instagram, pero, por lo que vi, le iba muy bien. Paloma, por su parte, estaba trabajando en la clínica veterinaria del pueblo después de acabar la carrera, aunque se había pedido una semana de vacaciones para ir al festival.

—Oye, y ¿nos vas a contar de una vez qué ha pasado? —inquirió Paloma dando por zanjado el tiempo de charla intrascendente—. Me han dicho esta mañana que ayer vieron a los forales en tu casa.

—No sé si me vais a creer. Pero prometedme que no vais a decir ni una palabra a nadie —rogué.

Los dos asintieron muy serios y en los siguientes cinco minutos les resumí todo lo que había pasado desde que Gerardo, el encargado de la obra del jardín, había llamado a mi abuela a Donosti hasta aquella misma mañana.

—O sea que... ¿enterramos a Uva encima de alguien? —preguntó Paloma cuando terminé el relato.

—Pues eso parece —confirmé yo.

—Yo no me preocuparía demasiado. Seguro que todo se queda en una anécdota —comentó Abel, siempre el más sensato del grupo—. Lo que no entiendo, es qué pinta Gabriel Palacios en todo esto.

Me encogí de hombros.

—Es subinspector de la Foral, así que imagino que es su trabajo. Y bueno, además me conoce.

—¿Te conoce? —cuestionó Abel.

—Bueno, todos nos conocemos aquí, no seas tocapelotas, Abel —intervino Paloma.

Después de tantos años sin estar los tres reunidos, me había olvidado de que Abel y Paloma se pasaban el día a la gresca, aunque luego se adoraran.

—El caso es que tenía unos huesos humanos en mi jardín. Pero de momento no sé nada más, espero que me digan algo pronto.

—Para que te olvides de todo esto, os propongo un tour guiado mañana por bodegas Arbaiza —sugirió Abel.

—Yo tengo que hacer turno en el bar, mi madre tiene

que ir a Estella y tengo que cubrirla. Desde que mi hermana se independizó me toca pringar el doble —contestó Paloma desilusionada—, pero, de todas formas, yo ya conozco las bodegas, llévate a Anne.

Recordaba las bodegas de Arbaiza, pero tan sólo el exterior, los padres de Abel no eran la alegría de la huerta y no nos habían hecho un tour nunca. Aunque para ser justa lo cierto es que con quince años tampoco me preocupaba mucho cómo funcionaba una bodega. Lo único que me interesaba del vino era mezclarlo con Coca-Cola.

—Vale. Me parece un buen plan —asentí yo.

Abel sonrió complacido.

—¡Está hecho entonces! Seguro que tenemos muchas cosas que contarnos después de diez años.

Pedimos más pinchos y la conversación se alargó hasta la hora de comer. Luego, Abel se volvió a supervisar algo a las bodegas y Paloma se fue a ayudar a su madre en el bar, así que yo me dispuse a pasar la tarde en la piscina. Cuando llegué a la casa aparqué en la puerta y saqué las bolsas de la compra del coche. Me alegré de no haber cogido congelados, porque hacía casi cuarenta grados y el maletero era un horno. Estaba a punto de abrir la puerta cuando noté una sensación extraña, como si hubiera alguien más en el jardín. Levanté la mirada hacia los arbustos que delimitaban el patio y me pareció que algo se movía. Busqué a Dalí, pero me acordé de que le había dejado dentro de la casa. Debía de ser un conejo o algún gato. Sin embargo, no sabía por qué, sentía que algo o alguien me había estado observando. Cogí las bolsas, entré en la casa y conecté la alarma.

Quizá todo el tema de los huesos me estaba afectando y me estaba volviendo paranoica. O quizá no.

9

Summertime sadness

Después del episodio del jardín, estuve un rato bastante intranquila en la casa. Miré por la ventana del salón durante unos minutos, por si había alguien fuera, pero no vi nada. Me planteé llamar a Paloma y contárselo, pero al final decidí no darle más importancia. Lo más probable es que sólo fuera un animal; además, yo estaba sugestionada por todo el tema de la investigación y me había tomado un par de vinos. Para tranquilizarme me puse a prepararme una merienda gourmet consistente en bollos industriales y zumo de brik. No soy una gran chef, pero cuando estoy nerviosa me da por comer. Así que cogí el último libro que estaba leyendo, *Conversaciones entre amigos,* de

Sally Rooney, y me senté en el salón a disfrutar del festín. Llevaba un rato leyendo cuando escuché un golpe en el piso de arriba seguido del ruido de patas de perro corriendo por el parquet. Cerré la novela con agotamiento. Aquella casa era un parque de atracciones para Dalí, que no estaba nunca quieto. Subí por las escaleras mientras le llamaba. Pero cuando ha hecho algo malo jamás da la cara. Así que me tocó buscarle por todas las habitaciones hasta que le encontré agazapado debajo de la cama de mi madre.

—¿Qué has hecho ahora? —pregunté mientras me agachaba para sacarle de allí.

Eché un vistazo a la habitación y vi que en el suelo había un marco de fotos que antes debía de estar encima de la mesilla. Me imaginé que Dalí lo habría tirado al subirse a la cama. Es igual de delicado que un tanque soviético. Recogí el marco del suelo y vi que era una foto de mi madre conmigo y con mi abuela, cuando yo tenía unos cinco años. Las tres estábamos sonrientes. La verdad era que echaba de menos a mi madre. Hacía unos días que no hablaba con ella. Miré la hora en el móvil y calculé que en la India ya eran más de las diez de la noche. Si la llamaba pronto quizá estuviera despierta. Además, en algún momento tenía que contarle la que se había liado en el jardín.

Al tercer intento, me contestó a la videollamada de WhatsApp.

—¡Mamá! —saludé entusiasmada mientras sostenía el móvil delante de mi cara.

—¡Cariño!

—Mamá, sólo te veo la nariz. Ponte el móvil más lejos.

—¿Ahora? —preguntó mientras se alejaba del teléfono.

—Mucho mejor.

La calidad de la imagen no era muy buena y se congelaba de vez en cuando. Supuse que no debía de tener un wifi muy potente en la ONG, pero por lo menos podíamos vernos.

—¿Qué tal, cariño? ¿Dónde estás?

La pregunta del millón.

—Pues estoy en el pueblo. Al final me tuve que venir antes.

—¿Y eso? ¿No ibas a ir a ver a la abuela primero?

—Sí, y fui, pero nos llamaron por un problema con las obras del jardín.

Cogí aire y relaté la historia por tercera vez en veinticuatro horas. Cuando terminé, mi madre se quedó mirándome con los ojos verdes, que yo he heredado, muy abiertos. Empecé a pensar que la imagen se había congelado.

—Pero... y entonces... ¿qué saben de esos huesos? —dijo al fin.

—De momento nada, me han dicho que cuando sepan algo me lo dirán.

—¿Quién más lo sabe?

—Paloma, Abel y la abuela.

—Mejor así. Intenta que no se entere mucha gente en el pueblo.

—Cada día te pareces más a la abuela. Tranquila, que no lo voy a pregonar.

—Tú llámame en cuanto sepas algo más.

—Que sí, no te preocupes. Y ¿qué tal estás tú? ¿Dónde estás exactamente?

—La verdad es que no me sé muy bien el nombre del pueblo, el más cercano está a una hora andando. Estamos en la zona del Himalaya, cerca de Nepal. Llueve todo el día.

Parecía cansada, no tenía buena cara.

—¿Comes bien? —pregunté preocupada. Me sentía como mi abuela haciendo esa pregunta, pero la veía pálida.

—Sí, hija. Mucho arroz y verduras, no te preocupes. Es sólo que estoy cansada.

Me dio la sensación de que estaba ausente, pensé que lo mejor era que la dejara descansar. Se pasaba el día trabajando, debía de estar agotada.

—Te dejo descansar entonces, te llamo si tengo novedades.

—Un beso, hija, pásatelo bien en el festival y ten cuidado.

Siempre me he preguntado por qué mi madre no se iba de vacaciones a la playa, como la gente normal, aunque fuera unos días. Estaba tan obsesionada con ayudar a los demás que a veces se olvidaba de cuidar de ella misma.

Después de la videollamada volví a mi estado de hibernación en el salón. No tenía muchas ganas de bañarme en la piscina ni de salir fuera en general. Todavía no estaba del todo tranquila, me pregunté si estaría desarrollando alguna especie de manía persecutoria. Me senté con el móvil en el sofá, subí el aire acondicionado y me pasé un rato largo cotilleando Instagram. Vi una foto de Saúl, se había dejado el pelo más largo y lo tenía más claro. Estaba en una playa de Australia. Todo muy buenrrollista. Salvando animales por la mañana, haciendo surf por la tarde. No le soportaba. ¿Se había hecho mechas? Muchas veces daba gracias por que se hubiera ido a diez mil kilómetros. Aunque desde que lo habíamos dejado mi vida amorosa no había remontado. Había tenido un par de citas con amigos de amigas, pero nada había cuajado. Para ser sincera, tampoco me podía quejar, me gustaba bastante estar sola.

Se me fue el tiempo hasta la hora de la cena entre pedir ropa por internet y ver una serie. Para continuar con el día de comida sana, me preparé una pizza para cenar —por «preparar» quiero decir meter en el horno— y me puse a ver *El apartamento*, de Billy Wilder. Es una de mis películas favoritas y siempre me pone de buen humor. Sobre las doce de la noche di por finalizado el día y subí a la cama, no sin antes comprobar otra vez que la alarma estaba activada. Al día siguiente había quedado con Abel sobre las diez, así que iba a tener que madrugar. Cuando entré en mi habitación me di cuenta de que me había dejado la ventana abierta, y había refrescado bastante. Con la colcha que tenía puesta iba a pasar frío. Abrí todos los armarios para buscar una manta, pero nada. No encontré ni una. Probablemente mi abuela las había subido todas al desván. ¿Y dónde estaba el desván? En el último piso de la torre. Mi sitio preferido cuando era pequeña, donde tantas noches había pasado con Abel y Paloma. Tuve que subir tres pisos de escaleras de caracol para llegar... ¡Desde luego mi abuela había puesto las mantas en un sitio muy práctico!

Encendí la luz de una bombilla bastante deficiente que colgaba del techo. El desván estaba bastante ordenado, aunque había cajas y cajas apiladas. Observé las ventanas con forma de arco que rodeaban el torreón, eran más pequeñas que las del resto de la casa, pero tenían las mejores vistas. Me asomé por una. Desde allí se veían todas las farolas del pueblo en la oscuridad, con el campanario iluminado. Más lejos, en medio de la negrura del campo, se distinguían las luces diminutas de otros pueblos.

Empecé la búsqueda de las mantas por un armario viejo con las puertas de cristal. Bingo. Había acertado a la primera. En la última repisa había un par de mantas de las buenas, de esas marrones que calientan igual que pican. Me puse de puntillas para alcanzarlas y tiré de uno de los extremos para coger una. La manta cayó a plomo sobre el suelo, y detrás de ella, una cajita de latón que yo no había visto.

Me senté en el suelo y recogí la caja, que se había abollado un poco del golpe. No pude resistirme a abrirla. Cuando miré dentro supe que era una pequeña caja de tesoros de cuando mi madre era joven: posavasos, entradas de conciertos, pines... Me emocioné inmediatamente. Me encanta encontrar cosas antiguas: mi madre no hablaba mucho de su juventud, así que aquella caja era una pequeña máquina del tiempo a su pasado. Ojeé las chapas, casi todas eran de grupos de música, y hasta había una de «Nucleares no». Me entró la risa, me hacía gracia imaginarme a mi madre metida en el rollo *flower power*. Saqué un fajo de pape-

les y sobres y vi algo que llamó inmediatamente mi atención: dos entradas para el Festival Internacional de Rock
por el Nuevo Milenio. ¡El festival! El mismo festival que
iban a volver a celebrar aquel año. Miré la fecha: agosto de
1978. El primer año que se celebró. Según había leído en
internet, este año se organizó la primera edición que debía
su nombre a la cercanía del nuevo milenio, porque según
mucha gente el mundo se acabaría al llegar el año 2000. Se
celebró durante unos años, pero después dejó de hacerse.
Ahora el festival se retomaba con una nueva imagen, Milenio Music Fest, y un cartel de rock indie y pop internacional muy interesante.

Mi madre había mencionado que recordaba el festival
cuando le conté que planeaba ir, pero no me había dicho
que había estado allí. Aunque, quién sabe, quizá las entradas ni fueran suyas, me extrañaba mucho que mis abuelos
la hubieran dejado ir. Me dije a mí misma que la próxima
vez que habláramos se lo preguntaría.

Seguí mirando en la caja y entre los posavasos de diferentes bares encontré un collar. Era un colgante de plata
con forma ovalada. O por lo menos parecía de plata, porque estaba tan negro que era difícil decirlo con seguridad.
Decidí que me lo llevaría y lo limpiaría, seguro que a mi
madre le haría ilusión recuperarlo. Di por finalizada mi ex-

pedición al desván y guardé la caja en el armario. No entendía muy bien por qué mi madre la había guardado en un sitio tan extraño. Aunque lo más probable es que hubiera sido mi abuela. O quizá incluso alguien de la empresa de limpieza.

Un rato después, ya metida debajo del edredón y de la famosa manta, busqué en Google cómo limpiar collares de plata. Una de las soluciones que mejor parecían funcionar era utilizar una mezcla de agua y bicarbonato. Estaba de suerte: bicarbonato era una de las pocas cosas que tenía en los armarios de la cocina. Me tapé hasta la nariz y decidí que el día siguiente limpiaría el collar. Mientras intentaba dormir, le daba vueltas a la cabeza: «¿De dónde habría salido el colgante? ¿Se lo habría regalado alguien a mi madre? ¿Por qué lo había dejado allí escondido?». Pero, sobre todo: «¿Por qué nunca había mencionado que había ido al festival?».

10

Into the mystic

Verano de 1978

Marga se despertó con un ruido de voces en el jardín. Al principio pensó que seguía soñando y que las voces eran parte de uno de los sueños tan vívidos que había tenido durante toda la noche. Miró al otro lado de la cama y vio que Carmen no estaba, seguramente era a Anthony y a ella a quienes oía hablar en la planta de abajo. Después del baño nocturno, Carmen y ella habían subido a dormir a su habitación. A Anthony le habían instalado en una de las habitaciones de invitados. Marga se pasó la mano por el pelo, aún lo tenía ligeramente húmedo. El efecto embriagador de la noche anterior todavía persistía en su cuerpo: la sensación de libertad, de electricidad al abrazar a Anthony dentro del agua... Aunque después de la marihuana y el bourbon tenía bastante dolor de cabeza. Se quedó unos minutos contemplando el techo blanco de la habitación, recreándose en los recuerdos de la que, hasta el momento, consideraba la mejor noche de su vida.

—¡Marga! —La voz de Carmen interrumpió sus ensoñaciones. Había entrado corriendo en la habitación—. ¡Tienes que bajar a conocer a los amigos de Anthony! —gritó mientras se tiraba de un salto a la cama. Estaba excitada, parecía que hubiera subido las escaleras corriendo.

—¿A los amigos de Anthony? —Marga se incorporó de golpe. De repente, sentía que le faltaba el aire.

Carmen se estiró en la cama y abrazó la almohada.

—No empieces a agobiarte, ayer dijiste que te parecía bien.

—Yo... —Marga se quedó en silencio. Carmen tenía razón. Lo había dicho. Pero nunca pensó que Anthony fuera en serio, además ella estaba colocada... ¿A quién había traído a su casa? La Marga de la noche anterior, a la que no le importaban las consecuencias de nada había empezado a desvanecerse. Y la antigua Marga, la que era consciente de lo que podría pasar si sus padres llegaban a enterarse de todo aquello, estaba pasándolo muy mal.

—Tengo que bajar a hablar con él —decidió mientras se levantaba de la cama.

Se miró en el espejo y se esforzó en arreglarse el pelo castaño con las manos. Todavía llevaba la ropa de la noche anterior. Abrió el armario y eligió un vestido de color melocotón.

—¿Qué tal estoy? —le preguntó a Carmen, que seguía tirada en la cama.

—¿Por qué te preocupa lo que piense de ti? Si vas a bajar a echarle.

—No, no quiero que *él* se vaya, pero no puedo convertir la casa en una comuna. Tú conoces a mis padres... Si se enteran de esto, no voy a poder salir de casa en tres años.

Marga sentía ganas de llorar. Se dejó caer en la silla de su escritorio e intentó tranquilizarse.

—Por una vez en tu vida, olvídate de tus padres. No están aquí, están a horas de distancia. No tienes vecinos. No hay nadie del servicio. No se van a enterar jamás —respondió Carmen—. Además, ¿tú te crees que si echas a sus amigos Anthony se va a quedar aquí, con nosotras?

Marga apoyó la cabeza sobre las manos. Lo que decía Carmen era verdad. Si echaba a quienquiera que estuviera en la planta de abajo, Anthony se iría con ellos. Y probablemente, no volverían a verle nunca.

—¿Por qué no bajas a conocerles? —Carmen se había levantado de la cama—. Son casi todo chicas. Te van a caer bien; además, sólo van a ser un par de días.

En circunstancias normales Marga nunca hubiera cedido. Habría llorado y le habría suplicado a Carmen que le ayudara a echar a todo el mundo de la casa. Pero Marga ya no era la misma. Desde el momento en que había visto entrar a Anthony en el bar, algo había cambiado. Y estaba dispuesta a tomar decisiones que antes no se le hubieran ni pasado por la cabeza.

—Buenos días —saludó tímidamente cuando Carmen y ella llegaron al jardín. A pesar de que estaba en su casa, se sentía como una extraña.

Anthony estaba sentado en el suelo, con las piernas cruzadas. Junto a él había tres chicas. Dos de ellas tenían el pelo castaño, una recogido en unas trenzas largas y densas y la otra corto, por encima del hombro. Pero la que llamó la atención de Marga fue la que estaba sentada a la derecha de Anthony. Tenía el pelo aún más largo que Carmen, de un color negro intenso que contrastaba enormemente con su piel pálida y sus ojos azules. Parecía muy joven, quizá incluso más que ellas.

—¡*Hello*, chicas! —Anthony se levantó entusiasmado cuando las vio aparecer y se acercó para abrazarlas—. Os voy a *introducir*, estas son María y Julia —dijo señalando a la chica de las trenzas y a la del pelo corto—. Y esta es Eba —indicó refiriéndose a la chica de la melena negra.

Marga las saludó con un gesto y una sonrisa. Parecían agradables. Se fijó en que Anthony también se había cambiado de ropa, llevaba una blusa blanca de lino y unos pantalones vaqueros anchos e iba descalzo. A Marga le parecía que estaba aún más guapo que el día anterior. Todavía no asimilaba que no hiciera ni veinticuatro horas que le conocía.

—¿Dónde está Leo? —preguntó Carmen, que se había sentado en el suelo con Julia y María.

—¡Aquí! —respondió una voz masculina.

Marga se dio la vuelta y vio venir a un chico que llevaba dos guitarras colgadas del hombro. Parecía que las había sacado del maletero de un viejo Seat 850 de color amarillo pálido que había aparcado cerca de la entrada.

—Este es Leo—le presentó Anthony.

Marga se acercó para darle dos besos. Leo no era muy alto, llevaba el pelo castaño oscuro recogido en una coleta y tenía la barba tupida bastante más descuidada que Anthony.

—¿Estamos preparados para el concierto? —inquirió mientras le pasaba una guitarra a Anthony y se sentaba en el círculo.

Marga le siguió y se sentó a la izquierda de Anthony. Estaba expectante... ¿Anthony sabía cantar? Cada segundo tenía más claro que era perfecto. Observó que Julia —¿o era María?— estaba liando un porro. Miró el reloj, eran las doce de la mañana. Leo y Anthony estaban probando las guitarras.

—*Okay*. ¿Tocamos *Into the mystic*, de Van Morrison? —sugirió Anthony mientras tocaba algunos acordes.

—Hecho —contestó Leo.

Marga no sabía quién era Van Morrison, le sonaba haber oído hablar a Carmen alguna vez de él. ¿O eran un grupo? Pero no había escuchado sus canciones. Ella se quedaba con Miguel Bosé. La chica de las trenzas le pasó el porro y esta vez Marga no lo pensó antes de darle una calada. Anthony y Leo empezaron a tocar una canción que ella no había oído nunca. Entendía algunas palabras sueltas por las clases privadas de inglés a las que le llevaban sus padres, pero no conseguía ensamblar el significado completo, era muy difícil con la pronunciación americana de Anthony. Años después, Marga sentiría escalofríos cada vez que escuchara esa canción. Pero en ese momento, en la voz de

Anthony, le pareció que era la canción más bonita del mundo.

We were born before the wind
Also younger than the sun
Ere the bonnie boat was won
As we sailed into the mystic.

Hark, now hear the sailors cry
Smell the sea and feel the sky
Let your soul and spirit fly
Into the mystic.

Cuando Anthony y Leo terminaron de tocar, Marga volvía a tener la cabeza y los sentidos embotados y la mente completamente aislada de la realidad. Carmen se había tumbado en el césped y tenía la cabeza apoyada en las piernas de la chica del pelo corto. Todos parecían cómodos aunque se acabaran de conocer, pero Marga observó que Eba, la chica de los ojos azules, parecía estar algo tensa.

—¿Qué tal si preparamos la comida? —preguntó Anthony al grupo.

Hubo un murmullo general de aprobación y todos se levantaron sin mucha prisa. Marga vio que Leo sacaba unas bolsas de comida del coche. Tenía que darle la razón a Carmen, aquella gente no parecía peligrosa. Habían hecho la compra y hasta se ofrecían a cocinar. Cuando estaba a punto de entrar en la casa, Carmen la agarró por el brazo.

—¿Qué pasa? —se sorprendió Marga.

—¿Has visto su guitarra? —preguntó Carmen en voz baja.

—¿La de Anthony? Sí, claro. Acaba de tocarla.

—No, no me refiero a eso. ¿Sabes cuánto cuesta esa guitarra?

Marga no entendía adónde quería ir a parar Carmen.

—No, Carmen. No lo sé...

—Pues ya te lo digo yo: mucho dinero. Este tío es un hippy de pacotilla y les ha vendido a todos estos la moto del amor libre y precario, pero tiene que tener una buena cuenta bancaria. El coche que tiene tampoco es nada barato.

Marga se encogió de hombros. ¿A quién le importaba que Anthony tuviera dinero? Mejor para ella, que estaba acostumbrada a llevar una buena vida.

—¿Y qué? Cada uno elige lo que hace con su dinero.

Carmen torció el gesto. No parecía muy convencida.

—Oye, tú has sido la que me has convencido para que les deje quedarse en mi casa. Ahora no me vengas con estas historias. Estamos todos bien y contentos —le reprochó Marga mientras se daba la vuelta para entrar a la casa. Carmen dudó unos segundos antes de seguirla.

Cuando entraron en la cocina los demás estaban reunidos, riendo. Marga estaba extrañamente relajada. No había vuelto a pensar en sus padres, ni en las consecuencias de lo que estaba haciendo. Volvía a ser la nueva Marga, la Marga de la noche anterior. Miró a Carmen, que se había sentado junto a Leo y jugueteaba con el pelo. Y repitió mentalmente la frase que le había dicho a su amiga unos minutos atrás: «Estamos todos bien y contentos». Se acercó a Anthony y se ofreció a ayudarle. Él se agachó para darle un beso en la frente. Marga estaba flotando. Su mente había entrado en un bucle de felicidad. Tanta, que no se dio cuenta de que, en la esquina de la cocina, Eba no parecía precisamente feliz. Sus ojos azules brillaban encendidos de rabia.

«Todos contentos», se repitió Marga mientras se pegaba aún más a Anthony.

11

Aunque tú no lo sepas

Generalmente me da pena no acordarme casi nunca de lo que sueño. Según me despierto, en mi mente no queda nada más que una nebulosa blanca. A veces recuerdo fragmentos o escenas sueltas. Pero en algunas ocasiones, por suerte o por desgracia, me acuerdo de lo que he soñado a la perfección. Aquel día era una de aquellas excepciones. Cuando me desperté estaba bañada en sudor debajo de la manta y el pijama se me había pegado como una segunda piel. Apagué la alarma del móvil. Por una vez me sentí aliviada al oírla. Había tenido una pesadilla horrible: me había pasado la noche corriendo por los pasillos de la casa —que en el sueño eran interminables— escapando de *algo* que me perseguía. No había visto qué o quién era mi perseguidor, porque durante todo el sueño no me había atrevido a girar la cabeza y mirar hacia atrás —no soy valiente ni en los sueños—. Lo único que sabía era que aquello que me seguía había salido del agujero del jardín. Quise pensar que no se trataba de un sueño profético. Me quedé un rato tirada boca arriba recuperando el ritmo normal de mis pulsaciones. Cuando conseguí tranquilizarme salí de la cama y me metí en la ducha.

Después de veinte minutos debajo del agua caliente, la pesadilla se había vuelto borrosa y volvía a sentirme segura en el mundo real. Estaba a punto de irme a mi visita guiada con Abel cuando vi sobre la mesilla el colgante que había encontrado la noche anterior. Bajé a la cocina y rebusqué en los armarios hasta que encontré un bote de bicarbonato sódico. Eché unas cucharadas en un vaso con agua y, siguiendo las instrucciones de Google, metí el colgante dentro. Si el truco funcionaba y el colgante era de plata, en unas horas estaría como nuevo.

Me había propuesto ir andando a los sitios y utilizar menos el coche, pero la bodega de Abel quedaba demasiado lejos como para ir dando un paseo. Estaba situada a las afueras del pueblo, justo en dirección contraria a mi casa. Tardé menos de diez minutos en llegar al desvío que salía de la carretera y que marcaba el acceso a Bodegas Arbaiza.

La bodega ocupaba el edificio de un antiguo monasterio del siglo XVI y estaba rodeada por hectáreas de viñas. Conduje con cuidado por el camino de tierra que llevaba a la explanada que servía de parking. Abel ya estaba allí, apoyado en el lateral de su BMW mientras miraba el móvil. Me sonrió cuando me bajé del coche.

—¡Bienvenida a Arbaiza! —exclamó emocionado mientras extendía los brazos.

—¿Y por dónde empezamos, guía? —le pregunté riendo mientras le daba un abrazo.

—Lo primero de todo es ver la materia prima —respondió señalando las viñas que se extendían hasta donde alcanzaba la vista.

Me hizo un gesto para que le siguiera por el camino empedrado que guiaba a la puerta de la bodega, pero antes de que llegáramos al patio del monasterio, se desvió para meterse en medio de las viñas.

—En Bodegas Arbaiza poseemos unas quinientas hectáreas de viña —comenzó Abel con tono didáctico mientras rozaba con la mano las hojas de una de las cepas.

—¿Aquí hay quinientas hectáreas? —cuestioné yo alucinando.

Abel se rio.

—No, mujer. No todas aquí. Aquí hay unas noventa, el

resto está en diferentes puntos de La Rioja y la Ribera Navarra. Además, no sólo trabajamos con nuestras viñas, también compramos a otros proveedores —aclaró.

Asentí mientras le seguía caminando entre las viñas.

—Trabajamos con diferentes variedades de uva; aquí sobre todo hay: garnacha, blanca y tinta; graciano y tempranillo.

Le miré mientras hablaba, desde luego tenía la lección aprendida. Había elegido ropa más informal que de costumbre: unos vaqueros y una camiseta blanca de algodón. Parecía relajado, estaba en su elemento. Se movía entre las plantas de viña con seguridad, mirándolas, acariciándolas... Abel siempre se entregaba a todo lo que hacía.

—¿Y cuándo se vendimia? —pregunté con curiosidad mientras examinaba los primeros racimos de uvas, que eran todavía del tamaño de guisantes.

—Aquí y en La Rioja generalmente se empieza la recogida a mediados o finales de septiembre. Pero cada año varía un poco, dependiendo del clima. De hecho, la uva blanca se vendimia antes. Y siempre por la noche —respondió—. Si decides quedarte aquí... puedes venir a vendimiar —añadió sonriente.

—Creo que mis riñones no están para recoger uvas de arbustos —contesté ignorando su insinuación.

—Bueno, en realidad las viñas no son arbustos, ni árboles. Son plantas trepadoras, es decir... lianas.

Arqueé las cejas sorprendida. Siempre había asociado las lianas con la selva y los climas tropicales, concretamente con Tarzán.

—Después de lo que te ha costado volver, espero que no tengas pensado irte pronto —volvió a insistir Abel.

Suspiré ante la pregunta que quería evitar responder.

—No lo sé... Me he propuesto empezar a escribir este verano. Empezar con algunos artículos, intentar que los publiquen...

—Si quieres trabajo, en la bodega estamos buscando a alguien que nos ayude con la comunicación —ofreció Abel.

—¿Y tú serías mi jefe? —inquirí riendo.

Se paró y puso los brazos en jarras, falsamente indignado.

—Dudo que pudieras tener un jefe mejor.

—Eso es verdad —le concedí.

—Prométeme que lo tendrás en cuenta. Puedes venir media jornada, te quedaría tiempo para escribir —me sugirió mientras se acercaba.

—Te prometo que lo pensaré —asentí.

—Muy bien —dijo satisfecho—, vamos a entrar en la bodega, está empezando a hacer calor.

Le seguí de vuelta al camino que llevaba a la entrada del antiguo monasterio. Abel no me había contado la historia del edificio, pero antes de ir había investigado un poco en internet y según la página oficial de Bodegas Arbaiza, el monasterio databa de 1557. Los fundadores de Arbaiza —es decir, la familia de Abel— lo habían comprado en 1989 y había sido objeto de varias ampliaciones desde entonces. Desde luego, los Arbaiza debían de estar podridos de dinero.

El edificio era de piedra y frente a la entrada había un pequeño patio decorado con flores en el centro; el emblema de la bodega —una «A» intrincada—, estaba grabado en un bloque de piedra. Abel se acercó a la puerta de madera y abrió con una llave.

—Hoy no hay nadie trabajando aquí, ni tenemos visitas. Así que, estamos tú y yo solos. Bueno, y Andoni, de seguridad.

En la entrada había un mostrador de manufactura moderna, y tras él, en la pared, se podía leer «Arbaiza» escrito junto a la emblemática «A» mayúscula, la misma que había en el patio y que aparecía en todas las botellas de vino.

—Aquí está la sede de la empresa, en el ala derecha —comentó Abel señalando una puerta con forma de arco—. Salas para comidas, reuniones y oficinas... Y abajo, está la bodega en sí. Aunque también tenemos algunas naves fuera. Sígueme —dijo mientras tomaba un pasillo a la izquierda de la entrada.

Las paredes interiores eran también de piedra y todo se había decorado cuidando hasta el más mínimo detalle. Seguí a Abel por el pasillo hasta llegar a una escalera por la que descendimos. Una vez abajo, continuamos avanzando por un pasillo con el techo abovedado que estaba iluminado con falsas antorchas —muy al estilo calabozo medieval—. Unos metros más adelante, se detuvo frente a una puerta.

—Primer paso después de la vendimia: la fermentación —indicó mientras la abría.

No pude evitar mi sorpresa al entrar en la sala. Era enorme y estaba ocupada por unos tanques metálicos gigantes, de unos seis o siete metros de altura. Abel me guio hasta una escalerilla metálica y ascendimos a una plataforma que discurría entre ellos. Miré hacia abajo y no pude evitar sentir vértigo: si me caía de allí, iban a tener que recogerme con cucharilla.

—Aquí es donde se fermenta el mosto. El azúcar de la uva pasa a transformarse en alcohol y... ¡boom! tenemos el primer vino —explicó él mientras nos deteníamos en el medio de uno de los pasillos.

—¿Y ya está? —pregunté extrañada.

Abel negó con la cabeza sonriendo.

—Eso es sólo la primera fermentación. Resumiendo mucho, después el mosto se separa de la materia sólida y vuelve a fermentar en esos otros tanques de ahí. —Señaló unos situados a la derecha de la plataforma—. Y luego filtramos, clarificamos...

—Pensé que el vino estaba siempre en barricas —dije yo, que hasta ese día no me había planteado cómo se hacía realmente el vino.

—Ese es el siguiente paso para los vinos crianza y reserva. El vino del año no se guarda en barrica. Pero en Arbaiza sólo hacemos crianza, reserva y gran reserva. Así que todo el vino que hay aquí acaba reposando en barrica.

—Ese es el siguiente paso de la visita, ¿verdad?

—Efectivamente. Aunque si trabajaras aquí, podrías enterarte mucho mejor de todos los procesos. —Abel no dejaba de volver al mismo tema.

No le respondí, me limité a fulminarle con la mirada para que dejara de presionarme. Sólo llevaba dos días allí, no estaba en condiciones de aceptar quedarme para siempre. Además, mi idea inicial era volver a Madrid después del verano.

Salimos de la sala de los tanques y le seguí hasta la estancia donde se encontraban las famosas barricas, que se apilaban unas encima de otras desde el suelo hasta casi llegar al techo.

—Diez mil barricas de roble americano y francés —indicó con un gesto.

—Creo que esta es mi parte favorita —contesté maravillada.

—Es la que más le gusta a todo el mundo —respondió orgulloso—. Después el vino se pasa a las botellas, que están en otra sala. Y ahí termina de reposar, siempre en horizontal, durante otros tantos meses.

No le estaba escuchando mucho, estaba entusiasmada mirando las barricas. Algunas tenían fechas marcadas con tiza en la tapa.

—Aunque si quieres, podemos saltarnos esa parte de la visita y pasar directamente a probar el vino —añadió viendo que yo había perdido la atención por sus explicaciones.

—Eso me parece una muy buena idea. Después de tanto rato oyendo hablar de vino me apetece mucho una copa.

Me había olvidado del calor que hacía en la calle. Miré la hora en el móvil: algo más de las doce del mediodía. Abel había preparado una especie de pícnic en una mesa de piedra que había en la parte trasera del monasterio, frente a las viñas.

Había sacado —no sé de dónde— queso, jamón, una hogaza de pan y un par de botellas de vino Selección Familiar.

—Vamos a brindar por que tu regreso no sea fugaz —sugirió mientras llenaba dos copas con el vino tinto.

Suspiré y levanté la copa para brindar. No tenía fuerzas para llevarle la contraria. Abel saboreó el vino y me miró con intensidad.

—Me alegro mucho de que hayas vuelto. Durante años pensé que no ibas a volver nunca... con lo enamorado que estaba de ti cuando éramos adolescentes. —Se rio sacudiendo la cabeza.

Me quedé callada y bebí de mi copa. No sabía qué contestar. Siempre había sabido que le gustaba, lo notaba cuando éramos niños, pero de eso hacía ya muchos años.

—Yo también me alegro de estar aquí —admití por fin.

Abel asintió, parecía que estaba medio en trance. Me fijé en su pelo fino, que parecía casi rubio bajo la luz del sol.

—Va a ser un buen verano —aseguró—. Olvídate de los huesos del jardín y de toda esa historia.

Y por un momento le creí. Sentados frente a las viñas, tomando vino y charlando bajo el sol del mediodía, las pesadillas y los fantasmas de la casa parecían un recuerdo lejano.

12

What kind of man

Cuando llegué a casa era casi la hora de cenar. Después de la visita a la bodega, Abel había insistido en invitarme a comer y en que le acompañara a la huerta de su padre. En la entrada estaba aparcado un coche negro que no recordaba haber visto antes. Dudé unos segundos sobre si salir o no. Hasta que alguien se bajó del vehículo: era Gabriel Palacios. Le saludé, abrí la puerta de hierro y le hice un gesto para que me siguiera hasta la casa.

—Empezaba a pensar que te habías vuelto a Madrid.

Tenía la misma cara de acelga de siempre, era la alegría de la huerta.

—Perdona, no sabía que me estabas buscando —me

justifiqué mientras sacaba del maletero las trescientas bolsas de patatas, pimientos, tomates en conserva, botellas de vino y huevos que me había dado Abel.

Gabriel se acercó y me ayudó con algunas de las bolsas. No se podía negar que era muy educado.

—¿Vienes de saquear un súper ecológico?

Vaya, vaya, pero si el subinspector tenía sentido del humor.

—Sólo una huerta. Pero no digas nada, no estoy hecha para la cárcel.

—¿Y qué vas a hacer con todo esto? —me preguntó cuando dejamos las bolsas en la cocina.

Era una buena pregunta, mis habilidades culinarias se limitaban a preparar pizza y pasta.

—Pues no lo sé —admití—. ¿Has venido hasta aquí para juzgar lo que cocino?

Gabriel se rio mientras se apoyaba en la encimera. Cuando sonreía estaba demasiado guapo. No es que nadie pueda estar demasiado guapo, pero teniendo en cuenta que llevaba el caso de los huesos de mi jardín, me convenía seguir viéndole como a una acelga.

—En realidad, no. He venido a ver cómo estabas. No tengo novedades. De momento, seguimos esperando los análisis del laboratorio. —Hizo una pausa—. La verdad es que no, no estoy aquí de forma oficial —añadió.

—O sea que, ¿esto es una visita de cortesía?

—Más o menos. No me has contestado, ¿sigues preocupada?

Su interés parecía sincero, estaba estudiándome con la mirada.

—Estoy bien, lo peor fue el shock inicial —confesé.

Evité comentarle que ahora tenía pesadillas en las que me perseguían entes que salían de la fosa del jardín.

—Te prometo que te mantendré informada. En principio deberíamos poder datar los restos pronto gracias al fragmento de periódico que encontramos. Pero como ya te comenté, los huesos estaban en un estrato inferior a los del perro, así que estamos hablando de una antigüedad mínima de quince años.

En ese momento me alegré bastante de la existencia de la prensa escrita. También me alegré de que Gabriel hubiera ido a visitarme. No todo el mundo se tomaría esa molestia. Miré las bolsas que habíamos apilado y las botellas de Arbaiza que me había regalado Abel. ¿Estaría cruzando alguna línea si...?

—Oye, igual ya tienes planes, pero ya que has venido hasta aquí... ¿quieres quedarte a cenar?

Gabriel me miró mientras se pasaba la mano por la mandíbula, acariciándose la barba de dos días.

—No tengo planes. Y tengo la noche libre. ¿Qué tal cocinas?

—Mal —reconocí—. Pero por lo menos tenemos vino.

—Pues entonces cocino yo —anunció. E inmediatamente se puso a mirar en las bolsas que me había dado Abel—. ¿Quieres huevos al plato? Sin jamón, porque aquí sólo hay verduras —comentó después de examinar todas las bolsas.

—Vale —acepté. Tampoco estaba como para exigir.

—Como sigas comiendo esto te va a dar un infarto —me advirtió mientras inspeccionaba el contenido de mi nevera.

Le lancé una mirada despectiva. Tenía pinta de ser de los que sólo comían pollo y arroz.

—¿Cuánto tiempo llevas siendo subinspector? —le pregunté mientras buscaba el sacacorchos para abrir una botella de vino. Eso sí que sabía hacerlo.

—Poco más de tres años, pero entré al cuerpo hace ya casi ocho —contestó mientras cortaba un calabacín.

Calculé mentalmente que debía de tener unos treinta y un años.

—Pensé que trabajarías en la empresa de tus padres...

—Podría haberlo hecho. Pero siempre he tenido vocación de policía. Mi hermano se encarga de la fábrica.

Me di cuenta de que no sabía nada de él. Ni siquiera

éramos amigos de pequeños, no habíamos hablado más de diez veces en toda nuestra vida y ahora le tenía cortando calabacines en mi cocina. Pensándolo bien, era algo así como una cita de Tinder. ¿Cita? ¿Era aquello una cita? Me puse tan nerviosa que estuve a punto de tirar las copas de vino al sacarlas del mueble.

Gabriel pareció darse cuenta de que estaba nerviosa, pero siguió hablando.

—¿Sabes qué me hizo querer ser policía? —Ahora estaba cortando una cebolla del tamaño de un balón de playa.

—¿Las series de televisión? —Me había sentado en la encimera y había empezado a beber vino, que es lo mío.

—No. Aunque bueno, siempre ayuda. Fue el crimen de la Moon.

Fruncí el ceño esforzándome por recordar. Me sonaba aquella historia, aunque no tenía más de trece años cuando pasó. En el pueblo había una discoteca, The Moon, donde venía gente hasta de Logroño. Por lo visto, dentro había hasta una pizzería y tenía varias plantas, aunque llevaba ya años cerrada.

—¿Qué fue exactamente lo que pasó? Me acuerdo de algo pero muy poco.

—Dos chicas fueron asesinadas una noche, cuando salían del local. Al día siguiente un cazador encontró sus cuerpos cerca del Ebro.

Gabriel era parco en palabras.

—Ahora me acuerdo... Pillaron al asesino, ¿verdad?

—Sí —afirmó mientras seleccionaba pimientos—. Un temporero, había venido a recoger espárragos. Me afectó mucho. No pensaba que esas cosas pudieran pasar aquí, ya sabes. A raíz de eso empecé a interesarme por los crímenes, la policía... y supongo que me encontré con mi vocación.

Todos los lugares tienen su pasado negro. Aunque es cierto que, en un pueblo tan pequeño, dos asesinatos a sangre fría supusieron una conmoción. Aun así, la gente olvida rápido, ni siquiera yo misma recordaba mucho de aquel crimen. El efecto se diluía con los años. Me pregunté si era aquello lo que había pasado con los huesos del jardín: ¿algún crimen olvidado y oculto por el tiempo?

—Bueno, chica de ciudad. ¿Y tú a qué te dedicas? ¿Piensas quedarte mucho aquí?

La pregunta del millón. Gabriel me sacó de mis cavilaciones sobre asesinatos.

—Técnicamente soy periodista. Y mi idea es ejercer como tal, dedicarme a escribir artículos de investigación.

—¿Vas a convertirte en una de las reporteras que acosan a los policías cuando hay un caso? —preguntó con sorna.

Le miré indignada.

—Hacemos nuestro trabajo, agente.

Me devolvió la mirada y soltó una carcajada.

—Agente no, subinspector. Y era una broma. Me parece muy bien. Pero ¿por qué aquí?

—No pienso... bueno, no pensaba quedarme aquí. Sólo quería cambiar de aires durante el verano.

A pesar de que no soy muy buena cocinera, me esforcé por ayudar a Gabriel a preparar la cena: rehogamos las verduras, hicimos el sofrito de tomate y lo pusimos todo junto con los huevos —primero las claras y luego las yemas, para que no se cuajaran, truco del subinspector— en el horno. Tardamos unos cuarenta minutos en sentarnos a la mesa y empezar a cenar con una copa de vino —en mi caso, ya iban cuatro.

—Sé que es un poco ridículo, pero... ¿crees que los asesinatos de la Moon podrían tener que ver algo con los restos de la fuente? —Llevaba un rato dándole vueltas a aquella teoría.

Gabriel negó con la cabeza, tenía la boca llena.

—No, no lo creo en absoluto. Los asesinatos de las dos chicas fueron hace unos doce años y los restos del

jardín parecen llevar ahí más de quince —contestó finalmente.

Tenía razón, mi teoría tenía muchas lagunas. Sería mejor que le dejara la investigación a él.

—Mejor deja que investiguemos nosotros —añadió
sonriendo.

Touchée.

—Quién sabe, cuando se resuelva todo igual puedo escribir un artículo interesante. A lo mejor destapamos una
historia de la Guerra Civil.

Gabriel no contestó, volvía a tener la expresión seria. De-
duje que sabía más del caso de lo que me estaba contando.

—Mañana empieza el festival —comentó cambiando de
tema—. ¿Sabías que se empezó a celebrar en el 78? Aunque
duró pocos años...

La pregunta me hizo acordarme de la caja que había encontrado en el desván. Y del colgante. ¿Se habría limpiado
ya? Pasamos el resto de la cena hablando de temas triviales:
quién salía con quién en el pueblo, los pocos recuerdos que
compartíamos de cuando éramos pequeños...

—Creo que me voy a ir yendo —anunció Gabriel después de haber insistido en ayudarme a llevar todo a la cocina y meter los platos en el lavavajillas. Desde luego no me
estaba luciendo como anfitriona. Desde que él había entra-

do por la puerta, mi mayor aportación había sido darle vueltas a las verduras durante dos minutos.

—Claro, te acompaño. Imagino que trabajas mañana.

—Sí, y bastante pronto —dijo mientras se ponía la chaqueta.

Le acompañé hasta la puerta de entrada, Dalí, que no se había separado de nosotros en toda la noche, nos siguió.

—Bueno, gracias por hacerme la cena en mi propia casa. La próxima vez cocino yo, te lo prometo —me comprometí mientras abría la puerta.

Gabriel se apoyó en el marco.

—¿Habrá próxima vez?

No supe qué contestar. ¿Habría próxima vez? Me sentía como en esos programas de citas en los que al terminar te preguntan si quieres repetir. Pero, claro, la diferencia era que la cena de aquella noche *no* era una cita. O por lo menos, de eso intentaba convencerme.

Miré a Gabriel. Momento incómodo.

—Sí... claro, si quieres.

No tuve tiempo de agobiarme más. Gabriel se inclinó y me besó. Reconozco que no lo vi venir. Me dejé llevar y me puse de puntillas para agarrarme a su cuello. Él bajó las manos hasta mi cintura. Unos segundos después nos separamos muy despacio. Tenía que reconocer que besaba muy bien.

—Creo que es el momento de pedirte tu número de teléfono —susurró a unos centímetros de mi cara.

A mí me entró la risa tonta: no soy precisamente un hacha ligando.

—La verdad es que la primera vez que te lo di fue menos romántico. Pero te doy permiso para que me llames para tomar algo y no para hablarme de muertos —respondí bromeando.

Antes de irse definitivamente me dio un beso rápido en los labios.

—Buenas noches, Anne.

—Buenas noches.

Cerré la puerta y me apoyé en ella. ¿Acababa de besar a Gabriel? Efectivamente, acababa de besar a Gabriel. Bueno, para ser justos, me había besado él. Tenía el corazón a punto de estallar. Entre eso y que me había bebido casi una botella de vino, todo me daba vueltas. De repente, empecé a sentir náuseas: mi cuerpo se estaba revelando contra el Arbaiza. Salí corriendo al baño y me agaché ante la taza para vomitar. Desde luego, si tenía mariposas en el estómago, acababa de echarlas todas.

13

Dancing in the moonlight

Verano de 1978

Si unos días antes le hubieran preguntado a Carmen dónde estaría esa noche, hubiera respondido que en el bar, tomando algo con Marga en compañía de los hombres que bajaban a fumar puros y ver el partido de fútbol de turno. Entre ellos estaban los Pablos, que eran primos y se pasaban allí las tardes jugando al dominó. Los dos se llamaban igual porque a sus madres, que los habían tenido el mismo año, les gustaba el mismo nombre y ninguna quiso ceder. Y allí estaban Pablo y Pablito, que era como los llamaban para diferenciarlos. Sí, eso era lo que Carmen hubiera esperado de esa noche: aburrimiento. Y quizá la visita de alguno de sus ligues de Estella cuando cerrara el bar. Un paseo en coche, enrollarse en los asientos de atrás, unos tragos de vino... Pero desde luego, ni en sueños se hubiera imaginado que estaría bailando alrededor de una hoguera en el jardín de Marga.

Carmen levantó la vista hacia el cielo. A ojos de alguien que no entendiera, la luna parecía estar llena. Pero Carmen sabía que todavía no. La luna no estaría completamente llena hasta dentro de dos noches, la última noche del festival. No es que ella fuera una apasionada de la astrología; de hecho, las únicas constelaciones que era capaz de reconocer eran la Osa Mayor y la Osa Menor. Pero pasaba muchas horas en el bar, y en el bar había un calendario enorme que indicaba todas las fases lunares. Con los años, Carmen se había acostumbrado a saber siempre en qué punto estaba la luna. Y también se había aprendido la mitad de los santos del santoral. Algunas de sus amigas de fuera del pueblo hablaban de la energía de la luna llena, del poder de los cristales y de las cartas. Y aunque ella estaba muy en sintonía con el movimiento hippy y, en general, con todo lo que implicara beber, fumar y bailar, no terminaba de creerse del todo aquellas historias.

Carmen era más bien práctica. Creía en lo que tenía delante. Lo que podía tocar y sentir: el dinero, las escapadas, las fiestas... todo lo que le ayudara a huir de un futuro incierto, de sus padres, de la sensación de estar encerrada en el bar, en el pueblo. Marga no tenía que preocuparse de esas cosas, sus padres tenían mucho dinero. Carmen la veía llegar e irse del pueblo, pasar por allí de forma fugaz. Nadando en la piscina de su mansión. Y aunque a veces la envidiara, la quería mucho. Porque su amiga era buena, demasiado inocente a veces, pero de buen corazón. Aunque en ese instante, no reconocía a la Marga que tenía delante. La Marga que bailaba junto al fuego descalza, con su vestido de color melocotón.

—¡Carmen, baila conmigo! —Marga se acercó y la cogió de las manos, levantándola del suelo.

Anthony y Leo habían vuelto a coger las guitarras, igual que aquella mañana, y todos bailaban —en parte influenciados por el efecto de la marihuana y el alcohol—. Aunque Carmen tenía la teoría de que Anthony guardaba algo especial para él, probablemente LSD, porque hacía un rato le había visto de cerca y tenía las pupilas a punto de salírsele de los ojos. Carmen bailó con Marga al ritmo de *Sister golden hair* sin perderlo de vista. Él era la piedra angular de todo lo que pasaba allí. Era quien les había juntado, quien decidía cuándo comían o bailaban. Se preguntaba cuál era su historia, por qué vivía como un hippy alguien que tenía dinero como para vivir con comodidades. ¿De dónde habrían salido el resto? Julia y María parecían mayores de edad, tendrían más de veintiuno. Pero Eba... apenas aparentaba tener dieciocho. ¿Sabrían sus padres que estaba allí?

—¡Creo que me voy a casar con él! —le gritó Marga al oído.

Carmen alzó las cejas y se rio. Marga estaba bastante colocada.

—Claro que sí. Y yo seré tu madrina —respondió.

—¡Eso es! Nos casaremos aquí, en este jardín.

—¿Y el cura?

Marga paró de bailar un instante, parecía realmente preocupada.

—No. Sin cura. No me gustan los curas, estoy harta de ir a misa —sentenció.

Carmen volvió a reírse. Desde luego Marga estaba colada por el guiri, le iba a tocar consolarla cuando se acabara el festival y él siguiera con su vida de trotamundos. Miró al otro lado de la hoguera, Julia y María bailaban juntas. Eba estaba sentada en el suelo, con la mirada perdida entre las llamas.

—¿Qué le pasa a esa? —le preguntó a Marga.

—Estará cansada —aventuró Marga sin darle importancia.

Anthony, que también se había dado cuenta de que a Eba le pasaba algo, se echó la guitarra hacia atrás y se agachó para hablar con ella. Estaban demasiado lejos y Carmen no consiguió oír lo que decían. Pero fuera lo que fuese lo que le dijo, Eba se levantó y sonrió. «El efecto Anthony», se dijo Carmen. Lo controlaba todo, hasta el estado de ánimo de la gente a su alrededor. Si él quería, podía hacer que los demás se sintieran especiales. Incluida Marga. Y aunque Carmen no quisiera reconocerlo y no confiara del todo en él, a ella también. Porque le gustaba estar a su lado, le gustaba que él la apreciara, que le dijera las cosas buenas que veía en ella. Al fin y al cabo, era ella quien había convencido a Marga para que todos se quedaran allí. Se soltó de las manos de su amiga y se dejó caer en el suelo otra vez, estaba sudando.

—¡Venga! ¡No me dejes bailando sola! —le reprochó Marga. Ella también estaba sudando, las gotas resbalaban por su cara y empapaban su vestido. Pero no parecía importarle.

—Si sigo bailando así, me va a dar una lipotimia. Anda, vete un rato con tu futuro marido.

Marga hizo un puchero y se fue a buscar a Anthony. Carmen se tumbó, aliviada. Notaba el corazón latiéndole con furia en el pecho. Cogió la goma que llevaba en la muñeca y se recogió el pelo en una coleta alta. Miró las estrellas y se concentró en buscar la Osa Mayor. Aún estaba en ello cuando alguien se tumbó a su lado.

—¿Has visto Casiopea? —preguntó Leo acomodándose.

Carmen negó con la cabeza, no tenía ganas de explicarle que no sabía qué era Casiopea.

—Mira, está ahí —indicó él señalando algún punto a la derecha—. Es esa que parece una «W».

Carmen se esforzó por localizar las formas que describía Leo, pero le parecía que todas las estrellas se movían, que bailaban igual que ella unos minutos antes.

—Ah, sí, ya la veo. —mintió—. Oye, Leo, ¿cuál es tu nombre de verdad? ¿Leonardo? —preguntó para cambiar de tema.

Leo se puso de lado para mirarla, estaban a unos pocos centímetros.

—La verdad es que es diminutivo de Leopoldo —admitió.

—Quince de noviembre —afirmó Carmen.

—¿Qué? —Leo la miró sin comprender.

—Tu santo —aclaró ella— es el quince de noviembre.

—Nunca me lo había preguntado... —reconoció Leo—. ¿Cómo sabes eso?

Carmen se encogió de hombros. Estaba demasiado cansada como para contarle la historia del bar, de las horas muertas recitando mentalmente los santos del calendario. En lugar de eso, se acercó más a él, reduciendo la ya escasa distancia que les separaba. Le miró durante unos segundos a los ojos, parecían negros, pero con aquella luz era imposible saberlo. Y, sin pensarlo más, acercó sus labios a los suyos y comenzó a besarle, primero despacio, con dudas, y después con intensidad.

—Carmen... —una vocecita interrumpió el momento.

Carmen se separó de Leo y se incorporó para sentarse. Una sudorosa y desorientada Marga la miraba con ojos llorosos.

—Me parece que tengo que vomitar —anunció.

—Qué sorpresa... —suspiró Carmen.

—¿Por qué no te sientas? —sugirió Leo.

Marga se desplomó en el suelo como un muñeco de trapo y se tendió boca arriba.

—¿Estás bien? —Carmen le retiró unos mechones de pelo de la cara.

—Sí... —respondió ella amodorrada.

—¿Dónde está Anthony? —se interesó Carmen mientras le buscaba con la mirada.

—No lo sé —contestó Marga, que ya tenía los ojos cerrados.

Tardó un par de minutos en quedarse dormida —o inconsciente—. Carmen no lo tenía muy claro.

—Acompáñame dentro, vamos a por agua o café. A ver si se espabila —le dijo a Leo.

Cuando se levantaron vio que la hoguera estaba casi apagada. La habían hecho frente a la casa, en la parte de tierra y no en el jardín. Así sería más fácil tapar la marca. Con todo, Marga y ella iban a tener que inventarse alguna historia para explicárselo a sus padres cuando volvieran. Echó un vistazo alrededor: Julia y María estaban en unas condiciones similares a las de Marga, abrazadas en el suelo. Ni rastro de Anthony y Eba.

—Voy a ver si encuentro a Anthony y Eba, no vaya a ser que les haya pasado algo. ¿Me esperas dentro? —sugirió.

—Vale —aceptó Leo somnoliento.

No parecía tener mucho interés en acompañarla de excursión por los jardines.

Carmen esquivó la hoguera y se dirigió al lateral del jardín; agradeció que la luna estuviera casi llena y el cielo despejado, porque no tenía linterna. Sin embargo, era difícil distinguir algo entre los árboles del pequeño bosque artificial que rodeaba la mansión. Cuando estaba cerca del torreón, le pareció oír unas voces apagadas. Se acercó a la casa sigilosamente. Anthony y Eba estaban apoyados en una de las paredes de la torre. Eba tenía la espalda recostada contra la pared y Anthony estaba inclinado, a muy poca distancia de ella. Pero a Carmen la escena no le pareció romántica, la postura de Anthony no era cariñosa, era más bien amenazadora.

—No puedes comportarte así... —dijo él.

—¿Por qué nos has traído a esta casa? ¿No ves que esas chicas no son como nosotros? Esa Marga es una niña malcriada. —replicó Eba con desprecio.

Carmen se acercó un poco más y se refugió en uno de los laterales del torreón.

—¡Nos ha dejado su casa! Tú no eres... *You never value what I do for you!* —exclamó Anthony levantando la voz. Parecía estar fuera de sí.

Eba le miraba tranquila, no se había inmutado ante sus gritos.

—Sí que lo hago. Tú me sacaste del pueblo, pero sabes lo que busco. Yo te he enseñado el valor de esta tierra, de los dioses antiguos. Y te vas con la primera fulana que pasa. Siempre haces lo mismo. —La voz de Eba estaba teñida de resentimiento.

Anthony se pasó la mano por el pelo, parecía haber recuperado el control sobre sí mismo.

—Sabes que tú eres mi favorita —susurró acercándose más a Eba. Su voz volvía a ser dulce y comedida.

«Es un encantador de serpientes», pensó Carmen.

—Prométeme que, pase lo que pase, nunca me vas a dejar —le pidió Eba.

—*I promise.* Te lo prometo.

Carmen se alejó cuando se empezaron a besar. Tenía una sensación rara en la boca del estómago, un mal presentimiento. Sacudió la cabeza para alejar las malas sensaciones. Al día siguiente empezaba el festival y seguro que se lo iban a pasar bien. No quería ser una aguafiestas. Sin embargo, no consiguió liberarse de la angustia en toda la noche. Ni siquiera después de conseguir despertar a Marga y meterse en la cama con ella. Soñó con la casa, con los ojos azules de Eba y su voz flotando en el aire, «prométeme que, pase lo que pase, nunca me vas a dejar», repetía una y otra vez. Y también con la sonrisa de Anthony, que, de repente, se convirtió en una serpiente.

14

La bajona

—¡¿Qué?! ¿Que te has enrollado con Gabriel? —La voz de Paloma me taladró los tímpanos a través del móvil.

—No grites, por favor... —supliqué mientras me masajeaba las sienes. El exceso de Arbaiza del día anterior me estaba pasando factura, me iba a explotar la cabeza.

—Si tienes resaca, te jodes, no haberte bebido media bodega ayer. Y vete recuperando, que en media hora estoy en tu casa.

Colgué el teléfono y metí la cabeza debajo del edredón. Cuanto mayor me hacía, peor me sentaba el alcohol. Estaba entrando en ese período en el que necesitas dos días para recuperarte de una noche de fiesta. Lo peor de todo es que ni siquiera había salido, sólo había bebido vino. La fiesta empezaba aquella noche. Era el primer día de festival y Paloma se iba a encargar de recordármelo. Habíamos quedado en pasar el día en mi casa, comer y prepararnos para ir allí por la tarde. Aunque en ese momento me estaba arrepintiendo profundamente de haber hecho planes. Lo único que me apetecía era dormir durante tres días.

Muy a mi pesar, salí de la cama y reuní todas mis fuerzas —que no eran muchas— para ducharme y tomarme un ibuprofeno. Cuando Paloma llegó, estaba en el sofá con Dalí hecha un ovillo viendo los veranos de ensueño de las *influencers* en Instagram.

—¿Te ha atropellado un tren? —me preguntó sentándose conmigo.

—Ojalá. Esto es la prueba irrefutable de que somos viejas.

—Habla por ti, guapa. Yo estoy en plena forma —alardeó Paloma—. Y, además, he traído pollos asados.

Me dieron ganas de abrazarla, nunca me había alegrado tanto de ver una bolsa de comida preparada. Devoré el pollo como si me acabaran de liberar de un secuestro.

—Joder, pareces Obélix comiéndose un jabalí —dijo Paloma arrugando la nariz.

Estuve tentada de contestarle con la boca llena, pero me contuve, tragué y me limpié con una servilleta.

—No me juzgues. Tengo mucha resaca.

—No lo hago. Pero estás tardando en contarme qué pasó anoche con el policía.

—Pues cenamos juntos aquí y luego cuando se despedía... nos besamos. Es una historia corta —respondí quitándole importancia.

—¿Le llamaste para que cenara contigo? —preguntó Paloma extrañada.

—No, estaba aquí cuando llegue.

—¿Estaba aquí?

Resoplé con cansancio y le di un sorbo a mi lata de Coca-Cola, mi última esperanza para revivir.

—Vino a verme, por el tema de los huesos, quería saber si estaba bien —expliqué.

—¿Y tú invitas a cenar a todo el que pasa por aquí?

—Sólo a los que me gustan.

—¡Así que te gusta! —exclamó Paloma—. La verdad es que es bastante guapo, muy serio para mí, pero claro, el uniforme... suma puntos.

Puse los ojos en blanco.

—¿Y tú qué? Desde lo de tu novia de la universidad, ¿nada?

Paloma había estudiado la carrera de Veterinaria en Zaragoza y había estado un par de años saliendo con una chica de su facultad, creía recordar que se llamaba Claudia, pero, por si acaso, no dije el nombre. No queda muy bien olvidarte de cómo se llama la novia de tu amiga.

—Bueno, algunas citas por Tinder, pero nada interesante —comentó encogiéndose de hombros.

—En el festival habrá mucha gente de fuera, igual conoces a alguien interesante —aventuré.

Paloma sonrió sospechosamente, mostrando los colmillos extrañamente afilados que tenía. Yo conocía esa sonrisa y sólo podía significar una cosa: no estaba tramando nada bueno.

—En realidad... ya he fichado a alguien.

Efectivamente, tenía razón. Esa sonrisa de duende nunca era un buen augurio.

—Pero si no te ha dado tiempo, aún no ha empezado el festival —aluciné yo.

—Nos hemos conocido por Instagram —aclaró.

—A ver, enséñamelo —pedí mientras me acercaba a su lado del sofá.

—Mira —dijo mientras me pasaba el móvil—. Se llama Fon y es el organizador del festival.

En la pantalla del móvil estaba el perfil de Instagram de @fondelagarza, en sus propias palabras: «Alfonso de la Garza. Emprendedor, International Bussines & Traveler».

Veinte mil seguidores. El tío era un cliché con patas. No me pegaba nada que fuera el tipo de Paloma. En el noventa por ciento de sus fotos aparecía sin camiseta, mostrando un torso que le habría costado muchas horas de gimnasio. Cada imagen, en una localización distinta: desde el sudeste asiático hasta Formentera, pasando por Barcelona y Madrid. Todo en sitios exclusivos. Pero con rollo hippy/pseudoespiritual. Aunque lo que más llamaba la atención es que el tal Alfonso —Fon, para los amigos— tenía una melena dorada larguísima, que le caía casi hasta los glúteos de estatua griega. Un poco de barba, ojos castaños y mirada intencionadamente misteriosa.

—Pero ¿de dónde has sacado a este friki? —le pregunté a Paloma.

—Tampoco te pases, que es muy majo —contestó ofendida.

—Ya, bueno, pero... no es mucho tu rollo, ¿no?

—Tenemos conversaciones muy interesantes, me ha dicho que nos pasemos por la zona vip a conocerle.

Asentí mientras seguía mirando las fotos de Fon. Vale, era guapo. Pero desde luego no me atraía nada.

—Un momento... ¿tiene novia? —dije mientras ampliaba una de las publicaciones.

En la foto salían Fon y una chica de pelo castaño claro

que sonreía a la cámara. Muy guapa. Parecía que estaban en una terraza en un ático de Madrid.

—Bueno, no lo sé. Puede que sí... De todas formas, yo sólo quiero conocerle y charlar con él —respondió Paloma con voz inocente—. Aunque la verdad es que no sé si me gusta más él o su novia —añadió mirando la foto.

—Por favor, no la líes —le rogué.

—¡No te preocupes! Si nos lo vamos a pasar bien. Lo bueno de conocer a Fon es que vamos a poder ver todos los conciertos de cerca y beber gratis. Deberías darme las gracias.

Yo no lo tenía tan claro. Paloma era impulsiva y en cuanto bebía se descontrolaba bastante. Esperaba no tener que mediar entre ella, la novia de Fon y el susodicho.

Después de comer subimos a mi habitación para prepararnos para el festival. Paloma llevaba un top de leopardo y unos Levi's cortos. El toque final eran sus gafas de ojo de gato blancas y las Converse de plataforma de colores.

—Esto no es Coachella —dije cuando me enseñó el modelito.

—Eres un coñazo. ¿Qué te piensas poner tú?

Buena pregunta. Miré mi armario durante unos minutos. Tenía muchísima ropa y, aun así, me parecía que no tenía nada que ponerme. Después de no escuchar unos cuantos consejos de Paloma, acabé eligiendo una minifalda tejana y un top blanco con escote en los hombros.

—He traído purpurina —anunció Paloma.

Al principio me resistí, pero luego acabé con los párpados llenos de purpurina dorada que en palabras de Paloma «resaltaba el verde de mis ojos».

—Deberías tapar ese boquete —me sugirió Paloma cuando salimos de la casa.

Eché un vistazo al hoyo que la policía había dejado en el jardín. No había tenido tiempo —ni ganas— de llamar a Gerardo para que me arreglaran la fuente y aquel desastre.

—Debería taparlo. Pero creo que esperaré a que esté todo el tema resuelto, no vaya a ser que tengan que volver a abrirlo.

—No te he vuelto a preguntar, pero imagino que Gabriel no te dijo nada nuevo ayer, ¿no?

Negué con la cabeza mientras me montaba en su coche.

—Nada nuevo... —suspiré.

Cuando llegamos a la entrada del festival, me costó creer que aquello estuviera sucediendo allí, en el pueblo. Unas letras enormes de led en las que se podía leer «Milenio» enmarcaban la puerta. Nos pusimos a la cola, había bastante gente, pero todavía era pronto. Eché un vistazo alrededor. El paraje habitualmente desértico parecía haberse convertido en una sucursal del famoso festival de Coachella. Aunque más bien me recordaba al Burning Man, el festival que se celebra durante días en el desierto de Nevada y en el que se quema un muñeco gigante con forma humana —de ahí el nombre—. La zona donde habían instalado Milenio era bastante curiosa: un paraje enorme de tierra roja, seca, arcillosa, llena de cristales de sal y filtraciones subterráneas, custodiada por algunos montes del mismo material. Un paisaje que parecía sacado de una película del Oeste. O de una de alienígenas. Desde luego, costaba creer que estuviéramos en Navarra.

—He escrito a Fon, me ha dicho que nos espera en el área privada, para tomar algo antes del concierto —me informó Paloma cuando entramos al recinto.

Una vez pasada la entrada, después de andar unos metros, empezaba mi parte favorita de cualquier festival: los puestos de comida y bebida. La explanada estaba llena de *foodtrucks* de todo tipo: arepas, hamburguesas gourmet, helados, pizzas... y, por supuesto, sangría y cerveza. Miré a Paloma con gesto suplicante. Pero ella siguió andando. Esperé que tuviera razón en que Fon nos iba a dar bebida gratis. Si no, me iba a cabrear bastante. La seguí hacia el escenario principal. A lo lejos se veía la zona del camping: miles de tiendas de campaña y una zona de tipis indios.

Apostaría un brazo a que era donde se alojaban Fon y su séquito. Había leído en una revista cómo se llamaba aquello: *glamping*. Básicamente consistía en hacer camping sin pasar penurias. Tiendas enormes y hasta con camas dentro.

—Bueno, aquí es —dijo Paloma deteniéndose en una valla que separaba el recinto de pista de otro diferente, situado en un lateral del escenario y con carpas de tela. El guardia de seguridad miraba nuestras pulseras con cara de «No podéis pasar, plebeyas», pero Paloma ya estaba haciendo *la* llamada a Fon.

Me entretuve mirando los cristales de sal que había en el suelo. ¿Cómo había estado diez años sin volver allí? Me fascinaba aquel lugar, incluso después de haberse convertido en un parque temático. Entré detrás de Paloma en la zona vip y sonreí: empezaba lo bueno.

15

Verbena

Lo que más me gustó de la zona vip fue que tenía su propio bar. Paloma tenía razón con Fon, nos había dado unas pulseras que nos permitían tener barra libre y movernos por todos los rincones del festival. Tuve que reconocer que parecía buena persona, un poco colgado, pero buen tío al fin y al cabo.

—¿Y cómo se te ocurrió la idea de volver a organizar el festival? —pregunté mientras me sentaba en un puf con una cerveza bien fría en la mano. Aquella zona, a diferencia del resto del recinto, tenía el suelo cubierto de césped artificial. Parecía una terraza de Ibiza más que un festival de música.

—Bueno, vi una oportunidad. Me parecía un terreno bastante especial, un festival que sólo con el nombre llamaba a los *millennials*. Ya sabéis, a nuestra generación. Aunque tengo que reconocer que mi novia me animó bastante.

Fon estaba en lo cierto. Si a alguien le gustaba aquel tipo de festivales, era a los *millennials* —como Paloma y como yo—. Según Google, los *millennials* éramos aquella generación nacida entre 1981 y 1996. Y según muchos artículos también éramos unos «buenos para nada» que habíamos crecido pensando que éramos especiales. El eterno prejuicio con la juventud.

—¿Tu novia? —pregunté con falsa inocencia—. ¿Está por aquí?

Paloma me taladró con la mirada.

—Sí, de hecho... creo que está allí —respondió Fon ojeando el área privada—. Ahora vengo y os la presento —añadió mientras se levantaba.

De espaldas su melena era aún más impresionante, y eso que la llevaba recogida en una trenza.

—Oye, cuidado con lo que dices delante de su novia —me advirtió Paloma.

—Pero si sois sólo amigos, ¿no? —dije yo manteniendo el tono de no haber roto un plato en la vida.

—Eres maligna... —susurró.

—No, pero te conozco. Si tenemos a su novia cerca, es más fácil que no hagas ninguna tontería.

Paloma soltó un bufido.

Fon volvió de la barra con una copa en la mano y una chica del brazo. Era la misma que yo había visto en su foto de Instagram: alta, delgada, melena castaña clara con reflejos rubios y ojos azules.

—Chicas, esta es Haizea. Haizea, estas son Paloma y Anne —nos presentó Fon.

Después de los dos besos de rigor, Haizea se sentó con nosotros en uno de los pufs.

—¿Y de qué os conocéis? —preguntó mientras le daba un sorbo a algo que parecía un mojito.

Silencio.

—Paloma y Anne son de aquí, del pueblo. Me contactaron por Instagram, pensé que nos vendría bien conocer a gente de aquí —respondió Fon sin darle importancia.

Bien salvado. No era la primera vez que le contaba una mentira similar a su novia. Ella asintió distraída; si sospechaba algo más, no dijo nada.

—Ella fue la que me convenció para retomar el festival —comentó Fon.

Haizea sonrió mostrando una dentadura perfecta.

—Bueno, me gusta mucho la música y tengo familia por el norte... Pensé que sería una buena idea —dijo.

Me di cuenta de que la estaba mirando demasiado, pero me pasa siempre que veo a gente muy guapa. Me quedo embobada como si estuviera viendo un cuadro en el Prado. La conversación con Haizea duró poco, unos minutos después se excusó y se levantó a hablar por teléfono. Fon, por su parte, no parecía tener muchas ganas de moverse de allí ni de dejar de rellenarse el *sex on the beach* que estaba tomando. Después de un rato insistiendo, conseguí convencer a Paloma para que saliéramos de la zona vip y nos mezclásemos con la plebe para ver el concierto. Allí era donde la gente se lo pasaba bien de verdad. Había perdido la cuenta de las cervezas que me había tomado. Hacía mucho calor y tocaba un grupo que no había oído en mi vida. Tampoco es que eso nos importara mucho, creo que en aquel momento hubiéramos bailado hasta *La Macarena*.

—¡Mira quién está ahí! —berreó Paloma en mi oído.

Entre la multitud de gente con trenzas, flores en el pelo, y gafas de sol con forma de corazón, distinguí una cara conocida.

—¡Abel! —grité haciéndole gestos para que nos viera.

Sonrió aliviado al vernos y se acercó abriéndose paso entre la multitud.

—¡Pensábamos que no venías! ¿Por qué no nos has avisado? —preguntó Paloma a gritos, haciéndose oír por encima de la música y las voces.

—En realidad os he avisado, os he llamado a las dos, pero ninguna me lo habéis cogido. He salido ahora de trabajar.

Saqué mi móvil del bolsillo, me había olvidado por completo de él. Efectivamente, tenía dos llamadas perdidas de Abel.

—¡Ven! Te voy a pedir una copa con mi pulsera mágica —dijo Paloma arrastrándole a una barra.

—¿Pulsera mágica? ¿De dónde la habéis sacado?

—Mejor no preguntes —sugerí yo.

Una hora —o quizá dos, era difícil saberlo— después estaba anocheciendo y el grupo que no conocíamos había terminado de tocar. Nos habíamos pasado a los gin-tonics y estábamos sudando como si acabáramos de salir de una sauna. Pero seguíamos bailando como si se fuera a acabar el mundo, ahora al ritmo de Carolina Durante.

No tengo treinta años
Y ya estoy casi roto
Apenas siento algo
Tal vez me sienta solo.

Estoy en plena forma
Pero ya estoy cansado
Tumbado aquí contigo
Me quedaría un par de años.

Era uno de los grupos preferidos del público. La gente gritaba, saltaba, cantaba —desafinando— y grababa con los móviles. Saqué el mío para inmortalizar el momento, porque no quería ser menos que nadie, y vi que tenía dos whatsapps de Gabriel. Si había descubierto algo escabroso sobre los huesos de mi jardín, desde luego no me apetecía saberlo. Pero, aun así, por si acaso, los abrí.

Sorpresa.

> Hola, Anne. ¿Estás en el festival?

> He salido de trabajar y pensaba en pasarme.

Me entró la risa al ver que escribía con los dos signos de interrogación. Formal hasta la muerte. Miré la hora de los mensajes, me había escrito hacía casi una hora. Seguro que ya se había ido a casa. Le contesté de todas formas.

Sí, vente!

Llámame.

Escueto pero contundente. Tampoco me daba para más mientras sujetaba la copa con la otra mano. Un rato después Paloma me agarró del brazo y me atrajo hacia ella tirándome medio gin-kas encima.

—¡Ese es Gabriel! —dijo señalando un punto. Me alucinaba su capacidad para localizar a gente en medio de aquel caos, y encima de noche. Intenté distinguir algo.

—¿Estás segura?

—¡Sí! ¡Está ahí!

Abel nos miraba con curiosidad sin escuchar lo que decíamos. Volví a mirar a donde señalaba Paloma y entonces vi a Gabriel. Parecía estar perdido o buscando a alguien. Me sorprendió verle en aquel entorno, serio como siempre, con una camiseta blanca y unos vaqueros. A pesar de que yo iba ya bastante borracha, me puse nerviosa. ¿Había venido a buscarme a mí? ¿Iba en serio lo de la noche anterior? Me decidí a acercarme.

—¡Hola! —le saludé. Me pareció que mi voz sonaba más aguda de lo normal.

Se giró sorprendido.

—Te estaba buscando —confesó.

Le di dos besos —ese momento tan incómodo en el que no sabes cómo saludarte— y le llevé con Abel y Paloma. Lo cierto es que no pudimos hablar mucho porque Paloma monopolizó la conversación y le hizo toda clase de preguntas sobre crímenes que se le pasaron por la cabeza. En el escenario ahora había un DJ y la noche había empezado a refrescar. Estaba a punto de desfallecer de hambre cuando vi aparecer entre la multitud a Fon y a Haizea. Después de presentárselos a Abel y a Gabriel —y de asegurarme de que Haizea se volvía a ir y estaba lejos de Paloma—, aproveché para pedirle a Gabriel que me acompañara a por algo de comer.

—Con el estómago lleno todo se ve mejor —declaré mientras me comía mi segundo trozo de pizza cuatro quesos.

Gabriel me miraba divertido sentado en una silla de plástico junto al puesto.

—Si no fuera porque anoche cené contigo, diría que llevas dos semanas sin comer.

Curioso, era la segunda vez que me decían algo parecido aquel día. Igual tenía que replantearme mi forma de comer.

—No te pega nada estar aquí —le dije mientras me sentaba junto a él.

—¿Ah, no? —Seguía sonriendo, todo un acontecimiento—. ¿Qué te crees, que los policías sólo trabajamos?

—No todos, sólo tú.

—Vaya... eso no me lo esperaba —confesó riéndose.

Su sonrisa lo cambiaba todo. Se me hacía difícil no besarle. Cuando terminé de comerme medio puesto de pizza, volvimos a buscar a Paloma y a Abel. Pero después de quince minutos no habíamos sido capaces de encontrarles. Probé a llamarles por teléfono, sin éxito. Estaba cansada, tenía sueño y me dolían los pies. Y lo peor de todo era que Paloma era mi medio de transporte, aunque dudé que estuviera en condiciones de conducir ni un triciclo.

—Si quieres yo te llevo a casa —se ofreció Gabriel después de media hora de búsqueda infructuosa.

Acepté de buena gana. Paloma estaba con Abel o con Fon —o con los dos—, no le iba a pasar nada.

Gabriel conducía un todoterreno negro que parecía volar sobre los caminos de tierra. En unos diez minutos estábamos frente a la verja de mi casa.

—Me puedo bajar aquí si quieres, así no tienes que entrar —sugerí.

—No me importa conducir cien metros más.

Cuando llegamos a la casa, Gabriel aparcó el coche y me acompañó hasta la entrada. Otra vez los dos allí, solos. Algo más de veinticuatro horas después. Abrí la puerta y me quedé quieta, quería invitarle a pasar pero no sabía si él quería. O si debía. Nos miramos durante unos segundos. Los suficientes como para que me decidiera. Los suficientes para besarle y arrastrarle hacia el vestíbulo. Cerré la puerta de un golpe y me pegué más a él. Me gustaba su olor, el calor que desprendía su piel. Le levanté la camiseta y noté sus manos acariciando mis muslos por debajo de la falda. Paré de besarle un momento.

—Gabriel... —susurré.

Me entró la risa.

Él sonrió y me volvió a besar. Ahogué un gritito de sorpresa cuando me cogió en brazos y me agarré a su cuello mientras le guiaba a oscuras hasta mi habitación.

16

Everyday is like sunday

Apoyé la cabeza en el borde de la piscina y cerré los ojos. Disfruté de la sensación del sol en la cara durante unos segundos, mientras seguía con el cuerpo en el agua. Paloma parecía estar casi inconsciente en una de las hamacas, a la sombra. Era tan blanca que la mínima exposición solar la volvía del color del cangrejo de *La sirenita*. Abel estaba en la cocina, preparando —según él— los mejores mojitos que habíamos probado. Me alegré de haberme despertado aquel día sin resaca. Gabriel se había quedado a pasar la noche, aunque había recibido una llamada muy pronto —cosas de policías— y se había ido corriendo. Tampoco me había importado mucho. Estaba bien pasar la noche con alguien, y Gabriel me gustaba, pero no hay nada como dormir sola. Por muy grande que sea la cama.

Abel y Paloma habían dado señales de vida unas horas más tarde, después de ver mis ochocientas llamadas perdidas de la noche anterior. Por lo que me habían contado, se habían encontrado con Fon y se habían ido a la zona vip con él. Además, en algunas zonas del recinto no había cobertura. Yo les había contado que Gabriel me había llevado a casa, pero nada más. De momento, aquella era la versión oficial. Pensaba contarle a Paloma todo lo que había pasado, pero no me sentía con fuerzas para que me hiciera un millón de preguntas.

—Oye, Anne, tenías esto en un vaso en la cocina —dijo Abel, que había vuelto con una bandeja con mojitos y algo más en la mano.

Tardé un momento en darme cuenta de que se trataba del collar que había encontrado en el desván. Con toda la historia del festival, me había olvidado por completo.

—Si no sabes donde guardarlo, venden unas cosas que se llaman «joyeros».

—¿No me digas? Lo estaba limpiando, imbécil —respondí mientras salía del agua.

—¿Es tuyo? —preguntó mientras me lo daba.

—Creo que es de mi madre, me lo encontré en una caja.

El colgante había quedado impoluto, la plata ya no estaba ennegrecida. Vi que tenía grabado un símbolo: una «M» mayúscula en el centro de un pentagrama rodeado por un círculo. Antes estaba tan sucio que no se apreciaba.

Definitivamente el colgante era de mi madre, la «M» era su inicial. Desabroché la cadena y me lo puse en el cuello.

—¿Me queda bien? —le pregunté a Abel.

—Es bonito. Muy *vintage* —comentó él.

Me gustaba cómo me quedaba. Me planteé pedirle a mi madre que me dejara quedármelo cuando hablara con ella. Total, llevaba sin verlo años, no lo iba a echar de menos.

—Abel, haz algo útil por una vez en tu vida y acércame un mojito —exigió Paloma, que se acababa de despertar.

—Ya hice algo útil anoche impidiendo que te tiraras al cuello del melenas del festival —dijo Abel sentándose en una de las sillas de hierro forjado blanco.

Me levanté a por mi propio mojito y le llevé uno a Paloma.

—Sabía que iba a pasar —dije mientras me sentaba junto a Abel.

—Oye... eres un exagerado, no hice nada —replicó ella.

—No, porque te arrastré a casa. Y conduje tu coche.

—¡No iba tan borracha!

—Querías escupirme. Y me amenazaste de muerte. Tres veces.

Paloma le dio un sorbo a su mojito.

—Es posible que fuera *un poco* pedo —admitió—. Pero es que no me echaste un cable. ¿Por qué no te ligas al pibón de su novia y me allanas un poco el camino?

Abel soltó una carcajada sarcástica.

—No voy a enrollarme con nadie para que tú tengas pista libre con Rapunzel.

Punto para Abel. Tuve que reconocer que me encantaba el apodo que le había puesto a Fon.

—¿Qué más te da, o es que te gusta alguien? —insistió Paloma.

A Abel le cambió la cara. Se levantó enfadado y se metió en la casa.

—¿Adónde vas? —le pregunté yo.

—A hacer más mojitos —respondió con sequedad.

—Te has pasado —le reproché a Paloma cuando Abel ya no podía oírnos.

—No te hagas la tonta. Tú no le has contado que estás liada con Gabriel porque sabes que le gustas.

No contesté. La franqueza de Paloma a veces podía resultar cruel, pero lo peor de todo es que tenía razón.

—¿No piensas contarme qué pasó anoche con Gabriel? Porque no me creo la historia de que sólo te trajo a casa.

Era imposible ocultarle nada a Paloma.

—¿Cómo lo sabes, has vuelto a echarme las cartas sin decírmelo?

—No me hace falta el tarot para saberlo. Eres transparente —respondió divertida.

—Iba a contártelo, pero estaba esperando el momento.

Paloma sonrió complacida.

—Lo sabía. ¿Te has acostado con él?

—Sí. Pero cállate.

Volvió a sonreír enseñando sus colmillos de vampiro.

—Me encanta tener razón —declaró mientras seguía bebiendo de su copa.

—No digas nada delante de Abel...

—Tranquila, es mejor para todos que no sepa nada. Tú no le conoces —contestó.

Antes de que pudiera preguntar a qué se refería, Abel volvió de la cocina con otro mojito en la mano. Parecía más tranquilo. Paloma se equivocaba, claro que le conocía. Habían pasado diez años, pero seguía siendo el mismo niño que lloraba desconsoladamente por Uva. El mismo niño que se asustaba con las historias de terror que siempre contaba Paloma, que llevaba siempre la raya del pelo perfecta y que sonreía constantemente.

—Te vas a emborrachar antes del festival —le chinché cariñosamente.

Me devolvió una de sus sonrisas cálidas.

—Igual esta noche Paloma tiene que llevarme a casa a mí.

—En ese caso, creo que vamos a acabar los dos durmiendo en el parking —respondió ella.

Volvían a ser amigos. Se pasaban la vida así. Ya lo decía la copla:

> *Ni contigo ni sin ti,*
> *tienen mis males remedio.*
> *Contigo porque me matas,*
> *sin ti porque yo me muero.*

Un clásico en las orquestas de las fiestas de verano de los pueblos. La tarareé entre dientes.

—Anne, creo que está sonando tu móvil —dijo Abel.

Paré de cantar y escuché a lo lejos el tono de llamada del iPhone. Lo había dejado en el salón. Entré rápido y me resbalé. Me agarré al sofá para no partirme la crisma. Dalí, que estaba durmiendo encima de los cojines, levantó la cabeza alarmado. Los socorristas tienen razón cuando dicen que es peligroso correr con los pies mojados. Descolgué la llamada a duras penas: era Gabriel.

—¿Sí?

—Hola, Anne, ¿te pillo bien?

Siempre educado, siempre formal. Le faltaba llamarme «señora».

—Sí, ¿pasa algo? —pregunté mientras salía otra vez al patio.

—Perdón por haberme ido así esta mañana, te prometo que no suelo hacer eso.

Sonreí. La verdad es que tampoco es que se hubiera escapado por la ventana, me había besado y se había despedido antes de irse.

—No pasa nada, tenías trabajo —respondí.

—El próximo día me quedaré más.

Me senté en el borde de la piscina. En el lado contrario al que estaban Paloma y Abel, que hablaban entre ellos.

—Me parece muy bien. Yo también quiero que haya próximo día —dije.

Me arrepentí nada más decirlo. ¿Me había pasado? A lo mejor él sólo lo decía por cumplir.

Gabriel se rio.

Me sentí aliviada. No parecía que le hubiera molestado.

—La verdad es que he tenido un día de locos... —comentó—. No sé si lo habréis oído ya, pero una chica se ha caído por un pequeño barranco cercano al recinto del festival y ha fallecido. Parece que pasó ayer de madrugada.

La noticia me impactó. Era difícil imaginarse que mientras todo el mundo bailaba, cantaba, bebía y se lo pasaba bien, una chica hubiera muerto.

—¿Se ha caído de El Volcán? —pregunté sorprendida.

Así es como llamaba todo el mundo al monte más alto que había a las afueras del pueblo, justo donde habían ubicado el festival. Tenía una forma que recordaba a la de un pequeño volcán, de ahí el apodo. Aunque su verdadero nombre era monte de los Ángeles. Nunca he sabido por qué. Cerca había otros montes más pequeños, pero no creía que nadie se pudiera matar si se caía de uno de ellos. El Volcán tampoco era muy alto —no mediría más de seiscientos metros—, pero tenía barrancos y cuevas que podían ser muy traicioneros.

—Sí. Parece que iba drogada. Ya sabes, drogas emergentes. Por desgracia pasa en muchos festivales.

—¿Drogas emergentes? —No sabía muy bien a lo que se refería Gabriel. Mi conocimiento del mundo de las drogas era limitado.

—En este caso, parece que la víctima había tomado estramonio. Está habiendo un repunte del consumo de sustancias vegetales con usos alucinógenos; son legales, fáciles de encontrar, baratas...

—¿Estramonio? ¿Eso no lo usaban las brujas?

—Bueno... sí. Muchas de estas plantas están vinculadas a rituales desde la antigüedad. Y hoy en día hay mucho rollo espiritual, y mucha gente buscando viajes y emociones nuevas. Hasta que pierdes el control y te caes por un barranco de veinte metros.

—Vaya. ¿Crees que se cancelará el festival?

—No, no lo creo. Las sobredosis son bastante comunes en este tipo de eventos, por muchos controles que hagamos. Si te descuidas, encontrarán el estramonio aquí mismo. Crece en muchos sitios. Oye, tengo que seguir trabajando, pero si estás en casa, me paso luego a verte.

—Claro —contesté aceptando su proposición.

Después de hablar con Gabriel, les conté a Abel y a Paloma lo que había pasado y los tres estuvimos hablando durante un rato del tema. Paloma incluso le mandó un mensaje a Fon para asegurarse de que no iban a suspender el festival.

Aunque todos estábamos de acuerdo en que aquello era bastante común y que no había sido nada más que un accidente, me había dejado una sensación desagradable. Una vocecita en mi cabeza me decía que algo no iba bien, pero no era capaz de identificar el qué. Supuse que sería la cercanía del caso, el hecho de que una chica hubiera muerto mientras nosotros estábamos allí al lado, ajenos a todo.

Cuando Paloma y Abel se fueron a cambiarse de ropa y me quedé sola, *googleé* los efectos del estramonio. Al parecer, era conocido con muchos nombres, entre ellos «higuera del infierno» o «semilla del diablo» —pintaba bien— y era una planta de la familia de las solanáceas —sí, como las berenjenas—. Crecía en zonas templadas de todo el mundo, por lo que era muy fácil de encontrar. Su ingesta provocaba alucinaciones y estaba asociada a ritos iniciáticos, rituales... Se decía que las brujas ya lo utilizaban en sus aquelarres.

¿Lo malo? Que contenía sustancias muy tóxicas —atropina, y escopolamina, principalmente— que podían provocar síntomas como boca y piel seca, visión borrosa, delirios, taquicardia... e incluso la muerte. En varias páginas encontré una descripción de los efectos que hizo que se me encogiera el estómago: «El usuario de estramonio está ciego como un murciélago, caliente como una liebre, seco como un hueso, rojo como un tomate, loco como un sombrerero, el intestino y la vejiga pierden su tono y el corazón corre solo».

Analicé el texto pensando cuál de todos los síntomas era peor. Desde luego, quienquiera que lo tomase, tendría un viaje, cuando menos, interesante.

17

End of the world

Verano de 1978

Cuando Marga se despertó, sintió que le zumbaban los oídos como si tuviera un millón de abejas en la cabeza. Notó un dolor punzante detrás de los ojos. Intentó darse la vuelta en la cama, pero había algo que la estaba aplastando, que no le dejaba moverse. Por un momento se asustó. Hasta que volvió la cabeza y vio a Carmen. Tenía las piernas apoyadas sobre ella y parecía estar profundamente dormida, con la melena rubia desparramada sobre la almohada. Marga hizo un esfuerzo por recordar cómo había llegado hasta allí. No recordaba haberse metido en la cama con su amiga.

Poco a poco, los fragmentos de la noche fueron regresando a su memoria: la hoguera en el jardín, ella y Carmen bailando juntas, Anthony y Leo tocando la guitarra... y después, fundido a negro. Se zafó del agarre de Carmen con cuidado de no despertarla y se levantó de la cama. Cuando se incorporó, el dolor de cabeza se intensificó. El estómago tampoco ayudaba. Contuvo las náuseas y se dirigió al baño sin hacer ruido. Necesitó un buen rato debajo del agua caliente para ganarles la batalla a su cabeza y a su estómago. Salió del baño envuelta en la toalla y cogió unas bermudas violetas y una camisa de flores del armario.

—Anda, pero si estás viva —comentó Carmen desde la cama.

Marga gritó asustada y las bermudas y la camisa volaron por los aires.

—¡Joder, Carmen! —exclamó al borde del infarto.

—¿Has dicho un taco? Pues sí que te he asustado...

—Pensé que seguías dormida —contestó Marga mientras recogía su ropa del suelo.

—Me sorprende que después de lo de anoche seas capaz de pensar.

Marga se puso roja. Era consciente de que se había pasado mucho la noche anterior; si no fuera por Carmen, probablemente seguiría tirada en el jardín.

—Perdón... —susurró bajando la cabeza—. Creo que no tolero muy bien el alcohol.

—Eso me pareció.

—¿Me perdí algo interesante?

Carmen se quedó pensativa unos instantes.

—No... nada interesante. —respondió mientras se levantaba de la cama—. Voy a ducharme.

Marga terminó de vestirse y se cepilló el pelo. Se contempló en el espejo: a pesar de las ojeras que le enmarcaban los ojos verdes, no tenía mal aspecto. Le robó un poco de pintalabios a Carmen y bajó a la cocina. María y Julia estaban sentadas a la mesa, desayunando.

—Buenos días —saludó.

Las dos le devolvieron una sonrisa.

—¡Hemos hecho café! —dijo María, que aquel día llevaba la melena castaña recogida en dos trenzas en lugar de una.

Marga se sirvió una taza y se sentó con ellas.

—¿Tienes ganas de ir al festival? —preguntó Julia.

Ella asintió mientras mojaba una magdalena en el café.

—Es la primera vez que yo voy a uno.

—Aquí en España, tampoco hay demasiados —afirmó María—. También es el primer festival de Eba.

Un nuevo fragmento de la noche anterior regresó a la

cabeza de Marga: Eba, sentada junto a la hoguera, sola. En ese momento ella no le había dado importancia, ni siquiera cuando Carmen se lo comentó. Pero ahora que lo pensaba, aquella chica parecía estar siempre triste.

—Anthony ha estado en un montón de festivales, ya sabes, cuando vivía en América.

—Supongo que tengo tiempo de ir a muchos más.

—Bueno, no estés tan segura —intervino Julia.

Marga levantó los ojos de su taza, sorprendida. ¿Era una amenaza?

María se rio.

—No le hagas caso, es que se cree esas tonterías de que el mundo se va a acabar en el año 2000. Cuando cambiemos de milenio.

—No son tonterías. Hay un grupo de gente que cree que los sistemas de computadoras fallarán y que puede haber una catástrofe nuclear.

—¡Todos los años hay algún chalado que dice que llega el fin del mundo! —exclamó María poniendo los ojos en blanco.

—Anthony dice que existe una posibilidad de que pase —afirmó Julia.

—Una entre un millón... —apuntó María con tono cansado.

—Oye, hablando de Anthony, ¿sabéis dónde está? —preguntó Marga desviando el tema de conversación.

Julia se encogió de hombros.

—Ha salido esta mañana. Todavía no ha vuelto.

Marga decidió emplear el resto de la mañana en tumbarse en el jardín con Carmen. Menos Anthony, todos seguían allí: Julia y María jugaban a las cartas, Eba leía a la sombra de un árbol y Leo perseguía a todo el mundo con su cámara Polaroid.

—¡Venga, Marga, sonríe! Esta cámara no tiene carrete, ni hay negativos que se puedan copiar. Así que sólo habrá una copia de esta foto en el mundo —dijo Leo mientras señalaba orgulloso la cámara instantánea.

—Menos mal que el mundo se va a acabar pronto... —comentó Carmen en voz baja.

Había llegado tarde para la conversación de la cocina, pero Marga le había contado la teoría de Julia.

—¡Vale! Pero ¿me puedo quedar la foto? —contestó Marga a Leo.

—Claro, es para ti.

Marga se arregló la blusa de flores y las bermudas de color lila y sonrió. Un momento después el flash destelló y la cámara emitió un ruido.

—Ponla en un sitio donde no le dé la luz —dijo Leo tendiéndole la foto, que todavía estaba en blanco.

Anthony volvió después de comer, con bolsas de comida y alcohol. Todos se alegraron de su regreso, Marga especialmente. No había dicho nada durante la mañana porque los demás parecían tranquilos, pero en el fondo una pequeña parte de ella temía que Anthony no fuera a volver.

—¿Dónde has estado? —preguntó mientras corría para abrazarle.

Él le devolvió el abrazo y le besó la frente.

—He estado... haciendo *recadous*. Se dice así, ¿no?

Marga se rio.

—Sí, más o menos —respondió.

—Tengo algo para vosotras —susurró acercándose a su oído.

—¿Para nosotras?

—Chis. No lo digas tan alto, es sólo para mis favoritas —le advirtió él con aire misterioso.

Marga sonrió emocionada. Le hacía inmensamente feliz saber que estaba entre las favoritas de Anthony, que él la consideraba digna de estar en ese grupo aunque se acabaran de conocer.

—Carmen, Anthony tiene algo para nosotras —le dijo a Carmen agarrándola del brazo.

—¿Para nosotras?

—Sí, dice que somos sus favoritas.

Carmen se quedó en silencio durante un momento.

—¿Sus favoritas? Qué curioso...

—¿Por qué? —inquirió Marga intrigada.

—Por nada. Vamos a ver qué nos ha traído —respondió Carmen dirigiéndose hacia Anthony.

Él les hizo un gesto para que le siguieran a un lado de la casa, un poco alejados de los demás. Nadie pareció darse cuenta, excepto Eba. Seguía debajo del árbol, con un libro en las manos, descalza y vestida con un vestido largo de flores. Marga sentía sus ojos azules clavados en la nuca mientras caminaban junto a Anthony.

—Eba parece enfadada —comentó cuando se detuvieron.

Anthony echó un vistazo a la chica, que volvía a tener la vista fija en el libro.

—Ah, bueno... ella es así. Ha salido poco de su pueblo, ¿sabes? Se pone celosa pronto. Pero yo le he traído un regalo a ella también —reveló.

Marga se fijó en que Carmen analizaba a Anthony con la mirada, parecía estar estudiándole. Se preguntó si se había perdido algo la noche anterior. Su amiga tenía la misma cara de haber dormido mal que ella, aunque lo había disi-

mulado con maquillaje y un conjunto explosivo consistente en una minifalda y un top amarillo.

—Estoy muy agradecido porque *you, girls*, nos habéis
dejado vuestra casa. —continuó Anthony.

—*Su* casa —puntualizó Carmen.

—*Okay*, tu casa, Marga —corrigió él—. *So*... os he traído un pequeño regalo, para que no olvidemos este verano.
Este festival.

Sacó del bolsillo de los vaqueros una bolsita de tercio-
pelo violeta.

—*For you!* —exclamó mientras sacaba de la bolsita dos
collares de plata.

Marga abrió la boca sorprendida. No es que ella no tuviera joyas, tenía unas cuantas medallas de oro, gargantillas
de perlas y pendientes a juego. Pero todos eran regalos de
sus padres, de su comunión, nada con valor sentimental.
Nada como aquello. Cogió el collar y lo miró con detalle:
era una cadena de plata sencilla con un colgante de forma
ovalada. En el colgante había grabado un símbolo: una
«M» dentro de una estrella de cinco puntas rodeada de un
círculo. Pensó que sería su inicial.

—Es para que no *olvidamos* este verano. Es una «M» de
Milenio —explicó Anthony—. Y el símbolo es un pentáculo, para... *protection*.

Marga comprobó que el colgante de Carmen y el que Anthony se puso al cuello tenían el mismo símbolo. Su amiga se lo colgó con desgana, no parecía muy contenta. Pensó que era una desagradecida.

—¡Gracias, Anthony! —exclamó ella abrazándole.

Carmen murmuró un gracias entre dientes.

—Este último es para Eba —dijo Anthony sosteniendo un cuarto collar en la mano.

La chica mostró un nivel de agradecimiento similar al de Carmen cuando Anthony le regaló el collar. Marga no entendía cómo dos chicas como ellas, que seguro que no tenían joyas tan bonitas, no estaban ilusionadas. Por otro lado, pensó que aquello confirmaba la teoría de Carmen de que Anthony tenía dinero. Mejor. Así sus padres le aceptarían antes. No se despegó de él en toda la tarde: le escuchó cantar, se rio y se imaginó una vida a su lado. Sólo hizo una breve interrupción para contestar a una llamada de sus padres y decirles que todo iba bien y que estuvieran tranquilos. La nueva Marga era mentirosa. Ya no dudaba, no sentía nervios, no se sentía culpable.

Cuando llegó la hora de ir al festival todos se montaron en los coches, Marga y Carmen con Anthony, aunque Marga sabía que su amiga lo hacía por no dejarla sola, ella preferiría estar con Leo. Carmen miró al cielo cuando llegaron andando a la entrada del concierto, después de dejar el coche lejos, en un barrizal.

—Mañana habrá luna llena—comentó.

Marga también miró al cielo, la música empezaba a sonar de fondo. Cerró los ojos y disfrutó de la brisa fresca de la noche de verano, hacía una temperatura perfecta. Acarició el collar que llevaba al cuello y pensó que no se lo quitaría nunca. Que lo llevaría toda la vida, que sería su posesión más preciada. No podía imaginar que cuarenta años después, hubiera dado cualquier cosa por haberlo tirado, por haberlo perdido aquella noche entre la tierra roja del recinto.

18

Vértigo

> No contéis conmigo esta noche, creo que me ha sentado algo mal.

Le envié el mensaje a Paloma y me recosté en el sofá. Dalí se subió de un salto y apoyó la cabeza en mi tripa. No me pasaba nada, pero sabía que era la única forma de que no insistieran. Si pensaban que estaba pegada a la taza del váter, me dejarían en paz. Se me habían quitado las ganas de ir al festival aquella noche. Puede que estuviera dramatizando, pero, desde que Gabriel me había contado lo de aquella chica, no podía quitármelo de la cabeza. Así que prefería quedarme en casa tranquila. Además, tampoco tocaba ningún grupo que me volviera loca.

Eran las siete de la tarde, las once en la India. Un poco tarde, pero quería hablar con mi madre. Desde que había encontrado la caja tenía ganas de preguntarle por el verano del festival. Probé suerte.

—¿Anne? —respondió.

La pantalla estaba en negro, se había puesto el móvil en la oreja como si fuera una llamada normal.

—¡Mamá, que es una videollamada!

—¡Ah! —exclamó poniéndose el móvil frente a la cara—. ¿Ahora me ves?

—Sí, te veo.

—¿Qué tal, cariño? Aquí ya es de noche ¿pasa algo?

—No, perdona. Es que no calculo bien las horas. Anoche estuve en el festival y me he levantado tarde —comenté.

Había sacado el tema del festival intencionadamente, pero mi madre ni se inmutó.

—¿Y había mucha gente?

—Bastante. Seguro que más que en tu año —dije para tantear el terreno.

Me miró extrañada y se quedó callada.

—Encontré unas entradas en el desván, del festival... De la primera edición, la de 1978 —expliqué.

—¡Ah, vaya!

—No me lo habías contado. ¿Cómo es que te dejaron ir los abuelos?

—Bueno, no me dejaron. Estaban de vacaciones y aproveché... La verdad es que casi ni me acordaba —contestó quitándole importancia.

—Tuvo que ser genial... ¡seguro que era todo superhippy!

—Tampoco es que fuera Woodstock, estábamos en España, en 1978.

—¡No me quites la ilusión! —me quejé yo, que ya me la estaba imaginando con una corona de flores bailando con John Lennon.

—¿Y dónde encontraste las entradas? —preguntó distraída.

—Pues en una caja. También encontré este collar —dije mientras acercaba la cámara del móvil a la cadena que llevaba en el cuello.

—Pensé que lo había tirado... —comentó con un hilo de voz.

—¿Pasa algo? Pensaba quedármelo.

La calidad de la llamada era bastante mala, pero me pareció que se había puesto nerviosa.

—No, cariño. Quédatelo, me lo regaló un amigo, hace muchos años. Nada más. —Su voz volvía a ser normal. Probablemente me lo estaba imaginando.

—¡Gracias! Aunque tiene tu inicial, ¿no? «M» de Margarita.

Asintió en silencio.

—No sabes nada más de lo del jardín, ¿verdad? —inquirió cambiando de tema.

—No, nada nuevo —respondí sin más.

—Oye, hija, tengo que irme, me están llamando de abajo. Hablamos otro día.

No había oído a nadie llamarla, pero imaginé que era porque el móvil no lo había captado.

—Hablamos. ¡Un beso! —me despedí.

Me quedé mirando la pared del salón un rato después de colgar. Mi madre no había dicho nada raro. Y sin embargo, la vocecita de la cabeza me volvía a decir que había algo que no encajaba. Algo que iba a explotar pronto. Y allí estaba yo, sentada. Esperando a que pasara, intentando adivinar por qué desconfiaba de mi propia madre y por qué me afectaba tanto la muerte de una extraña. La pantalla de mi móvil se encendió, era un mensaje de Paloma:

¿Eso es que te estás cagando encima?

Le dije que sí. Una excusa poco elegante, pero efectiva. Seguía comiéndome la cabeza con mis teorías locas cuando sonó el telefonillo. Me acerqué a la puerta y vi por la cámara que era Gabriel. Me saludó con una mano, en la otra llevaba unas cajas de pizza.

—¿De dónde las has sacado? —le pregunté cuando entró.

—Me he acercado a Logroño —dijo mientras se inclinaba para besarme en los labios.

Agradecí que fuera él quien decidiera cuál era el protocolo ahora que éramos... lo que quiera que fuéramos. Y encima había traído pizza. Empezaba a gustarme seriamente.

—Sabes, si montásemos una pizzería aquí, nos iría bastante bien. No me puedo creer que exista un pueblo sin pizzería —comenté mientras abría una de las cajas.

—No es una mala idea. Pero mejor que no cocines tú.

Me dolió en el orgullo.

—Oye, Ferran Adrià, tú metiste cuatro verduras con unos huevos al horno —le reproché.

—De momento, ya es más de lo que has hecho tú.

Era verdad.

—Que te den —repliqué mientras le daba un bocado a un trozo de pizza de *speck*.

Las pizzas eran de restaurante italiano, nada de franquicias. Cada vez ganaba más puntos.

—¿Te vas al festival luego? —preguntó.

—No, hoy me quedo en casa. Estoy cansada.

Alzó las cejas sorprendido y le dio uno de los bordes de su pizza a Dalí, que nos miraba como si no hubiera comido en años.

—Y tú, has tenido un día largo, ¿no? —dije cambiando de tema.

Cogió aire y se pasó una mano por el pelo.

—Sí. Aunque parece que ha sido un accidente. Lo que no entendemos es qué hacía la chica en el monte, sola. Pero bueno, imagino que empezó a delirar y se perdió. Estamos buscando posibles distribuidores en el festival, no queremos que se repita.

—He estado leyendo cosas sobre el estramonio, no sabía que era tan peligroso.

—Se ha puesto de moda. Y lo peor es que es muy fácil de conseguir, la mayoría de la gente no es consciente del riesgo. Pasa lo mismo con otras plantas como la belladona, la *Salvia divinorum*, el kratom o la ayahuasca.

—No sé lo que significan la mitad de las palabras que has dicho.

—Todo son hierbas cuyo consumo provoca alucinaciones. La *Salvia divinorum* se conoce como «salvia de los adivinos», te puedes imaginar por qué. La ayahuasca es una bebida utilizada desde hace siglos por los chamanes y el kratom es originario del sudeste asiático. Y bueno, la belladona y el estramonio se asocian en el imaginario colectivo con las brujas.

—Eso he leído en internet —comenté yo.

—Parece que se está extendiendo una especie de narcoturismo, gente que viaja a lugares con la intención de participar en rituales relacionados con religiones antiguas y consumir algunas de estas plantas como parte de los ritos. Ya sabes, para conectar con *cosas* o experimentar.

—¿Pagando?

—Efectivamente. Te venden el pack completo.

—¿Y sabéis ya quién es la chica?

—Una de sus amigas la ha identificado. Pero no sabe nada del estramonio, dice que le perdió la pista por la noche. Es difícil seguir el rastro entre tanta gente. Además, muchas personas no recuerdan nada de lo que ha pasado después de consumirlo. Así que, si alguien estaba con ella, es posible que no se acuerde.

—Pero alguien tuvo que dárselo.

—Eso es lo que creemos. Generalmente este tipo de drogas se consumen de forma social. Por eso estamos buscando.

—¿Murió por la caída?

—Parece que sí, pero habrá que esperar a la autopsia.

Parecía preocupado. Habría tenido un día largo de trabajo, estaba más serio que de costumbre y se le marcaban las ojeras.

—¿Tienes café? —preguntó confirmando mi teoría.

—En la cocina.

Volvió a los dos minutos con una taza en la mano.

—Me lo tomo y me voy, tengo que seguir haciendo... —Se quedó callado a mitad de frase.

—¿Qué pasa?

—¿Qué llevas en el cuello? —preguntó muy despacio.

—Pues... un collar.

Me pregunté si el sueño atrasado le estaba haciendo perder la cabeza.

Se sentó en el sofá y cogió el colgante entre los dedos, mirándolo como si fuera un diamante de setenta y ocho quilates.

—¿De dónde lo has sacado?

—Era de mi madre, lo encontré en el desván —contesté desconcertada.

—¿Estás segura de que es suyo?

—Sí... eso me ha dicho, además por eso tiene una «M», de Marga.

—No —negó tajantemente—. No sé qué significa, pero no creo que sea por eso.

—¿Me puedes explicar qué estás diciendo? ¿Qué sabes tú de este collar?

Se levantó de golpe y se llevó las manos a la cara.

—De este collar... nada en concreto. Pero lo que sí sé es que he visto uno igual. Lo encontramos junto a los restos del jardín.

Empezó a andar de un lado a otro del salón.

—No me acordaba... no me acordaba dónde había visto ese símbolo. La «M» dentro de un pentagrama rodeado por un círculo. —Parecía que hablaba para sí mismo.

—¿Había un collar igual que este con los restos de la fuente?

Gabriel asintió en silencio.

—Necesito que intentes localizar a tu madre. Puede que sea una coincidencia... pero creo que sabe más de lo que te ha contado. Es muy posible que ella sepa quién estaba enterrado en el jardín.

Me quedé paralizada. La voz de mi cabeza ahora gritaba. Ahí estaba, la explosión. El collar. La caja. Los huesos. Las mentiras de mi madre. Tenía la sensación de que algo terrible acababa de desencadenarse y no sabía cómo pararlo.

19

Atraes a los relámpagos

Gabriel insistió en quedarse hasta que me tranquilizara un poco. Me hizo una tila y se sentó muy pegado a mí en el sofá.

—No te preocupes. Sabemos que el cuerpo del jardín es de hace años, es probable que lo del collar sea una coincidencia —dijo con tono conciliador.

Aunque ni siquiera él parecía muy convencido de lo que estaba diciendo. Me pareció que tenía los ojos grises más oscuros que nunca, del color de una de esas nubes que amenazan tormenta.

—Los dos sabemos que no es una coincidencia —contesté.

—Vamos a hacer una cosa: intenta hablar con tu madre, seguro que hay una explicación para todo.

—Sí, que me lleva mintiendo desde el principio, esa es la explicación.

Gabriel miró la hora en su teléfono.

—Tengo que irme, pero si pasa cualquier cosa puedes llamarme —dijo mirándome muy serio.

—Está bien.

—Prométeme que vas a estar tranquila y no le vas a dar muchas vueltas —me pidió mientras me acariciaba el pelo.

—Te lo prometo.

Mentira.

En cuanto salió por la puerta, salté del sofá y cogí el móvil. Llamé a mi madre. El teléfono estaba apagado o fuera de cobertura. Por si acaso, llamé otras diez veces. Me daba igual que en la India fueran las tres de la madrugada. Le mandé unos cuantos whatsapps pidiéndole que me llamara y poniendo «urgente» en mayúsculas. No podía hacer mucho más. Decidí llamar a mi abuela, quizá ella supiera algo del collar o de dónde había salido.

—¡Anne, *maitia*! Ya pensaba que te habías olvidado de mí...

Mi abuela, la reina del drama.

—Hola, abuela. Pues ya ves que no.

—¿Pasa algo, hija? Es tarde.

Miré el reloj, eran las once de la noche. No era tarde para ella, que estaría viendo algún programa del corazón.

—No, no pasa nada. ¿Qué tal estás?

No quería que se asustara, así que lo mejor era fingir normalidad.

—Ah, pues yo como siempre, ya sabes. ¿Seguro que no pasa nada? ¿No te habrán dicho algo del cadáver del jardín?

Seguía empeñada en llamar «cadáver» a los huesos, lo que hacía que fuera todavía más siniestro de lo que ya era. No me molesté en corregirla.

—No me han dicho nada aún, ya te dije que eran antiguos.

—Hija, estás rara.

Maldije mentalmente la intuición que tenía mi abuela, se daba cuenta de todo.

—Nada, estoy cansada —dije quitándole importancia—. Oye, ¿te suena un collar de plata con un símbolo y una letra «M» grabada? Me lo he encontrado en el desván y no sé de dónde ha salido.

—Pues... —Se quedó callada unos segundos, pensando—. No me suena, pero si tiene esa letra será de tu madre.

—Sí, puede ser. Lo encontré con unas entradas del festival, del primer año que se celebró, 1978. ¿Sabes que mi madre se escapó cuando estabais de vacaciones y fue? —insistí.

—¡Anda, esta! A ver si te crees tú que me acuerdo yo de lo que pasó cada año. ¿Y a qué viene todo esto ahora?

—Nada, es curiosidad. ¿Y a qué edad dejó de venir al pueblo?

—Ay, Anne. Estás muy rara —repitió—. Pues cuando entró a la universidad. Hizo otros amigos y ya no quiso pasar los veranos aquí.

Hice un cálculo mental: en el verano de 1978 mi madre tenía dieciocho años. Poco después entró en Medicina y no volvió al pueblo. ¿Había pasado algo ese verano, algo que hizo que no quisiera volver?

—Vale. Sólo quería saber cómo fue de joven y eso, como nunca me cuenta nada...

—Ya... pues vaya prisas de repente.

Se olía algo, sin duda.

—Tengo que irme, abuela, que he quedado. Te llamo otro día. ¡Un beso!

—*Agur*, hija, *agur*.

Tenía la cabeza a punto de estallar. No podía parar de cruzar datos y de elaborar unas doscientas teorías por minuto. Tenía que despejarme, tenía que ordenar toda la información.

Subí a la primera planta de la casa y fui hasta el fondo del pasillo, hasta el que fuera el despacho de mi abuelo. Había pensado convertirlo en el mío durante el verano, aunque todavía no había tenido tiempo de buscar temas para escribir. Todo había dado un giro inesperado los últimos días.

Recorrí a zancadas el espacio entre la puerta y el enorme escritorio de madera de roble que estaba colocado de espaldas a la ventana con vistas a la parte trasera. Era el despacho perfecto: enorme, luminoso, con una silla que parecía abrazarte y estanterías llenas de libros antiguos. Recordaba haberme colado allí cuando era pequeña y exploraba la casa. Me dedicaba a mover todos los libros de los estantes porque estaba convencida de que alguno activaría el mecanismo para abrir la puerta de un pasadizo secreto. Fue la obsesión de mi infancia: encontrar salas o pasillos ocultos. Nunca lo conseguí.

Abrí el cajón del escritorio. Allí estaba lo que buscaba, un taco enorme de pósits amarillos. Cogí un boli y empecé a anotar todo lo que sabía —y todo lo que no, que era bastante más—. Había dos collares iguales, uno de mi madre, otro enterrado con un muerto —o muerta— en el jardín.

¿Qué significaban la «M» y aquel símbolo? ¿Quién había sido enterrado en el jardín? ¿Qué tenía mi madre que ver con todo aquello? ¿Qué pasó el verano de 1978? Fui pegando los pósits en la pared hasta formar un pequeño mural. Cuando terminé, me quedé mirándolo como si esperara que pasara algo —en las películas funcionaba—. Pero no. No tuve ninguna revelación. Seguía igual de perdida que antes.

Me rendí y decidí irme a la cama, aunque dudaba que pudiera dormir. Me tumbé con Dalí a mis pies. Vi que tenía mensajes de Paloma: me había mandado fotos del festival. Selfies suyos con cara de pato, una foto de Abel distraído, fotos con Fon... y un mensaje:

> Siento mucho que te estés cagando.

No pude evitar reírme, Paloma siempre conseguía sacarme una sonrisa. Hasta en un momento como aquel.

Di muchas vueltas en la cama intentando dormir. A veces tenía frío, luego calor... Intenté distraerme y pensar en cosas que no tenían nada que ver con el tema. Volví a acordarme de los pasadizos secretos. Con veinticinco años seguía sin creerme que en la casa no hubiera ninguno. Puede que estuvieran inutilizados, pero tenía que haber alguno.

¿Tendríamos unos planos de la casa? Quizá todavía hubiera esperanza para mi sueño infantil. ¿Dónde podría estar el pasadizo? Probablemente en el sótano, o en alguna de las habitaciones principales, o en el desván.

El desván.

—¡Claro! —dije en voz alta.

Me incorporé en la cama.

¿Cómo no había caído antes? En la caja donde encontré el collar había más cosas que no había mirado en su momento. Allí podría haber algo que me ayudara a saber qué había pasado. Subí al desván corriendo. Cuando llegué arriba, antes de que encendiera la luz, el resplandor de un relámpago entró por las ventanas. Se estaba preparando una tormenta de verano.

Volví a abrir la caja. Quité los posavasos, las chapas y algunos papeles que tenían letras de canciones y me centré en un sobre blanco. Dentro había tres polaroids. En la primera aparecía mi madre —de adolescente— con unas bermudas y una camisa de flores. Parecía que estaba en el jardín de la casa, sonreía. En la segunda volvía a aparecer mi madre, pero esta vez con un hombre que parecía algo mayor, tenía una pinta de hippy de manual: barba rubia, melena, camisa abierta... Parecía que no se habían dado cuenta de que les habían hecho la foto. Estaban sentados en el suelo, él con una guitarra en el regazo, mi madre mirando embobada.

Cuando miré la última foto, por un momento pensé que me había confundido, no podía ser que Paloma estuviera allí. Pero no era ella, y sólo había una persona en el mundo a quien se pareciera tanto: Carmen, su madre. En la foto, Carmen y Marga —mi madre— posaban con el hippy y una chica con el pelo negro y largo. Pero había algo más. Todos llevaban un colgante plateado alrededor del cuello. No se distinguía, pero no hacía falta. Estaba segura de que era un colgante ovalado, con un círculo, una estrella de cinco puntas, y una «M» grabados en la parte de delante.

Le di la vuelta a la polaroid; alguien había escrito a boli: «Agosto de 1978».

Metí las fotos en el sobre y bajé a la habitación. Le mandé un mensaje a Paloma y comprobé que mi madre seguía teniendo el móvil apagado. Al día siguiente iba a ir a hacerle una visita a Carmen. Ya era hora de que la verdad saliera a la luz. Fuera lo que fuese, Paloma y yo teníamos derecho a saberlo.

Cerré los ojos y escuché los truenos. Había empezado la tormenta.

20

The kids from yesterday

A las ocho de la mañana estaba en pie. No recordaba haberme levantado tan pronto por voluntad propia en muchos años. Había quedado con Paloma a las doce —suponiendo que se acordara—, así que me dio tiempo a desayunar dos veces, tomarme tres cafés, sacar a Dalí a pasear por el jardín, ducharme, comprobar que mi madre tenía el móvil apagado todavía y ver un capítulo de *Girls* en la HBO. Sobre las once y media decidí llamar a Paloma para asegurarme de que estaba viva.

—Estoy despierta. No te pongas pesada —respondió.

—Perdona, era por si acaso. Que ya te conozco.

—Espero que tengas razón y este madrugón merezca la pena —me dijo con voz ronca.

Probablemente habría llegado a casa a las siete o a las ocho, después de darlo todo en el festival.

—Yo también espero que esto sirva de algo —contesté.

Los tres cafés estaban empezando a tener un efecto contraproducente sobre mi estómago y mi estado de nervios. Di vueltas por la casa para hacer tiempo, pero a las doce menos cuarto no pude más. Me monté en el coche y conduje hasta el pueblo.

Paloma vivía en la zona del centro, en una casa de piedra maciza con tejado a dos aguas. Había pertenecido a su familia desde hacía tiempo, aunque ahora estaba reformada y parecía un hotel rural. Aparqué enfrente y llamé al timbre.

Una Paloma recién levantada, con una camiseta vieja enorme y calcetines con dibujos de cactus me abrió la puerta.

—Eres una pesadilla —me espetó a modo de saludo.

Mientras ella se tomaba un café en la cocina —yo no quise tomarme otro, empezaba a tener los ojos como la ardilla de *Ice Age*—, le hice un resumen de lo que me había contado Gabriel, de lo que había hablado con mi madre y mi abuela y de las fotos que había encontrado. La noche anterior le había dicho en un mensaje que tenía que hablar con su madre por los huesos del jardín, pero no había entrado en más detalles.

—O sea que... ¿tu madre y la mía tienen un collar igual al que apareció con el muerto de tu jardín? —sintetizó Paloma.

—Eso es. Y tenemos que averiguar por qué.

—Y tu madre no coge el teléfono.

—No. Lo tiene apagado.

—Eso nos da una pista: sea lo que sea lo que pasó, no es nada bueno —dijo apoyando la cabeza sobre las manos.

—Tenemos que hablar con tu madre. ¿Está en el bar?

Paloma asintió.

—Vamos a ver si quiere contarnos algo... ¿Crees que se cargaron a alguien? —preguntó muy seria.

—No digas eso. Tiene que haber una explicación.

Se encogió de hombros.

—Esperemos que sí.

Paloma se puso unos shorts debajo de la camiseta, unas Converse y unas gafas de sol y nos fuimos a la plaza. Era casi la hora del vermut y había mucha gente en las terrazas, muchos de ellos no eran del pueblo, habían venido al festival. El bar de la familia de Paloma se llamaba El Rincón y era famoso por hacer unas setas al ajillo que quitaban el sentido, así que estaba hasta arriba.

—¿Por qué pareces una vagabunda? —preguntó Carmen a su hija cuando entramos al bar.

—Mamá, tenemos que hablar contigo.

Carmen nos observó extrañada mientras servía una caña en la barra. Lo hacía sin mirar, no le hacía falta. Tenía toda una vida de experiencia.

—¿Te parece un buen momento? Estamos hasta los topes.

—Carmen, es muy importante —intervine yo mientras, deliberadamente, jugueteaba con el colgante que llevaba al cuello.

Dejó la caña sobre la barra muy despacio. Se había puesto aún más blanca de lo que ya era. Seguía teniendo el pelo muy largo, igual de rubio, aunque ahora con alguna cana. Lo llevaba recogido en una trenza.

—Vamos fuera —murmuró mientras dejaba la barra.

Salimos a la terraza del bar y nos sentamos a la única mesa que todavía estaba vacía.

—¿De dónde has sacado eso? —preguntó señalando el collar.

—Las preguntas las hacemos nosotras —respondió Paloma, que parecía haber sido poseída por el espíritu de un agente de policía de serie de televisión.

—Lo encontré en el desván de mi casa. Junto a estas fotos —contesté yo sacando las polaroids.

Carmen las miró sin tocarlas y se encendió un cigarro.

—¿Y cuál es el problema?

—El problema es que un collar idéntico a este apareció con el muerto que han encontrado en el jardín de Anne —dijo Paloma levantando la voz.

Carmen no se inmutó.

—¿De dónde salieron esos collares? ¿Quién es la gente de la foto? —la interrogué yo.

—Los collares fueron un regalo de Anthony, el hombre de la foto —contestó Carmen.

—¿Este? —pregunté yo señalando al hippy rubio que posaba con ella, con mi madre y con otra chica.

—Ese. Nos los regaló a las tres, ese verano. Tu madre y yo le conocimos en un bar, tus abuelos estaban de vacaciones y le dejamos quedarse en tu casa con unos amigos los días del festival. Por eso nos regaló el collar —relató con cansancio.

—¿Y quién coño está enterrado en el jardín? —dijo Paloma.

Carmen se encogió de hombros.

—Probablemente eso será anterior, la casa es muy antigua.

—¿Y por qué había uno de esos collares enterrado ahí? —insistí.

—Supongo que alguien lo perdería, yo misma perdí el mío ese verano. Al remover la tierra cuando enterrasteis al perro, o al cavar los obreros, habrá acabado ahí.

No era una explicación del todo mala. Si no fuera por que Gabriel me había dicho que tanto el collar como el periódico —ambos en una cajita de metal— estaban en la misma unidad estratigráfica que los huesos. En cristiano: que se habían enterrado al mismo tiempo. Lo que quería decir que Carmen estaba mintiendo y que no tenía pinta de que le fuéramos a sacar mucho más.

—Claro... algún hada del bosque lo habrá puesto ahí —contestó Paloma, que tampoco se creía nada.

—¿Y quién es la chica? —pregunté señalando a la joven del pelo negro.

—Se llamaba Eba. Una amiga de Anthony.

—¿Dónde están ahora? ¿Podemos encontrarlos?

Carmen se rio.

—No lo creo. Anthony volvió a Estados Unidos, y nunca supe de dónde era el resto. Bueno, menos Eba, que había nacido en Esparza de Salazar.

Suspiré desesperada, estábamos igual que antes.

—No sé por qué os preocupáis tanto —continuó Carmen—. Hace más de cuarenta años de ese verano, el colgante ha podido dar muchas vueltas.

—O sea, ¿qué vosotras no tuvisteis nada que ver? —insistió Paloma.

—Teníamos dieciocho años, no éramos Thelma y Louise.

—Hablaré con mi madre —añadí.

Desde luego, si Carmen estaba preocupada, lo disimulaba muy bien.

—No hay mucho más que contar, dejad de inventaros teorías —respondió mientras se levantaba y apagaba el cigarro antes de marcharse.

Paloma y yo nos quedamos calladas unos segundos.

—Está mintiendo —dijo mi amiga rompiendo el silencio.

—Ya lo sé... Gabriel me dijo que el collar y el recorte de periódico se habían enterrado al mismo tiempo que los huesos y, encima, en una caja.

Paloma se entretuvo en retorcerse un mechón de pelo muy rubio.

—Intentaré sonsacarle algo más en casa, pero la conozco, me va a gritar y va a mantener su versión. ¿Y si le pedimos a Gabriel que la interrogue? No se puede mentir a la policía...

Negué con la cabeza.

—Para empezar, ni siquiera tienen los análisis de los huesos. No saben si fue un asesinato. Y para seguir, ¿vamos a acusar a nuestras madres ante la policía? No hay pruebas de nada...

Evité decirle que, además, veía a su madre perfectamente capaz de mentir a la policía y hasta a la CIA.

—Pero si el collar se puso a la vez que los huesos, eso quiere decir que los enterraron ese verano.

—Eso creo —asentí—. Pero eso no le sirve de nada a la policía. Los collares salen en una foto de 1978, ¿y qué? No tenemos ninguna prueba de verdad, ni sabemos qué pasó.

—Tienes razón. No es que crea que mi madre es Ted Bundy, pero me molesta que me mienta a la cara.

—Ya... Por lo menos ella da la cara. Mi madre ha apagado el móvil.

—Necesito dormir —dijo Paloma apoyando la cabeza en la mesa.

—Vámonos a casa, yo intentaré hablar con Gabriel y volveré a buscar en el desván, igual se me ha pasado algo.

Acompañé a la versión zombi de Paloma a su casa y me monté en el coche. Cuando volví a entrar en el salón, me dejé caer en uno de los sofás. El efecto de los cafés empezaba a desvanecerse y me estaba pasando factura el peso de la noche en vela. Saqué las polaroids del bolso y las contemplé una vez más. Nada parecía raro, nada estaba fuera de lugar. Solo cuatro jóvenes siendo felices, pasando el verano, disfrutando. ¿Y si me lo había imaginado todo? ¿Y si los huesos del jardín no tenían nada que ver con aquello? No había nada que deseara más que estar equivocada. Llamé a Gabriel para contarle lo de las fotos y la conversación que habíamos tenido con Carmen, seguro que él me tranquilizaba. Pero no me cogió el teléfono.

Hice un esfuerzo sobrehumano y me levanté del sofá para subir al estudio. Allí estaba mi mural de pósits. Añadí las fotos a mi obra de arte. Todo seguía igual. Carmen no quería contar la verdad y mi madre no daba señales de vida. Lo peor de todo era que sentía que estaba en una vía muerta. Realicé el segundo esfuerzo sobrehumano del día para subir al desván y examinar una vez más el contenido de la cajita metálica. Sin éxito. Parecía que se habían acabado las pistas.

Finalmente, después de haberme aprendido de memoria las chapas y las entradas que había en la caja, me rendí al sueño y bajé a la cama. Cerré los ojos y, por unas horas, me olvidé de todo: de las fotos, de los collares, de los huesos y del verano de 1978.

21

Dreams

Verano de 1978

Marga había llegado al límite de sus fuerzas. No estaba acostumbrada a beber alcohol, ni a fumar, ni siquiera a salir. Y el ritmo de aquellos últimos días había acabado siendo demasiado para ella. Después de unas horas en el festival, bailando canciones en inglés que no conocía, les había rogado a Carmen y a Leo que la llevaran a casa y se había dormido acurrucada en la cama hasta el mediodía. Hacía un rato que se había levantado y no había encontrado a nadie más. Al parecer, Anthony, Eba, Julia y María seguían en el festival. Lo más probable era que Leo y Carmen estuvieran en la casa, pero Marga no se atrevía a ir abriendo puertas de habitaciones y llevarse alguna sorpresa. Mejor así.

Se había puesto un mono corto de algodón y estaba descalza en el sofá, con un café en la mano y un libro de Puck en el regazo. Le gustaba pasar los veranos leyendo, era una de sus mayores aficiones cuando sus padres estaban en casa: tumbarse a disfrutar de una buena lectura. Esa era su vida antes de que Anthony lo cambiara todo. Antes de las turbulencias de los últimos días, leía *Puck colegiala*, escuchaba a Miguel Bosé y tomaba Coca-Colas con Carmen. Con algún escarceo ocasional para añadir algo de emoción: fumarse un cigarro y beber alguna cerveza a escondidas, una cita secreta con algún chico... pero después siempre volvía a la comodidad de su casa, de su vida.

Estaba a punto de empezar el tercer capítulo del libro cuando escuchó un golpe seco en la planta de arriba. Dejó la taza de café en la mesilla y se levantó de mala gana, intuía que se iba a encontrar a Carmen dando tumbos en bastante mal estado. Pero le debía una; al fin y al cabo, ella la había cuidado la noche anterior. Así que subió por las escaleras con la intención de localizar el origen del ruido.

—¿Carmen? —llamó a su amiga mientras subía.

No obtuvo respuesta.

Cuando llegó al pasillo se detuvo unos segundos y aguzó el oído. Parecía que alguien estaba vomitando en uno de los baños. Marga suspiró con cansancio y avanzó por el pasillo dispuesta a sujetarle el pelo a Carmen: era el precio de la amistad.

—¿Estás bien? —preguntó cuando llegó al baño de donde procedían los ruidos.

De nuevo, silencio.

Marga intentó abrir la puerta, pero estaba cerrada.

—Carmen, soy yo, abre la puerta. Te he visto en momentos peores.

—No soy Carmen —contestó una voz femenina.

—¿Eba? —aventuró Marga sorprendida. No sabía ni que Eba hubiera vuelto del festival.

La puerta del baño se abrió con un chasquido.

—Estoy bien —dijo Eba asomando la cabeza.

Marga la miró sin mucha convicción. Tenía la piel más pálida que nunca, los ojos hundidos y apagados, y los labios sin color.

—Pues no lo parece...

—Puedes irte —dijo Eba. Su tono dejaba claro que se trataba de una orden.

—¿Seguro que no necesitas nada? —insistió Marga.

Ni siquiera sabía por qué se había ofrecido a ayudarla.

Eba había sido desagradable con ellas desde el principio. No les dirigía la palabra, se apartaba de los demás. Siempre callada, solitaria, siempre vigilando con aquellos ojos azules. Y sin embargo, Marga sentía que no podía dejarla allí sola.

—No —repitió Eba.

Pero antes de que tuviera tiempo de cerrar la puerta, se tambaleó y tuvo que apoyarse en la pared. Marga la observó preocupada.

—¿Qué te pasa? ¿Hace mucho que no comes?

Eba negó con la cabeza. Marga se acercó y la ayudó a caminar.

—Vamos a la habitación. Te subiré un zumo y un sándwich —decidió.

Eba se alojaba en una de las habitaciones de invitados, en la parte de la casa más alejada del cuarto de Marga. Les llevó un rato llegar, apenas podía sostenerse. Cuando entraron, Marga la tumbó en la cama.

—Puede que te haya bajado la tensión... —comentó.

Echó un vistazo a la habitación, Eba no parecía tener apenas pertenencias. Una maleta raída y unos cuantos vestidos pasados de moda, algunos remendados. Sintió lástima por ella. Pensó en que podría regalarle uno de sus vestidos coloridos, de los que compraba con su madre en

El Corte Inglés cuando iban a Bilbao. Pero no sabía si eso la ofendería, parecía orgullosa. Así que se limitó a bajar a la cocina, coger un zumo de melocotón y preparar un sándwich de jamón y queso.

—¿Te encuentras mejor? —preguntó mientras Eba se bebía el zumo a sorbitos.

—Sí.

Marga la contempló tomarse el zumo y el sándwich sin decir nada. Ya había aprendido que era parca en palabras.

—Gracias —dijo Eba de repente.

—No es nada —respondió Marga quitándole importancia.

Aunque en su interior sintió aquel «gracias» como una victoria personal.

—Debe de ser increíble vivir en esta casa —comentó Eba con tono frío.

—Bueno, la verdad es que no vivo aquí. Sólo vengo en verano.

Eba le lanzó una mirada sarcástica.

—¿Tienes otra casa?

—Sí... en San Sebastián.

Marga casi se sentía mal por decir aquello. Casi comprendía las miradas de desprecio de Eba. Se preguntó si era así como la veía la gente, como una niña mimada que tenía suerte en la vida. Como si no fuera nada más.

—¿Y tú de dónde eres? —preguntó intentando ser amable.

—De Esparza de Salazar.

—No lo conozco —admitió Marga.

—Es normal. Es un pueblucho perdido al norte. Me alegro de haber salido de allí.

—¿Fue allí donde conociste a Anthony?

Eba arrugó la nariz.

—Sí —asintió secamente.

—¿Y cómo fue? —inquirió Marga, que quería saber qué hacía Anthony antes de conocerlas a ellas, cómo elegía a la gente especial que le acompañaba.

—Anthony se dirigía a Francia. Y paró en mi pueblo. Me pidió que fuera con él y dije que sí. No tenía casa, pero me llevó con Julia y María. Julia es huérfana y tiene una casa cerca de Pamplona. Anthony viaja mucho, va y viene. Y después conocimos a Leo —explicó Eba sin mucho entusiasmo.

—Me das envidia... vivir solas. Sin padres que os digan qué hacer, ni cuándo.

Eba encogió los hombros con indiferencia.

—Antes vivía con mi hermana. Ahora trabajamos a veces en el campo.

Marga no se veía capaz de trabajar en el campo, ni de tener vestidos anticuados. Pero sí se imaginaba una vida con Anthony, casada con él, teniendo comodidades, claro.

—Anthony es muy bueno. Hizo bien sacándote de allí —dijo.

—Sí lo es. Pero eso es porque me quiere. Y yo le he enseñado muchas cosas.

Marga se imaginaba que Eba estaba enamorada de Anthony. Quizá por eso la miraba así, porque notaba lo que había entre ellos. Se mordió la lengua para no decirle que dudaba mucho que Anthony la quisiera como ella creía. Que ella no podía ofrecerle nada. Al fin y al cabo, estaba intentando ser amable.

—Ah, ¿sí? —preguntó escéptica.

—Hay cosas... que tú no sabes —continuó Eba—. Yo le he enseñado a conectar con la Tierra, con los dioses antiguos. Anthony no es como vosotras, él quiere ser libre. Quiere entender el mundo.

Marga se levantó de la cama. Estaba empezando a sentirse tentada de dejar sus buenos modales de colegio de monjas.

—Tú no me conoces —respondió con una sonrisa.

Porque la nueva Marga no tenía miedo de aquella pueblerina, no tenía miedo de las amenazas ni de los dioses antiguos. La nueva Marga quería a Anthony, y estaba dispuesta a todo por ello.

—Esta noche verás de lo que hablo. Anthony no es para ti —afirmó Eba mirándola fijamente con sus enormes ojos azules.

Marga iba a contestar cuando alguien abrió la puerta de la habitación.

—¿Qué hacéis las dos aquí? —preguntó Carmen, que parecía recién levantada.

Marga dudó unos instantes.

—Eba se encontraba mal. Pero yo ya me iba —contestó saliendo por la puerta.

Carmen la siguió extrañada.

—¿Qué hacías con esa bruja?

—Se encontraba mal —repitió Marga mientras volvían a la planta de abajo.

—Escúchame —dijo Carmen parándose en seco—. Os he oído hablar. Haz el favor de no provocarla, esa tía no me gusta nada.

—¡Ha empezado ella! —replicó Marga perdiendo los nervios—. He intentado ayudarla y ser amable. Y por unos minutos parecía que iba bien. Pero luego ha empezado a decirme que Anthony no era para mí y...

—¡Y no lo es! —la cortó Carmen—. ¿Quieres joderte la

vida? ¿Quieres malvivir en una casa perdida rogándole diez minutos de cariño a Anthony? Él no se va a comprometer, ni con ella, ni contigo ni con nadie.

Marga la miró con rabia, tenía los ojos llenos de lágrimas.

—Eso ya lo veremos —susurró.

Carmen se acercó y la agarró de los hombros.

—Hazte un favor, Marga. Disfruta de estos días, del festival y de esta noche. Porque mañana se va a ir. Él y todos los demás. Tus padres volverán y tú te olvidarás de esta historia en dos semanas. Así que intenta no meterte con Eba el tiempo que queda. Me da miedo. ¿Has visto la mirada que tiene?

—A mí no me da miedo —aseguró Marga.

Carmen resopló exasperada.

—Prométeme que vamos a tener la fiesta en paz

Marga asintió de mala gana mientras seguía a Carmen hasta la cocina. Pero en el fondo no dejaba de pensar en la conversación que había tenido con Eba. Se preguntó qué había querido decir con lo de que aquella noche vería que Anthony no era para ella. Lo único que tenía claro es que se equivocaba. Y ella se lo iba a demostrar.

22

Como yo te amo

Me encantan las siestas, sobre todo las de verano. Pero como todo, tienen una parte mala: despertarse. Y aquel día, fue especialmente traumático. Me despertó el ladrido de Dalí a unos centímetros de mi oreja. Abrí los ojos de golpe, notaba el corazón latiéndome a todo trapo en el pecho. No sabía qué hora era, ni casi dónde estaba. Había jugado al peligroso juego de echarme la siesta sin poner el despertador. Cogí el móvil y miré la hora: las siete de la tarde. Se me había ido de las manos, llevaba cinco horas durmiendo.

Dalí volvió a ladrar. Estaba subido en la cama, concretamente, en mi almohada. Escuché a lo lejos el ruido del telefonillo y me levanté a duras penas. Bajé por las escaleras descalza y sin abrir del todo los ojos.

—¡Soy yo! —Abel me miraba a través de la cámara del telefonillo.

—¿Qué haces aquí? —pregunté.

—Pues vengo a verte, pero ábreme.

Pulsé el botón con pereza. Todavía no estaba en plenas facultades mentales, mis neuronas seguían en pijama.

—Te llevo escribiendo whatsapps un buen rato, pero como no contestabas me he pasado —dijo cuando entró.

Tenía bastante mejor aspecto que yo, pulcro, como siempre.

—Llevo durmiendo desde las dos de la tarde —me justifiqué.

Él soltó un silbido.

—Vaya, cinco horas, eso es un récord.

—Me gusta superarme.

Dejó una bolsa en la mesa y los dos nos sentamos en el sofá.

—O sea, que no has leído ninguno de mis mensajes.

—No. ¿Algo importante? —pregunté mientras me rascaba un ojo que se me había pegado por las legañas.

—¿No sabes lo de la otra chica? —inquirió extrañado.

—¿Qué otra chica?

—Lo he visto hace un rato en Twitter. Por lo visto, han encontrado a otra chica muerta en el festival —respondió mientras buscaba la noticia en el móvil.

Sentí que un escalofrío me recorría la espalda. Ahí estaba otra vez la vocecilla de la cabeza que daba la voz de alarma, pero nunca me decía por qué. Gritaba a ciegas en mi mente y aparecía con un cartel gigante donde se leía PELIGRO. Pero cuando le preguntaba qué pasaba, se encogía de hombros.

—¿Qué ha pasado? —dije mientras empujaba fuera de mi cabeza la molesta vocecita.

—¡Aquí está! —exclamó Abel leyendo en la pantalla de su *smartphone*—. Aparentemente, otro caso de envenenamiento con drogas experimentales. En este caso no se ha caído por ningún barranco, parece que ha muerto directamente a consecuencia de lo que ha tomado.

—¿Y dice qué droga tomó? —inquirí.

—Se menciona el estramonio otra vez.

—Estramonio... Parece que hay alguien vendiendo eso en el festival. Esperemos que le detengan.

—Pues va a ser difícil saber quién ha sido, brota en todas partes. Si te fijas bien, seguro que ves alguna planta cerca del río: tiene una especie de bulbo con espinas y huele mal —comentó Abel—. Y según lo que pone en el artículo, con tomarte unos tragos de una infusión hecha con semillas ya te pones como Las Grecas.

—¿Por qué tomará la gente esas cosas? ¿No son conscientes del peligro?

—Bueno, imagino que muchos van puestos de otras historias cuando se lo ofrecen. Como es una planta, piensas que va a ser como tomarte una manzanilla. Si nadie te avisa, y te prometen un viaje de la hostia, pues, hala. Dices que sí.

—Sí, supongo que tienes razón —concedí—. Y la chica, ¿era de la zona?

—Creo que no. Ninguna de las dos era de por aquí. Aquí dice que es... bueno, era de Burgos. Clara Lozano, de veinticinco años. Y la chica que se cayó por el barranco era de Barcelona, lo leí en una noticia —respondió.

—Veinticinco años... qué horror —suspiré yo.

—Bueno, ¿y tú estás mejor? —dijo cambiando de tema.

—¿De qué?

—Ya sabes... de la tripa.

—Aaah. Sí.

Me había olvidado de mi propia mentira.

—Entonces, ¿hoy vienes al festival?

—Supongo que sí. Si no lo cancelan.

—Perfecto, porque he pensado que podíamos hacer la

previa aquí. Y tranquila, que no cancelan nada —dijo levantándose para coger la bolsa que había dejado en la mesa.

—¿Qué es eso?

—Ginebra prémium, tónica, limas y *toppings* para hacerte el mejor gin-tonic del planeta.

Abel era un friki de los cócteles. Y aunque yo era más del gin-tonic clásico —ginebra, tónica, rodaja de limón— ya no me parecía una mala idea. Sin embargo, mi estómago se encargó de recordarme que no había comido.

—Igual tengo que comer algo antes... Con la siesta, se me ha pasado.

Abel me tiró una bolsa de patatas fritas y otra de nachos.

—Apáñate con esto.

No tenía ganas de levantarme a cocinar nada, así que abrí las patatas y me prometí por enésima vez que cuando pasara el festival me pondría a dieta. Abel estuvo un rato haciendo mejunjes en la cocina y volvió con dos copas en la mano.

—De jengibre para ti y de cardamomo para mí —dijo mientras me daba uno de los vasos.

Tuve que reconocer que estaba bueno. Tan bueno que antes de que me diera cuenta nos habíamos tomado tres. Pasamos el rato recordando momentos, veranos, batallitas e intentando hacer una lista de todos los ligues de Paloma —imposible, por cierto—. Era agradable hablar con alguien que estaba fuera del drama alrededor de los huesos, mi madre, Carmen y todo lo demás. Paloma y yo habíamos acordado no decir nada a nadie hasta que supiéramos algo seguro.

—¿Has considerado mi oferta? —me preguntó Abel de repente. Tenía los ojos brillantes, empezaba a notarse el efecto de la ginebra prémium.

La verdad era que la había considerado. Pero no por el motivo que él pensaba. Lo había hecho por Gabriel. Tampoco había sido nada serio, sólo un pensamiento pasajero un par de veces: ¿Y si me quedara allí? ¿Y si aceptaba el trabajo y escribía por las tardes? No había llegado a ninguna conclusión. El final del verano me parecía muy lejano.

—Por encima —contesté finalmente—. Pero todavía es pronto.

En realidad, no estaba diciendo ninguna mentira.

—Sabes que me encantaría que te quedaras.

Lo sabía. Las palabras de Paloma volvieron a mi cabeza: «Tú no le has contado que estás liada con Gabriel porque sabes que le gustas». Odiaba darle la razón. Pero era verdad. Estaba evitando aquel momento, aquella conversación. Me daba miedo que cuando tocáramos *ese* punto, la amistad se estropeara para siempre. Habrían pasado diez años, pero Abel seguía siendo un buen amigo. No quería perderle.

—Bueno, ya veremos —dije intentando cambiar de tema.

—Estoy tan contento de que hayas vuelto... —susurró sonriendo.

Tenía una sonrisa perfecta que les habría costado a sus padres un dineral en aparatos. Pero eso no importaba, en una familia como la de Abel el dinero no era problema. Se había acostumbrado desde pequeño a tener todo lo que quería. Todo.

—Yo también —respondí dándole un trago a mi cuarto —¿o era el quinto?— gin-tonic.

Probablemente debería haberlo visto venir. Debería haberme dado cuenta de que, poco a poco, se había ido acercando más a mí, de que me miraba los labios, de que tenía la mano sobre mi pierna...

—¡Abel! —dije apartándome cuando se lanzó a besarme. Y allí estaba. El momento que tanto me había esforzado en evitar—. Yo... no. Creo que me has malinterpretado.

Se apartó de mí como si hubiera una pared entre nosotros, como si de repente le repeliera mi cuerpo.

—Claro —respondió secamente mientras se levantaba del sofá.

—¡Espera! No te vayas.

Se dio la vuelta enfurecido. Ya no era el chico dulce y guapo que siempre sonreía. Tenía el rostro desencajado. Por una vez, parecía que no lo tenía todo bajo control.

—¡Ah! ¿La princesa quiere que me quede? ¿Quieres que te prepare algo más? —escupió con rabia.

—Oye, te estás pasando. Sólo quiero hablar.

—¡No quiero hablar contigo! Vuelves aquí después de diez años y todos te recibimos con los brazos abiertos. Como si nunca te hubieras largado porque no éramos suficiente para ti. Pero veo que sigue igual... Nunca es suficiente.

Noté cómo los ojos se me llenaban de lágrimas de rabia. Tenía ganas de cruzarle la cara.

—¡Se supone que eres mi amigo! —grité levantándome de un salto.

—Esto es por él, ¿verdad?

—Esto no es por nadie, Abel.

—Es por el subnormal de Palacios... —insistió acercándose a mí—. Pensaba que tú eras diferente, no una de esas tías a las que les ponen los uniformes.

—Lárgate —susurré masticando la rabia.

—¡Lo que tú quieras! —dijo dándole un manotazo a su copa.

El ruido del cristal haciéndose añicos contra el suelo le hizo volver en sí durante unos instantes. Me miró entre avergonzado y triste. Escuché un gruñido y miré al suelo: Dalí tenía el pelo del lomo erizado. Se había puesto entre los dos y le estaba enseñando los dientes a Abel —buen chico—, que se dio la vuelta y salió del salón. A los cinco segundos oí la puerta principal cerrarse de un portazo.

Me costó unos minutos tranquilizarme y sorberme los mocos. Pensaba que conocía a Abel. Hasta aquella noche. Hasta que le había visto los ojos brillando de furia, hasta que había estampado la copa contra el suelo. Barrí los cristales —no quería que Dalí se cortara una pata y yo seguía descalza— y cogí el móvil para llamar a Gabriel. No obtuve respuesta. Tampoco de mi madre. Probé con Paloma.

—¿Sí?

—¿Dónde estás? —pregunté.

—En el festi, con Fon. ¿Qué te pasa?

—Nada... Ha pasado algo con Abel.

Paloma suspiró.

—¿Le has contado lo de Gabriel?

—Peor. Se ha vuelto loco. No quiero hablar de ello ahora.

—Sal de esa casa embrujada y ven al festival. Es una orden.

Y aunque en otras circunstancias no me hubiera parecido la mejor idea, decidí hacerle caso: me iba al festival. Me pinté los labios de rojo y me puse mi vestido favorito —necesitaba un chute de autoestima después de aquel día—. Seguía cabreada, decepcionada. Tenía ganas de irme de allí cuanto antes, necesitaba algo que me distrajera, que me impidiera pensar en las ganas que tenía de llorar y de partirle la cara a Abel.

Antes de salir de casa le di unas chuches a Dalí. Y mientras le acariciaba las orejas me pregunté si sería verdad aquello que decían de los perros. Que saben si alguien es buena o mala persona. Que huelen la maldad.

23

Boom

Antes de salir del coche comprobé dos veces que estaba en la dirección correcta: calle del Puerto. Miré por la ventanilla; el número 12 era una casa moderna, rodeada de setos y con puerta automática. Me bajé y eché un vistazo a los nombres del buzón: José María Palacios, Rosa Herranz, Gabriel Palacios y Miguel Palacios. Sí, definitivamente era allí.

Gabriel me había despertado indecentemente pronto, sobre todo si teníamos en cuenta que me había acostado a las cuatro de la mañana después de volver del festival. Estaba durmiendo plácidamente cuando sonó el teléfono y me pidió que fuera a verle a su casa. Según me había dicho, tenía algo importante que contarme. Pero aquella no había sido la única novedad del día: mi madre me había mandado un mensaje, desde un número desconocido, para decirme que estaba bien pero que no tenía móvil. Había intentado llamarla también a ese número, pero nada, seguía ilocalizable.

Llamé al telefonillo. Antes de que me diera tiempo a identificarme la puerta se abrió con un chasquido. Vaya con Gabriel, le abría su casa a cualquiera. Aunque pensándolo bien, tenía una pistola —además de unos brazos como troncos de árboles.

—Buenos días —me saludó cuando entré.

—Buenas tardes ya —respondí.

Esa vez fui yo la que se acercó a darle un beso.

Observé la casa con curiosidad. Era bastante moderna —o, por lo menos, lo parecía—: paredes acristaladas hasta el techo, chimenea y decoración minimalista. Yo sabía que Gabriel vivía en Estella así que aquella debía de ser la casa de sus padres. No parecía que hubiera nadie más.

—Perdona que te haya hecho venir hasta aquí— se disculpó—. Pero lo que te voy a contar es mejor hablarlo en persona. Estamos solos, mis padres están de viaje, no querían saber nada del jaleo del festival, y llevo unos días quedándome en su casa.

—No te preocupes, tampoco tenía nada mejor que hacer.

Mentira. Dormir. Pero no podía esperar más, si había novedades en el caso, necesitaba enterarme. Necesitaba saber qué había pasado y qué tenían Carmen y mi madre que ver en todo aquello.

—Te estuve llamando ayer —dije sentándome en una silla de cuero blanca—. Encontré unas fotos y estuvimos hablando con Carmen, la madre de Paloma.

—¿Unas fotos?

Le resumí la conversación con Carmen y le enseñé en el móvil las polaroids que había encontrado en el desván.

—¿Has dicho que las fotos tenían una fecha? —preguntó.

—Sí, por detrás. Son de 1978, fue el primer verano que se celebró el festival.

Gabriel me escuchó sin decir nada. Parecía estar encerrado en sí mismo. Tenía aún más ojeras que el otro día y no se había afeitado. Aun así estaba guapo, le sentaba bien ese punto de dejadez, como a Aragorn en las películas de *El Señor de los Anillos*.

—Carmen miente —continué yo—. Las dos ocultan algo, ella y mi madre. Pero, por favor, no digas nada a nadie todavía. No quiero que la interroguen ni que se entere la gente antes de que sepamos qué fue lo que pasó.

—La mala noticia es que, como bien dices, Carmen miente —contestó al fin—. He recibido un informe del laboratorio esta mañana. Han restaurado el recorte de periódico que apareció junto a los huesos y el collar. ¿Adivina de qué habla? Del Festival Milenio. ¿Y sabes de qué fecha?

—1978 —aventuré.

—Premio. La misma fecha que aparece en tus polaroids. No sé a quién hemos encontrado en tu jardín, pero sea quien sea, le enterraron ese verano.

Me quedé pensativa unos segundos: aquello confirmaba lo que ya suponíamos. Los huesos se habían enterrado en el jardín en esa fecha. No era una sorpresa, pero ahora era oficial.

—¿Y cuál es la buena noticia? —pregunté.

—Aunque todavía no tenemos el informe oficial de los restos, he llamado al Instituto Anatómico Forense para meter presión. En el examen preliminar no hay señales de muerte violenta. Todavía están realizando un examen antropológico para determinar sexo, edad, patologías... todo lo que sirva para identificarlo. Por lo visto, han tenido bastante jaleo con los huesos del perro de por medio.

—O sea, que puede que no fuera un asesinato...

—Eso es. O si lo fue, va a ser difícil probarlo. No siempre quedan marcas en los huesos.

—¿Y qué vas a hacer? —pregunté.

Se encogió de hombros.

—Sea un asesinato o no, ya ha preescrito, no existe responsabilidad penal. Los huesos tienen más de cuarenta años. Así que, me temo que tenemos que cerrar la investigación. Aunque trataremos de identificarlos para poder devolverlos a su familia. Una vez tengamos el análisis de sexo, edad, constitución... se cotejarán con el registro de desaparecidos de la época. Sin una muestra de ADN con la que comparar, no podemos hacer más.

—Tengo que conseguir hablar con mi madre. Ella no es como Carmen. No resiste la presión, seguro que acabaría contándomelo todo.

Gabriel se levantó de la silla. Al parecer, cuando estaba nervioso le daba por andar.

—Hay algo más... —dijo en voz baja—. Algo que no sabe nadie.

¿Algo *más*? Como si lo que ya sabía no fuera suficiente.

—Llevo toda la mañana investigándolo... no sé si me estoy volviendo loco —suspiró.

Si Gabriel estaba perdiendo la cordura, el mundo se iba al desastre. Si él, que era como una estatua de piedra, tenía dudas, algo debía de ir muy mal.

—El símbolo que aparece en los collares, esa misma

«M» dentro de un pentagrama rodeado por un círculo, lo he visto en otra parte. Al principio pensé que era una coincidencia... pero no estoy tan seguro.

Le miré sin comprender.

—Es posible que fuera una «M» de Milenio —dije atando cabos—. Carmen dijo que Anthony, el hippy de la foto, se los regaló. Teniendo en cuenta que estaban todos en el festival, parece lógico.

—Sí. Esa es mi teoría. Pero lo más curioso es que ese símbolo nunca ha sido el oficial del festival. Ni antes ni ahora. No aparece en ninguna parte, así que supongo que quien mandó hacer los collares lo diseñó: eligió una tipografía concreta para la «M» y la metió dentro de una estrella de cinco puntas rodeada por un círculo, es decir un pentáculo —explicó muy despacio.

—¿Y? El hippy estaría creativo ese día —contesté yo, que no entendía adónde quería ir a parar.

—Entonces, ¿no es mucha casualidad que yo haya visto exactamente el mismo símbolo en el cuerpo de las dos chicas que han fallecido este año?

Boom. La vocecilla de mi cabeza, que había estado bastante callada esa mañana, hizo su reaparición estelar para pegarme con el cartel de TE LO DIJE en la cara. Todo encajaba: la sensación de peligro, los escalofríos que no podía explicar.

—¿Qué chicas? —pregunté casi sin voz.

Aunque ya sabía la respuesta.

—Las dos chicas que han muerto en el festival. Las dos tenían una escarificación con ese símbolo. Cuando...

—Espera, ¿una escarificación? —interrumpí yo.

—Sí. Es una especie de tatuaje que se hace cortando la piel, generalmente con un bisturí o algo similar. También se pueden hacer mediante quemaduras. Cuando la herida cura, se queda una cicatriz permanente.

Aunque me sonaba haber oído hablar de escarificaciones, siempre había pensado que se hacían únicamente quemando la piel. No sabía cuál de las dos opciones era más desagradable.

—Cuando lo vi en la primera víctima no le di importancia, parecía recién hecha, así que pensamos que sería un recuerdo del festival —continuó Gabriel—. Aun así, el símbolo me resultó familiar. Al llegar a tu casa y ver tu collar caí en la cuenta: me sonaba porque ya lo había visto antes, en el colgante que encontramos en el jardín.

—¿Por qué no me dijiste nada? —le reproché.

—Porque pensé que sería una coincidencia. Un símbolo del festival o algo así. Pero después, apareció la segunda chica... y tenía la misma escarificación. Los símbolos eran exactamente iguales. Entonces llamé al laboratorio, necesitaba acelerar el proceso del análisis de los huesos. Me he pasado toda la noche investigando, buscando una explicación... y sólo se me ocurre una.

No quería oírlo. No quería oír nada de aquello. Quería volver a Madrid, a mi piso microscópico, lejos de allí, de la casa y del festival.

—Anne. —Gabriel se puso de cuclillas delante de mi silla y me observó fijamente.

—Sí...

—Creo que las muertes de las chicas están relacionadas de alguna manera con lo que pasó en 1978.

Cerré los ojos. Estaba enfadada. Con Gabriel, conmigo misma por haber dejado mi trabajo para irme al pueblo. Estaba enfadada con mi madre por mentirme y desaparecer; con Abel, con Carmen... con el mundo.

—¿No tienes un panel de investigación? —pregunté cuando logré contener el enfado.

—¿Un qué?

—Una pizarra, un mural... algo donde apuntes las cosas.

Gabriel me miró con incredulidad y se rio. Me pareció un logro conseguir que se riera en un momento así —aunque fuera de mí.

—Anne, tienes que dejar de ver series.

—¡Yo tengo uno! —respondí indignada mientras le enseñaba una foto de mi mural en el móvil.

Estaba orgullosa. Era lo más productivo que había hecho desde que estaba allí.

—¿Y te ha servido de algo? —cuestionó.

—Bueno, no mucho, pero...

El sonido del móvil de Gabriel me interrumpió.

—Perdona, es Mendive, de la comisaría, tengo que contestar —se excusó mientras abría una de las cristaleras y salía al patio.

Yo aproveché ese paréntesis para aclararme la cabeza. La información volaba de un lado a otro sin relación alguna. Cerré los ojos y reconstruí los hechos mentalmente: en el verano de 1978 mi madre había llenado la casa de hippies para ir al festival. En algún momento, uno de ellos les había regalado un collar con un símbolo único a ella, a Carmen, y por lo menos a una chica más.

Cuarenta años después se había vuelto a celebrar el mismo festival. Y habíamos encontrado unos huesos humanos en la casa que —¡sorpresa!— según las pruebas, se habían enterrado en el verano de 1978. Como guinda del pastel: dos chicas habían muerto en el festival —después de tomar estramonio— y ambas tenían una escarificación con un símbolo idéntico al que aparecía en los famosos collares.

¿Teorías? Muchas. Y probablemente ninguna buena —en una de ellas Carmen y mi madre eran asesinas en serie—. ¿Quién estaba enterrado en la casa? ¿Había sido un asesinato? Y lo más importante: ¿qué tenía todo aquello que ver con la muerte de las dos chicas? No tenía respuesta para ninguna de aquellas preguntas. Seguía en un punto muerto. Si al menos pudiera contactar con alguien que estuviera allí en 1978... De pronto supe qué era lo que teníamos que hacer. Abrí los ojos de golpe.

Gabriel había entrado de nuevo al salón.

—Prepárate, nos vamos de excursión —dije con una sonrisa.

24

Ghost towns

Según Wikipedia, Esparza de Salazar era un pequeño municipio situado en el valle de Salazar, al noreste de Navarra, con una población de unos setenta y nueve habitantes. Y según el GPS, estaba exactamente a una hora y treinta y cinco minutos del pueblo. Me había costado convencer a Gabriel de que era buena idea ir. En realidad, ni yo misma estaba segura de que lo fuera, pero era la única pista que teníamos. Carmen había dicho que Anthony había vuelto a Estados Unidos y que no recordaba de dónde eran los demás, con una excepción: Eba, que era de Esparza de Salazar. No es que fuera un argumento muy sólido y lo más probable era que no encontráramos nada. No sabíamos su apellido, ni si vivía allí o si alguien la recordaría. Ni siquiera sabíamos si seguía viva. Lo único que teníamos era la memoria de Carmen y una polaroid en la que aparecía Eba con unos dieciocho años. Teniendo en cuenta que mi madre seguía desaparecida y que Carmen no estaba dispuesta a hablar, por lo menos teníamos que intentarlo.

—¿Por qué no me dejas elegir a mí la música? —pregunté por tercera vez.

—Porque es mi coche.

Gabriel había monopolizado el control de la banda sonora del viaje. Y aunque tenía buen gusto —iba alternando Extremoduro con Pink Floyd y Led Zeppelin— sentía que era mi deber como copiloto poner una de mis *playlists*. Principalmente, porque eso me mantendría entretenida y podría dejar de pensar por unos minutos en todo lo que estaba pasando.

—Pero como copiloto es mi deber... —insistí.

—No.

Bufé indignada y me puse a mirar por la ventanilla. Una vez pasada Pamplona, el paisaje se iba transformando y se volvía cada vez más verde. Algunos caseríos salpicaban las laderas donde pastaban las vacas tranquilamente. Cogí el móvil y le mandé un mensaje a Paloma para explicarle que íbamos en busca de Eba. No le dije nada de la conexión entre los collares y las muertes de las chicas del festival. De momento sólo lo sabíamos Gabriel y yo. Además, Paloma tendía a irse de la lengua cuando bebía. Prefería no correr ese riesgo.

—¿Crees que vamos a encontrar algo? —le pregunté a Gabriel.

—Todavía no sé ni por qué te he hecho caso. Debería estar trabajando en los asesinatos y no persiguiendo fantasmas.

—Relájate, te recuerdo que la idea de que los casos pudieran estar relacionados es tuya. Además, no te pueden echar, eres casi jefe, ¿no?

Me atravesó con la mirada.

—Ya sé que fue idea mía. Pero ¿y si me equivoco? No sé por qué, pero tengo la sensación de que me voy a arrepentir de esto —suspiró.

Le observé mientras conducía, me gustaba cómo sujetaba el volante con una mano. Seguí el recorrido de las venas que se le marcaban en los brazos hasta desaparecer debajo de la manga de la camiseta. Mierda. Me estaba pillando mucho por él. Volví a mirar por la ventana. Entre *Wish you were here* y *Locura transitoria* pasamos a una carretera de doble sentido que serpenteaba entre los bosques.

—Estamos a diez minutos —anunció Gabriel.

Esparza de Salazar se extendía alrededor del río Salazar, que atravesaba el pequeño pueblo. Gabriel aparcó el todoterreno cerca de un puente de piedra que cruzaba el río. El pueblo parecía tranquilo —normal, teniendo en cuenta que eran las cuatro de la tarde de un día de julio—. Estaba sólo a unos kilómetros del punto de entrada a la famosa Selva de Irati, el segundo hayedo más grande de Europa y lugar de peregrinaje de miles de turistas. Pero en verano era temporada baja, la selva recibía más visitas en otoño, cuando los árboles estaban en su máximo esplendor.

—¿Y ahora qué hacemos? —le pregunté a Gabriel.

—¿Tienes la foto?

Asentí. La tenía en la mano, la había guardado todo el viaje como si fuera el oro de Cortés.

—Pues entonces, ahora vamos a buscar gente y a preguntar. No podemos hacer mucho más.

Descartamos a los dos primeros grupos de lugareños que nos encontramos: demasiado jóvenes. Si alguien sabía algo de Eba —y, sobre todo, si la recordaba de joven—, tenía que ser alguien que llevara muchos años en el pueblo. Una media hora después, divisamos a una señora bastante mayor sentada en las escaleras de piedra de una casa: falda larga, blusa verde de manga corta y pelo blanco como la nieve recogido en un moño en la coronilla. Bingo. Objetivo localizado.

—Buenas tardes, *arratsalde on* —saludó Gabriel en castellano y en euskera—. Perdone que le moleste, ¿podemos hacerle unas preguntas? —dijo mientras se acercaba.

Gabriel inspiraba confianza. No es algo que pudiera explicar, quizá era porque siempre estaba tranquilo, porque sabía qué decir en cada momento. Su aspecto también ayudaba: seguro y atractivo —y serio, claro.

—Claro, hijo, ¿estáis buscando una casa rural o algo? —respondió la mujer.

Él le devolvió una de sus poco habituales pero encantadoras sonrisas.

—No, verá. Estamos buscando a una persona, a una mujer. Se llama Eba.

Me acerqué y le tendí la foto a Gabriel, que se la dio a la anciana.

—Mire, es esta de aquí —continuó Gabriel señalando a Eba—. Pero esa foto es muy antigua, de hace cuarenta años. Ahora andará alrededor de los sesenta.

La señora la miró con curiosidad durante unos segundos.

—No pensaba yo que iba a volver a ver esta cara —comentó sorprendida—. Qué cría estaba aquí...

—¿La reconoce? —inquirí yo emocionada.

—Claro que sí. Eba Iriarte. Menuda era... todo el día fugada de casa. Era bien guapa, pero sólo le daba disgustos a la madre y a la hermana. Salía de una y se metía en otra. Hasta en Francia estuvo viviendo muchos años. ¿Por qué la buscáis?

—Es que él es foral —dije yo a modo de justificación.

Gabriel me lanzó una mirada de reproche.

—¿De la Foral sois? ¿Pasa algo, pues? —preguntó la señora extrañada.

—No, no se preocupe. Son... asuntos familiares —contestó Gabriel.

—Tampoco me sorprendería que la buscara la policía... No era precisamente una malva. Mi hija tenía un año menos que ella y le tenía miedo. Decía que les pintaba cruces negras debajo de las mesas a las chicas que le caían mal. Para atraer la mala suerte.

No me daba muy buen rollo que estuviéramos buscando a alguien que se dedicaba a echarle mal de ojo a la gente. Me pregunté por qué mi madre la habría dejado entrar en la casa.

—¿Y dónde podemos encontrarla ahora? —planteó Gabriel.

—Ah, hijo... *hilerrian*.

—¿Qué? —dije yo, que no tenía mucha idea de euskera.

—En el cementerio —tradujo Gabriel—. Está muerta.

—*Bai,* y hace años ya. La que todavía vive aquí es la hermana, Elisa.

Miré a Gabriel. Ya que habíamos ido hasta allí, teníamos que probar.

—¿Y dónde vive? —pregunté.

—Pues aquí, en la siguiente calle, en una casa que tiene los balcones llenos de flores y la puerta verde.

El móvil de Gabriel empezó a sonar y se disculpó un momento. Yo me quedé a solas con la señora, que me contemplaba con curiosidad. Tenía unos ojos pequeños pero brillantes, y la piel extrañamente tersa para la edad que debía de tener.

—A la Elisa no le gustan mucho las visitas —comentó—. Más vale que le digáis que sois policías, si no, os va a dejar en la puerta.

—Gracias —respondí tímidamente.

—Yo no tengo móvil de esos, pero tengo teléfono. Si necesitáis algo más, llámame, hija —dijo agarrándome del brazo.

Yo asentí y apunté el número en el móvil.

—Me llamo Águeda.

—Yo me llamo Anne.

—Cuidado, Anne. Hay personas... a las que es mejor no desenterrar —susurró.

No me dio tiempo a contestar nada porque Gabriel había terminado de hablar por teléfono y había vuelto a acercarse.

—Muchas gracias por todo otra vez —le dijo a Águeda sonriente.

—De nada, hijo, de nada.

Cuando nos alejamos volví la mirada atrás. La mujer ya no estaba.

—¿Qué miras? —me preguntó Gabriel extrañado.

—Nada... —musité mientras seguía andando.

No tuvimos que caminar mucho para encontrar la casa, el pueblo era tan pequeño que no era fácil perderse. Aunque casi todas las casas eran de piedra y muchas de ellas tenían los balcones a rebosar de flores. Pero, por suerte, sólo una en esa calle tenía la puerta verde.

—Déjame hablar a mí —me susurró Gabriel cuando nos paramos delante de la puerta.

Yo contemplé la casa con desconfianza. No conseguía sacarme de la cabeza lo que me había dicho la anciana sobre Eba. Aquello no pintaba nada bien.

—Águeda me ha dicho que esta tía no es muy receptiva

con las visitas y que si no dices que eres foral, no te va a abrir —le advertí.

—¿Cuándo te ha dicho su nombre? —preguntó extrañado.

—Cuando tú estabas hablando por teléfono. Y, por cierto, ¿desde cuándo hablas euskera? —respondí devolviéndole la pregunta. No era común que en la Ribera Navarra la gente hablara euskera más allá de «hola» y «adiós».

Gabriel suspiró con resignación.

—Aprendí lo básico en el colegio y en el instituto. Me gustaba bastante, así que me apunté a clases privadas. Pensé que me vendría bien para ser foral. ¿Te parece relevante eso ahora?

—No mucho —admití.

—Volviendo al tema: esto no es un interrogatorio. Aunque le diga que soy policía, tiene que querer cooperar. La excusa que vamos a poner es que estamos intentando identificar los restos de tu jardín. Yo no debería ni estar haciendo esto...

—Vale, te dejo hablar a ti.

Sabía que le había puesto en una situación difícil. Que le había hecho ir hasta allí siguiendo unas pistas que no parecían llevar a ningún lado. Tenía la sensación de que cada vez dudaba más de lo que estábamos haciendo, de que las muertes estuvieran relacionadas, de su propio criterio. Sin embargo, yo estaba convencida de que aquello no era casualidad. De alguna forma, existía una conexión entre los restos de mi jardín y las muertes del festival. Y estaba decidida a descubrirla.

Cogí aire y llamé al timbre.

25

San Francisco *(be sure to wear flowers in your head)*

Verano de 1978

Marga se apartó el pelo de la frente. Sentía la melena pegada al cuello por el sudor, que descendía por la curva de la espalda formando un pequeño reguero. Hacía mucho calor. No recordaba una noche tan calurosa en años. Aunque quizá el porro que se había fumado y las cervezas tenían algo que ver. Anthony estaba a su lado, bailando y fumando, ausente. Le pareció que tenía los ojos raros, quizá por la luz de los focos del escenario, o quizá por el tripi que se había tomado antes. Le había ofrecido, en secreto, detrás de la casa, antes de salir al festival. Pero ella le había dicho que no. La nueva Marga tenía sus límites y le seguían dando miedo ese tipo de drogas. Quizá porque recordaba el caso de un amigo de su prima paterna, que se había disparado en la sien con la pistola de su padre, guardia civil, después de un mal viaje de LSD en una fiesta.

—¡Esta canción es la caña! —le gritó Carmen al oído para hacerse oír por encima de la música.

Ella asintió poco convencida, no la había oído nunca. Aun así, bailaba y movía los labios como si la conociera, como si supiera quién era el grupo extranjero que estaba en el escenario. Estaba contenta, con Anthony a su lado. Le parecía que la conversación con Eba era un eco lejano. Poco después de que pasara aquello, Anthony, Julia y María habían vuelto a la casa. Y unas horas más tarde todos habían vuelto al festival, a disfrutar de las últimas horas de música.

—¡Hay luna llena! —volvió a gritar Carmen.

Marga levantó la vista hacia el cielo y vio que tenía razón, estaba despejado y la luna, perfectamente redonda, brillaba intensamente. Aunque la verdad era que ella no hubiera sido capaz de distinguirla de la de la noche anterior. Vio que Leo se acercaba a ellas y agarraba a Carmen por la cintura, que se dio la vuelta sonriente. Marga puso los ojos en blanco, Leo le parecía aburrido. Aunque supuso que si era amigo de Anthony, tendría algo especial. Echó un vistazo alrededor: la gente se aglomeraba en la explanada, muchos de ellos llevaban todo el día sin dormir, a los lados había personas tumbadas y sentadas, y a lo lejos la Guardia Civil vigilando. El suelo se había convertido en una ciénaga de alcohol y barro rojo y en el ambiente flotaba un olor agrio: una mezcla entre sudor, orina, alcohol y marihuana. Se sentía un poco mareada.

—¿Estás bien? —preguntó Anthony acercándose a ella.

—Sí... es sólo que me falta un poco de aire.

Anthony la cogió del brazo suavemente y la sacó de la multitud, hasta que quedaron en un lateral, apartados de la gente. Anthony se dejó caer en el suelo. Marga miró el barro con recelo, pero al final se sentó a su lado, no sin antes disculparse mentalmente con su vestido. Era su favorito, blanco y con un estampado de margaritas. Se lo había regalado su madre.

—¿Te sientes mejor? —se interesó él.

—Ahora sí —respondió ella.

Se quedaron un rato allí sentados, escuchando la música, mirando a la gente. En silencio.

—No quiero que te vayas —dijo Marga por fin.

Él la miró sorprendido. Con las pupilas tan dilatadas que parecía que tenía los ojos negros. No dijo nada. Se acercó a ella y puso una mano sobre su rodilla, y después la besó. A Marga no la habían besado así nunca, con esa intensidad. Anthony sabía a tabaco, pero no le importaba. Sólo se separó de él cuando notó su mano debajo del vestido. Miró al suelo avergonzada. No esperaba aquello... allí, con tanta gente. Ella nunca había hecho esas cosas, no era como Carmen, sus citas nunca habían pasado de unos cuantos besos y caricias.

—Está bien... —susurró él apartando la mano y volviéndola a besar, esta vez con más suavidad.

Marga perdió la noción del tiempo. No sabía cuánto tiempo llevaban allí besándose, riéndose, cuando apareció Carmen.

—¡Estás aquí! Te estaba buscando.

—Es que estaba un poco mareada.

Carmen lanzó una mirada de desconfianza a Anthony.

—Mareada, ya... —respondió con sarcasmo.

—Estaba tomando el aire —dijo Anthony.

—No teníais pinta de estar respirando mucho —replicó Carmen.

Anthony la miró sin entender la broma. Carmen agarró a Marga de un brazo y la levantó.

—Necesitas beber agua, te acompaño...

—Pero quiero quedarme —protestó Marga.

—Ahora volvemos —mintió Carmen.

Carmen se alejó de Anthony sin volver a meterse en el meollo del festival y sacó una botella de agua del bolso.

—Adivina quién más ha visto tu escena romántica —dijo.

—¿Quién? —preguntó Marga mientras bebía.

—Eba —contestó Carmen—. Y no parecía muy contenta.

—Que se aguante —respondió Marga orgullosa.

Ahora los momentos que había vivido con Anthony le parecían aún mejores. Eba había dicho que él no era para ella, pero se equivocaba, y lo acababa de ver con sus propios ojos. Marga no pudo contener la sonrisa.

—Quita esa cara de felicidad, ¿te crees que no se ha enrollado con ella también?

Marga resopló indignada.

—Claro que no, eso quisiera ella.

Carmen la miró con resignación.

—Me rindo. Haz lo que quieras. Al fin y al cabo, mañana se habrá pirado —soltó.

—Me voy a ir con él —anunció Marga.

—Ya... y yo me voy a ir a China. Tira para adentro, que hemos venido aquí a escuchar la música —dijo Carmen mientras volvían a meterse entre la gente.

Leo, Julia y María las recibieron entusiasmados. Marga buscó a Anthony con la mirada, pero no lo localizó. No le dio importancia, ya volvería. Además, en aquel momento estaba tocando un grupo que cantaba en español.

—¿Quiénes son? —le preguntó a Carmen.

—Son Tequila —respondió Leo, que la había oído y parecía emocionado con el concierto.

Marga pronto estaba bailando y tarareando las canciones. Había una que hasta conocía, la había oído en los 40 Principales, que era su emisora preferida. No es que le hubiera prestado mucha atención, porque ella era más de pop, pero se alegró de escuchar algo familiar.

Estoy aquí en mi casa muy muy aburrido
Pasando como un tonto las horas sin sentido
Estoy aquí en mi casa, tan aburrido
Que ya no sé lo que hago ni tampoco lo que digo
Lo que necesito es un trago, para poderme estabilizar.

Le gustaba la letra. Se sentía identificada. Ella también pasaba muchas horas en su casa, aburrida, sin emoción. Pero eso era antes. Ahora todo había cambiado, Anthony lo había cambiado. Y no pensaba volver a Donosti, ni a las clases, ni a misa los domingos. Se iba ir de allí. Se iría con

Anthony y se casaría con él. Y después les pediría dinero a sus padres, y se comprarían una casita y no tendría que trabajar en el campo como Eba y las demás.

—¡Marga! ¿Bailamos? —Julia le agarró de las muñecas y empezaron a dar vueltas.

Marga se reía. Leo y Carmen se besaban. De nuevo perdió la noción del tiempo. No sabía cuántas horas llevaba en el festival. Al rato se dio cuenta de que el grupo sobre el escenario había vuelto a cambiar, volvían a sonar canciones en inglés. Algunas las conocía de oídas, de la radio. Pero la mayoría no.

—Están tocando versiones —le informó Leo, que parecía haber memorizado todo el cartel del festival.

Carmen gritó como una loca cuando la banda empezó a tocar una canción nueva.

—*¡San Francisco!* —le vociferó a Marga en la oreja.

—Esta canción es todo un himno —dijo Leo, intentando hacerse oír entre los gritos de Carmen, que cantaba enloquecida—. Es la canción del verano del amor, de la paz, de la libertad.

Marga cerró los ojos y escuchó la canción. Sentía la música inundando su cuerpo, la sensación de estar flotando a diez centímetros del suelo. La masa de gente parecía estar de acuerdo por primera vez en la noche, moviéndose ar-

mónicamente. Todos parecían conocer la canción, y las voces se mezclaban con la del cantante en el estribillo:

For those who come to San Francisco
Be sure to wear some flowers in your hair
If you come to San Francisco
Summertime will be a love-in there.

Aquel sería uno de los pocos buenos recuerdos que conservaría de aquel verano años después: la sensación de paz, de estar donde tenía que estar; la luna llena, la tierra roja y la silueta de El Volcán dominando el campo como un guardián silencioso. Sin Anthony, sin Eba, oyendo a Carmen cantar.

—*Hey!* —Cuando acabó la canción, notó cómo alguien le tocaba un hombro.

—¡Anthony! —exclamó contenta.

Por unos minutos, se había olvidado de él.

—Nosotros vamos a ir a la casa —anunció señalando a Eba—. Aquí queda poco de música y vamos a preparar una fiesta especial para la *full moon*.

Marga lanzó una mirada fugaz a Eba, que estaba al lado de Anthony con la misma cara inexpresiva de siempre.

—¡Yo voy! —dijo Marga, que no tenía ninguna intención de separarse de Anthony y menos de dejarle solo con Eba.

—Vamos todos, ¿no? —se sumó Leo.

María y Julia asintieron. Ellas seguirían a Anthony hasta el infierno. A Carmen no le quedó otro remedio que decir que sí para no quedarse sola en el festival. Era la única que parecía inmune al «efecto Anthony», a su magia.

—¿En qué consiste la fiesta? —preguntó Marga a Anthony cuando estaban en el coche.

—Es... ah, *very special*, ya verás. Te va a enamorar —respondió él, que cuando tomaba drogas se hacía más lío con el castellano y el inglés que habitualmente.

Marga le sonrió expectante. Una fiesta de luna llena sería el momento perfecto para decirle que la llevara con él. Ellos dos solos, rumbo a una nueva vida.

Cuarenta años más tarde, mientras corría por un aeropuerto de la India, se preguntaría si hubiera cambiado algo que ella se hubiera quedado en el festival, si el desenlace habría sido diferente. Si hubiera podido escapar de la pesadilla.

26

Monsters

Elisa Iriarte se parecía a su hermana. O por lo menos, a la única foto que yo había visto de ella. Ojos azules, rasgos afilados, cejas marcadas y cabello negro —ahora con algunos mechones plateados—. Nos contemplaba con cierto desprecio desde el otro lado de una mesa camilla cubierta con un mantel de ganchillo blanco. Águeda tenía razón, no le gustaban las visitas.

—Agradecemos mucho su colaboración, es muy amable por su parte —dijo Gabriel.

En realidad, si un policía te pide educadamente hacerte unas preguntas, lo más sensato es decir que sí. Pero yo no diría que Elisa estuviera siendo especialmente amable. Se había tomado su tiempo antes de dejarnos entrar.

—¿Qué quieren saber? —respondió ella con voz seca.

Desde luego era inmune al encanto de Gabriel. Estuve tentada de hablar, pero recordé que estaba vetada por el subinspector y me mordí la lengua.

—Verá, estamos investigando la procedencia de unos restos que hemos encontrado y que datan de 1978. Tenemos motivos para pensar que pueden estar relacionados con su hermana Eba.

—Eba está muerta —respondió Elisa con desgana.

—Lamentamos su pérdida, señora Iriarte, pero nos gustaría saber si recuerda algo de ese verano. ¿Reconoce a este hombre? —preguntó Gabriel enseñándole la vieja polaroid.

Por primera vez, el rostro de Elisa mostró un atisbo de emoción. Supuse que había reconocido a su hermana.

—Se llama Anthony —insistió Gabriel.

—Sé quién es —replicó cortante.

Miré a Gabriel de reojo. Quizá nuestro viaje no había sido tan inútil al fin y al cabo.

—Este es el desgraciado que la dejó embarazada.

—¿Su hermana tuvo un hijo con él?

—No. Nunca lo tuvo. —Elisa dejó la foto sobre la mesa

y la deslizó hasta nuestro lado. No parecía traerle muy buenos recuerdos.

—Recuerdo que era 1978 porque mi madre murió el año anterior. Estábamos solas, Eba y yo. Daba problemas, se escapaba de casa. Yo sólo tenía veintitrés años, no podía hacer mucho. Entonces apareció él. El americano.

—¿Anthony? —preguntó Gabriel.

—Sí. Era un vagabundo, un hippy que andaba por ahí, por los pueblos. Engañó a Eba para que se fuera con él. Se la llevó durante meses. Y después ella volvió sola, y embarazada.

—Y ¿qué pasó con el bebé? —La curiosidad me hizo romper el voto de silencio.

Gabriel me perdonó la vida con la mirada.

—Nació muerto. Eba se había echado a perder con ese infeliz... bebiendo y tomando drogas.

—¿Recuerda el apellido de Anthony? ¿Sabe dónde podemos localizarle? —continuó Gabriel.

—No. Sólo espero que esté ardiendo en el infierno.

—¿Recuerda el nombre de algún amigo de Eba de aquella época, alguien con quien pudiéramos contactar?

Elisa negó con la cabeza.

Gabriel parecía decepcionado. La verdad es que no estábamos sacando mucho en claro.

—¿Qué le contó Eba de los meses que estuvo fuera? ¿Mencionó si Anthony era agresivo o si le tenía miedo? —siguió preguntando.

—Ella sólo veía lo bueno... Estaba enamorada de él. Pero al final él se la jugó, la dejó por otra y se fue.

—Es muy importante que intente hacer memoria... Creemos que lo que pasó el año en que Eba se fugó con Anthony podría estar relacionado con un caso actual. ¿Mencionó algún accidente? Quizá algo sobre un amigo muerto... —dije yo jugando nuestra única carta.

Gabriel estaba muy cabreado. Lo supe sin tener que mirarle.

—Miren, ya les he dicho todo lo que sé. Sea lo que sea lo que esté pasando, Eba murió hace muchos años. ¿Qué más quieren? Era mi única familia.

—¿Tiene hijos? —pregunté ignorando a Gabriel de nuevo.

—No, no los tengo —respondió Elisa con recelo.

—O sea, que vive aquí sola.

—¡Ya basta! —Elisa se levantó de la mesa enfurecida—. He respondido sus preguntas, váyanse de mi casa.

—Lo siento mucho señora Iriarte, agradecemos su colaboración —se disculpó Gabriel.

Yo tardé unos segundos en levantarme. Mi vista estaba fija en uno de los muebles de la sala de estar, un aparador de madera oscura en el que había varias fotografías con marcos plateados. Elisa con un bebé en brazos. Un niño —o niña, era muy pequeño para saberlo— que sonreía a la cámara. Elisa con ese mismo bebé en la iglesia.

Tan pronto salimos de su casa, supe que me iba a caer una buena.

—Me gustaría saber en qué cojones piensas —dijo Gabriel mientras echaba a andar hacia el coche.

Iba a responderle cuando noté la vibración del móvil en mi bolsillo. Mensaje de Paloma. Agarré a Gabriel del brazo y le detuve.

—Espera.

—¿Qué pasa ahora?

—Es un mensaje de Paloma.

Leí el mensaje en voz alta: «Tía, le he dicho a mi madre que os habíais ido a buscar a Eba y se ha puesto como loca. Ha dicho que os vayáis de ahí, que no la busquéis, que no sabéis dónde os estáis metiendo. Parecía acojonada, pero no me ha dicho por qué. ¿La habéis encontrado? Dime que estáis bien. Mi madre me ha asustado, coño».

—Elisa dice que Anthony era mala gente. Pero lo cierto es que tanto Águeda como Carmen parecen opinar que

Eba no era precisamente una víctima. ¿Y si ella mató a alguien y lo enterró en el jardín? ¿Por eso Carmen le tiene miedo? —La cabeza me iba a mil por hora.

—No lo sabemos. Ni siquiera sabemos si quien está en el jardín fue asesinado. Y aunque así fuera, Eba está muerta. No guarda relación con las chicas del festival —me frenó Gabriel.

—Pero tuvo un hijo...

—Que nació muerto, Anne.

—No. Elisa tenía fotos en el salón, fotos de un bebé, fotos suyas con un bebé. Pero ella no tiene hijos. ¿Y si nos ha mentido? ¿Y si el hijo de Eba vivió y tiene algo que ver con todo lo que está pasando ahora?

Gabriel se frotó la cara con las manos.

—Para —susurró.

—Existe una posibilidad...

Me miró valorando si asesinarme o no.

—Salgamos de dudas —dijo finalmente.

Quince minutos después estábamos delante de dos lápidas:

EBA IRIARTE. 1961-2000

IGOR IRIARTE. 15 FEBRERO 1979

Alguien —probablemente Elisa— había dejado un osito de peluche sobre la tumba de Igor. A pesar de que hacía calor, sentí un frío repentino, la tristeza que provoca ver la tumba de un niño.

—¿Ya estás contenta? Puedo pedir un certificado de defunción si no te sirve —dijo Gabriel.

—Lo siento. Pero...

—Pero nada. Ni se te ocurra decir nada más —sentenció mientras salíamos del cementerio.

Le seguí sin decir nada.

—No quiero oír más teorías. No quiero que insinúes que la tumba está vacía, ni que increpes a la gente como si fueras policía —continuó cuando estuvimos fuera—. Esto no es una serie de televisión. Este es mi trabajo.

—¡Perdón! Tú fuiste el que me dijiste que había una relación entre los crímenes —me defendí.

—Y me equivoqué. Cada vez lo tengo más claro. Ese símbolo debe de ser alguna mierda que no tiene nada que ver con todo esto. No hay otra explicación. Cuando acabe de investigar lo que de verdad importa, hablaré con Carmen para intentar averiguar quién estaba enterrado en tu jardín.

—¡Sabes que no es una casualidad! ¿Por qué tiene Carmen miedo de Eba? Seguro que tuvo algo que ver con lo que pasó, y no sé cómo, pero también tiene algo que ver con lo que está pasando ahora.

—¡No! —gritó Gabriel.

No le había oído gritar nunca. Me quedé paralizada.

—¡Esto se acaba aquí! No estamos jugando al Cluedo, Anne. Me estoy jugando mi trabajo. La he cagado, varias veces. No debí meterte en esto, ni haberme dejado convencer para venir aquí, contarte detalles de casos abiertos y ponerme a interrogar a nadie contigo delante. Pero no voy a cagarla más.

—Pero tú me dijiste que...

—¡Ya sé lo que dije! ¿Cuántas veces te tengo que repetir que me he equivocado? No hay relación entre los casos. Lo de hoy ha sido una pérdida de tiempo. Y quiero que te olvides de todo esto.

—¿De *todo*? —pregunté yo con mucha intención.

—Sabes a lo que me refiero... —susurró Gabriel intentando calmarse.

—¿Piensas que la has cagado liándote conmigo?

—Yo no he dicho eso.

—No hace falta —respondí mientras echaba a andar hacia el coche.

Contuve las lágrimas a duras penas hasta que me monté en el todoterreno y me esforcé por ignorar a Gabriel todo el viaje de vuelta. Él tampoco dio señales de querer hablar. Me puse los cascos y escuché *Somebody that I used to know* en bucle hasta que entramos en el pueblo. Aquella era la última noche del festival y pensaba aprovecharla, no iba a quedarme en casa llorando por Gabriel y dándole vueltas a la cabeza. Se habían acabado los asesinatos, la vocación de detective y los dramas. O eso pensaba yo.

27

Como si fueras a morir mañana

Al parecer el drama no se había acabado para mí. Cuando llegamos a mi casa, después de un viaje en silencio absoluto, Abel estaba esperándome en la verja de la entrada. Suspiré con resignación y me dispuse a bajarme del coche sin decir ni una palabra.

—Espera —dijo Gabriel con tono conciliador.

—¿Qué quieres?

—Igual deberíamos hablar...

Le lancé una mirada a Abel, que estaba apoyado en el capó de su coche. Parecía que no tenía escapatoria: lo mirara como lo mirase, en unos minutos iba a tener una conversación incómoda. Y tenía que decidir con quién.

—Creo que ya lo has dejado claro —le contesté a Gabriel mientras me bajaba del coche.

Estaba demasiado enfadada en ese momento como para hablar con él. Me había herido en lo más profundo de mi orgullo. Y no estaba dispuesta a perdonárselo tan fácilmente.

—Anne... —Abel se acercó a mí.

Gabriel nos contempló unos segundos antes de arrancar el coche y desaparecer camino abajo. Le vi alejarse con una punzada de dolor en el pecho. Me pregunté si aquello sería el final de todo, de lo que fuera que teníamos.

—¿Qué haces aquí? —le respondí por fin a Abel.

—Quiero disculparme.

—No tengo ganas de hablar contigo —dije mientras abría la verja.

—Por favor, me siento fatal... no sé qué me pasó —suplicó.

—Yo sí que lo sé. Dijiste lo que pensabas —contesté con mi tono más borde.

—No es verdad, Anne. Sabes que no es verdad.

Le examiné intentando decidir quién era en realidad. Parecía el Abel de siempre, el que había sido mi amigo durante tantos años: los mismos ojos castaños, la misma cara dulce. Y sin embargo, sabía que debajo de todo aquello se escondía el Abel que me había gritado, que me había mirado con furia, con odio, y lo peor de todo: con rencor.

—Por favor —insistió.

Quizá se merecía una oportunidad. La oportunidad de explicarse, al menos.

—Vale. Puedes pasar —acepté de mala gana.

—Gracias —sonrió.

Me senté en una silla y esperé a que Abel hablara. Dalí le observaba con desconfianza mientras yo le rascaba la cabeza. Me sentía como la mala de una película, acariciando silenciosamente a su gato blanco mientras planeaba la destrucción del mundo. La diferencia era que, en mi caso, yo no era quien había hecho algo malo.

—Me da mucha vergüenza lo que te dije —arrancó Abel, que se había sentado enfrente de mí y tenía la vista fija en el suelo.

—Normal —coincidí yo.

Abel levantó la mirada.

—No lo pensaba. No lo pienso. Había bebido y... me confundí. Perdóname. Por favor.

Desde luego su arrepentimiento parecía sincero. Pero no iba a ponérselo tan fácil.

—¿Piensas que soy una mala amiga, que pasé de vosotros?

—Claro que no, cada uno llevamos nuestra vida ahora. Estoy contento de que hayas vuelto.

—Si te perdono, no puedes volver a hablarme así nunca —le advertí.

—Nunca. Te lo prometo.

Me quedé pensando durante un momento, valorando qué decisión tomar. Y al final me rendí. Quizá no debería haberle perdonado. Otras personas —Paloma, sin ir más lejos— no lo hubieran hecho, pero era mi amigo y todos perdemos los papeles alguna vez.

—Vale. Te perdono.

No supe qué hacer después de decirle aquello, después de perdonarle. Me sentía rara, no sabía si seríamos capaces de hacer como que no había pasado nada, de volver a la normalidad. Abel también parecía incómodo. Decidí zanjar el tema con un abrazo.

—¿Por qué no te vienes conmigo y con Paloma al festival? —sugirió cuando nos separamos.

En el viaje de vuelta había pensado lo mismo, llegar a casa, irme al festival —con Paloma, no contaba con la visita de Abel— y olvidarme de todo: de los crímenes, de Gabriel, de mi madre. Pero una vez en casa, se me habían pasado las ganas. El día había sido demasiado intenso.

—No sé... ha sido un día muy largo —contesté.

Tan largo que me parecía que hubiera durado un mes. Estaba agotada, física y mentalmente, lo único que me apetecía era comerme una tarrina de tamaño industrial de Ben & Jerry's y ver una película de amor adolescente en Netflix.

—Venga, anímate, que es la última noche —insistió Abel.

Sopesé los pros y los contras. Estaba muy cansada, pero, por otro lado, me apetecía despejarme, por no hablar de que no estaba amortizando para nada el dinero que me había costado la entrada. Abel se dio cuenta de que dudaba y siguió intentándolo:

—Sólo un rato, que hay concierto de Florence + The Machine y sé que te gustan.

—Bueno, vale, pero me vuelvo pronto —accedí.

Abel sonrió emocionado.

—Voy a cambiarme, que llevo todo el día con esta ropa —añadí.

Me quedé un rato mirando el armario sin saber qué ponerme. No había puesto la lavadora más que una vez desde que había llegado. Encima de la silla se acumulaba un montón de ropa que amenazaba con cobrar vida propia. Acabé eligiendo unos vaqueros cortos y una camisa de flores *vintage*. Me miré en el espejo: casi me recordaba a mi madre en aquellas fotos de los setenta. Sacudí la cabeza para sacarme aquello de la mente. Pero, por si acaso, cogí el móvil e intenté volver a llamarla: nada, apagado.

Antes de reunirme con Abel —le había dejado bastante entretenido viendo la tele— me maquillé un poco, no quería que mi cara reflejara el día que había tenido. Como decía mi abuela, «la procesión va por dentro». Puse caras bastante raras mientras me daba el rímel delante del espejo. Y no pude evitar acordarme del día en que Paloma había tenido una crisis porque se había levantado con la sensación de que tenía las pestañas más cortas que antes. Me había costado una eternidad sacarla del bucle. Me pregunté si los hombres también tendrían ese tipo de crisis existenciales por cosas —aparentemente— banales: que te depilen demasiado las cejas, un mal corte de flequillo o que se te rompa tu pintalabios favorito.

—Voy a sacar un momento a Dalí y nos vamos —informé a Abel cuando bajé al salón.

Él asintió sin mirarme. Por lo visto había partido, así que la tele requería toda su atención. Yo cogí una Coca-Cola de la nevera —ya que no tenía helado, por lo menos había cafeína— y salí con Dalí al jardín.

Estaba anocheciendo y todavía hacía calor; en aquella zona nunca sabías con que te iban a sorprender las noches: a veces eran calurosas —aunque a las cinco de la mañana siempre hacía frío— y a veces empezaba a refrescar poco después de la cena.

Dalí salió disparado por el jardín y meó unas cuantas esquinas. Le seguí entre los árboles para recoger la caca, porque Rogelio, el jardinero, ya me había dicho muy amablemente alguna vez que si me creía que la mierda de perro era abono. Dalí estaba oliendo unas plantas muy raras que había en el límite del jardín, donde empezaba el campo. Tenían flores blancas, parecidas a las de los diegos —esas flores que se abren sólo por las noches y huelen tan bien—. Pero, además, de los tallos salían unos bulbos verdes llenos de pinchos. Me acerqué con curiosidad y noté que desprendían un ligero hedor. Y entonces la voz de Abel vino a mi cabeza: «Brota en todas partes. Tienen una especie de bulbo con espinas y huelen mal».

«Estramonio.»

Cogí a Dalí del collar para alejarle de las plantas y anoté mentalmente decirle a Rogelio que las arrancara. Al parecer sí que crecía en todas partes, hasta en mi jardín. Una idea empezó a tomar forma en mi cabeza, pero rápidamente la rechacé, Gabriel ya me lo había dejado bien clarito: yo no era ningún detective.

—¿Nos vamos? —preguntó Abel cuando entré en la casa.

—Sí, ya estoy —respondí distraída.

—Por cierto, me ha llamado Paloma. Dice que te está escribiendo y que está preocupada por ti. ¿Pasa algo?

«Mierda, Paloma.» Con todo el drama de la discusión con Gabriel me había olvidado de contestar a su mensaje. Debía de estar preocupada por lo que había pasado en el pueblo. Caí en la cuenta de que Abel era totalmente ajeno al tema de las fotos, Eba, Carmen, mi madre... y decidí dejarlo así. No tenía ganas de volver a pensar en aquella historia por el momento.

—Nada, he discutido con Gabriel —abrevié yo.

En realidad, aquello era parte de lo ocurrido. Una pequeña parte, al menos.

Le mandé un whasttapp a Paloma:

> Estoy bien. Eba está muerta y no hay pistas, no te preocupes. Seguimos sin saber qué pasó ese verano. Voy para el festi con Abel, que hemos hecho las paces, luego te cuento.

Abel disimulaba muy mal lo contento que estaba porque hubiera discutido con Gabriel. Se pasó el camino al festival haciendo bromas para que me riera. Como si no hubiera pasado nada entre nosotros. Y, en el fondo, se lo agradecí. Porque necesitaba dejar de darle vueltas a la discusión, a lo que había pasado en Esparza de Salazar. Necesitaba creer que Gabriel tenía razón: que no había ninguna relación entre los casos de las chicas del festival y los huesos de mi jardín. Eba estaba muerta y su hijo también. Carmen se negaba a hablar y mi madre estaba comiendo arroz con un sari en algún lugar incomunicado de la India, eludiendo toda responsabilidad. Y yo necesitaba desconectar de todo aquello. Sin embargo, nada conseguía acallar del todo a la maldita vocecilla en mi interior, que se paseaba por mi mente con un cartel de PELIGRO INMINENTE. Apretando botones rojos. Miré por la ventana del coche de Abel y contemplé el cielo despejado, aquella noche había una increíble luna llena.

28

La revolución sexual

Cuando llegamos al festival, Paloma ya estaba borracha como una cuba. Abel y yo habíamos podido entrar a la zona vip gracias a las pulseras mágicas de Fon. Y allí nos la habíamos encontrado, bebiendo gin-tonics con el susodicho. O mejor dicho: *en* el susodicho, porque estaba sentada sobre sus piernas.

—¡Anne, tía!

Cuando me vio se tiró a mi cuello y se me colgó como un koala.

—¡Madre mía, cómo te pones...! —contesté yo.

—No seas coñazo. Menos mal que no ha pasado nada con la Eba esa y has podido venir —respondió.

Abel nos miró sin entender nada.

—¿Quién es Eba? —preguntó extrañado.

—Nada, es una historia larga —respondí quitándome a Paloma de encima.

—¿Dónde está tu novio? —preguntó ella buscando con la mirada entre la gente.

—No es mi novio y no ha venido.

Paloma lo pilló al vuelo —un logro teniendo en cuenta cómo estaba—. Me conocía demasiado bien.

—Aah... entiendo. Bueno, entonces lo que tienes que hacer es beber. Enseguida empieza el concierto de Florence.

Abel y yo nos acercamos a saludar a Fon. Busqué a su novia, pero no la vi. Me imaginé que por eso estaba tan cariñosa Paloma. La zona privada estaba a rebosar; entre los invitados me pareció distinguir a un par de *influencers* con unos looks dignos de desfile de moda. De repente me sentí cutre con mi camisa *vintage* y mis Converse. Me consolé pensando que por lo menos estaba cómoda. Fuera, en la pista, había un montón de gente, mucha más que el primer día.

—¿Vamos a por una copa? —sugirió Abel.

Asentí y nos acercamos a una de las barras.

—No sé qué le ve Paloma a Rapunzel —comentó mientras señalaba a Fon, que hablaba muy acaramelado con ella en la zona de los pufs.

Le contemplé con curiosidad: aquel día llevaba la camisa estampada más fea que había visto en mi vida, unos vaqueros ajustados y la melena rubia suelta.

—Yo tampoco lo entiendo.

—¿Puedo preguntar qué ha pasado entre tú y Palacios? —dijo Abel.

Le di un trago a mi mojito de fresa. Buena pregunta. ¿Qué había pasado? Ni siquiera sabía bien qué era lo que teníamos —o habíamos tenido, suponiendo que aquello fuera el final.

—Nada, parece que tenemos... diferencias —respondí.

Abel alzó las cejas pero no siguió preguntando. Parecía que había captado que se estaba metiendo en terreno pantanoso. No me apetecía hablar de Gabriel.

—Bueno, si no sabe lo que se pierde contigo, es un idiota —zanjó.

Le sonreí mientras sorbía el mojito a través de la pajita —de trigo, nada de plástico. Había que reconocerle el punto ecologista a Fon—. Me quedé unos segundos en silencio, escuchando la canción que tocaba Cariño, el grupo que estaba en el escenario.

Todos se enfadan tanto si te beso
A nadie le interesa lo que siento
Sé que eres lo peor para mis nervios
Te he escrito porque te echaba de menos.

Me sentí como si hubieran escrito la letra para mí.

—Y tú, ¿no has tenido ninguna novia en estos diez años? —le pregunté a Abel intentando quitarme a Gabriel de la cabeza.

La verdad es que la vida amorosa de Abel —exceptuando la parte que me incluía a mí— era un misterio.

—Sí. Salí con una chica de la universidad tres años, después lo dejamos. Y hasta ahora, nada serio.

—¿Por qué lo dejasteis? —quise saber.

—Diferencias —contestó Abel.

Vaya. Me la había devuelto.

—Es broma. —Sonrió—. Me dejó por otro.

—Joder... lo siento.

Él se encogió de hombros.

—Eso es que no era la indicada.

Eché un vistazo al escenario, el concierto había terminado y la gente bailaba al ritmo de la música de los altavoces. Había una pequeña cola para entrar a la zona vip.

—Abel... ¿esa no es Haizea, la novia de Fon? —pregunté señalando a una chica que estaba entrando.

—Sí, sí que es ella.

Los dos volvimos la cabeza hacia Fon y Paloma, que estaban sentados a una distancia que dejaba entrever que entre ellos había algo más que amistad.

—Intercéptala —le pedí a Abel mientras iba corriendo a avisar a Paloma.

Él aceptó la misión con un asentimiento de cabeza y vi cómo se acercaba a saludar a Haizea, educado y sonriente como un vendedor de enciclopedias. Por algo era el responsable de relaciones públicas en su empresa.

—Paloma... creo que deberías venir conmigo. —La cogí del brazo apartándola de Fon.

—¿Por qué?

—Porque la novia de tu ligue está aquí —le susurré al oído.

—Igual quiere que estemos los tres juntos... —Se rio.

La miré a los ojos, tenía las pupilas dilatadas.

—¿Qué te has tomado?

—¡Nada! Sólo un poco de M, estoy perfectamente.

MDMA. O sea, éxtasis. Lo que le faltaba.

—¿No quieres venir al concierto? Lo acabo de dejar con mi novio y no quiero estar sola. —Probé con el chantaje.

—Pensaba que no era tu novio —respondió con malicia.

—Y no lo es, pero...

—Vale. Voy contigo. No me des la brasa.

Suspiré aliviada y le hice un gesto a Abel, que se despidió de Haizea con muchas sonrisas y nos siguió hasta la pista. Paloma se abrió hueco entre la multitud a codazos. Cuando por fin conseguimos un buen sitio, sacó un porro del bolsillo.

—Vamos a bailar hasta que se acabe el mundo. Pero, primero, vamos a fumar.

Abel no quiso probarlo, pero yo me animé a fumar un poco con Paloma. Y durante un rato me pareció, de verdad, que el mundo se iba a acabar. Bailé y grité en el concierto de Florence + The Machine. Canté como una loca *Dog days are over*. Me abracé a Abel, a Paloma... y me bebí una botella entera de agua. Hacía mucho calor. Me sentía como si flotara. No solía fumar ni tomar nada más allá de alcohol, así que las caladas de marihuana me afectaron bastante. Cuando acabó el concierto volvimos a la zona vip.

—Amo a esta mujer. La amo —dijo Paloma refiriéndose a Florence, la cantante del grupo.

—Yo creo que voy a ir a por algo de beber porque...

—Hola, chicas. —La voz de Haizea me interrumpió.

—¡Hola! —saludé yo con excesiva efusividad.

Si Haizea odiaba a Paloma o sospechaba algo, desde luego no se notaba. Parecía contenta y relajada.

—Yo voy al baño —anunció Paloma.

Suspiré aliviada. No quería que estuvieran en el mismo metro cuadrado mucho tiempo. Por si acaso.

—¿Qué tal? No te he visto mucho por aquí estos días —comentó Haizea mientras sacaba una botella de cristal del bolso y se rellenaba el vaso. La miré alucinando. ¿Su novio era el organizador del festival y la tía llevaba la bebida en el bolso?

—Es kombucha —explicó riéndose al ver mi cara.

—¿No bebes alcohol? —pregunté extrañada.

El kombucha era la bebida de moda en Instagram. Por lo visto era una especie de té fermentado.

—Alguien tiene que estar sereno por si pasa algo en el festival —respondió con una sonrisa.

Sentí lástima por ella. Fon parecía ser tan malo como novio como eligiendo camisas.

—¿Quieres probarlo? —me preguntó tendiéndome el vaso que aún no había tocado.

Yo lo miré dubitativa. No era muy fan de los tés de hierbas, pero si todo el mundo lo tomaba, debía de ser bueno. Además, tenía mucha sed.

—Quédatelo, tengo más —sonrió señalando su bolso.

—Supongo que estaréis preocupados por lo de esas chicas —comenté mientras le daba un sorbo al brebaje. Veredicto: no estaba tan malo como pensaba.

Haizea negó con la cabeza.

—Son cosas que pasan en muchos festivales, Fon está bastante tranquilo.

Y tanto que lo estaba. Dudé que existiera algo en el planeta capaz de perturbar su ánimo.

—Cari, por aquí quieren saludarte.

Hablando del rey de Roma... Fon había aparecido de la nada. Me dedicó una sonrisa mientras rodeaba con el brazo a Haizea.

—Nos vemos luego.

Les miré alejarse con curiosidad. Fon tenía buen físico, eso era indiscutible. Pero yo era incapaz de encontrarle el atractivo. No entendía qué hacía una chica como Haizea con él, ni cómo había hechizado a Paloma. Debía de tener un magnetismo que yo no percibía.

—¿Qué bebes? —preguntó Abel, que acababa de volver de la barra.

—Es kombucha orgánico. ¿Quieres?

Le dio un trago y lo escupió al suelo.

—Joder, está malísimo.

—No está tan mal —repliqué yo, que me lo estaba bebiendo entero. Al fin y al cabo, necesitaba algo sano en mi organismo después del alcohol y la marihuana.

—Si tú lo dices... —respondió él arrugando la nariz.

El DJ estaba poniendo reguetón. La mayoría de las canciones no las conocía, pero cuando empezó a sonar *Despacito*, me terminé el vaso de un trago y cogí a Abel del brazo.

—Venga, ¡vamos a bailar! —le dije.

Y él no se quejó. Me agarré a su cuello y sentí su aliento muy cerca. Sentía el calor, sus manos en mis caderas... y más calor. No pensaba en Gabriel, ni en las chicas, ni en nada más que en aquel momento. Puede que el porro tuviera algo que ver, pero no existía nada más que aquel lugar, que la música. Pensé que podría bailar siempre, bailar hasta que se acabara el mundo, como decía Paloma. O por lo menos, hasta que se acabara la noche. Lo que yo no sabía era que todavía estaba muy lejos de acabar.

29

Season of the witch

Verano de 1978

A Marga se le hizo extraña la quietud que reinaba en la casa. Comparado con la música del festival, le parecía casi inquietante el silencio que reinaba en el jardín, todos estaban más callados que de costumbre. Eba y Anthony habían desaparecido, Julia y María estaban sentadas bebiendo cerveza, y Carmen y Leo discutían sobre qué canción debería tocar con la guitarra. La única luz que iluminaba la escena era la de la hoguera que habían vuelto a encender sobre la grava, aunque tampoco hacía falta más: la luna brillaba llena en el cielo despejado y la noche era bastante clara. La fiesta no había empezado todavía, Marga sabía que nadie empezaba nada sin Anthony. Sin su presencia, el jardín parecía poco más que un campamento de instituto, inofensivo, aburrido.

—Mi abuela decía siempre: «Luna y niebla, ambiente de brujas». *«Illargi eta laino, sorginentzat giro.»* —Comentó Carmen sentándose a su lado.

Marga sonrió, a Carmen le encantaban los refranes en euskera de su abuela, uno de los pocos recuerdos que le quedaban de ella.

—Pero hoy no hay niebla —replicó.

Carmen se encogió de hombros.

—Aun así... Bueno, ¿y qué haces aquí mirando al infinito?

—Pensar en cómo decirle a Anthony que quiero irme con él —contestó Marga.

Carmen dejó caer la cabeza sobre las rodillas con un largo suspiro.

—Me rindo —susurró.

Cuando Anthony salió de la casa, Marga casi pudo sentir la energía que irradiaba inundándolo todo: en unos minutos el ambiente se transformó. Todos volvieron a fumar, a beber, y él y Leo cogieron las guitarras. Un rato después, Marga decidió que era buena idea arrancar las flores de su madre para ponérselas en el pelo. Se sentía como un hada bailando con Carmen. Y cuando se acabó el alcohol, las dos se bebieron a morro una botella de vino francés de la bodega —una botella que, días después, Marga descubriría que costaba ocho mil pesetas—. Anthony desataba la fiesta, el caos, como el dios Baco en las orgías romanas. Marga pensaba que en su presencia ningún mal era posible, era como un amuleto de protección.

—Esta fiesta es bastante normal. Lo de la luna llena me parece que era un cuento, pero ¿dónde se ha metido Eba? —preguntó Carmen a Marga.

Ella se encogió de hombros. No echaba de menos la mirada inquisitiva de Eba, que parecía vigilar siempre entre las sombras. Pero, para su desgracia, no tardó mucho en aparecer. Llevaba un vestido largo, blanco, de tela translúcida.

—Parece un camisón —comentó Carmen entre risas.

Pero a Marga no le hacía gracia. Recordaba la conversación que habían tenido aquella tarde y la amenaza de Eba, cuando le dijo que Anthony no era para ella. Le hervía la sangre sólo de verla cerca de él. Dejó a Carmen bailando sola y se acercó a Anthony, que había cambiado la guitarra por una botella de whisky.

—Tengo que hablar contigo.

Él la miró: seguía teniendo las pupilas dilatadas, pero estaba sereno, sonriente, con el pelo suelto y la camisa abierta dejando ver el vello rubio que le crecía en el pecho.

—*Okay*.

Marga lanzó una mirada a Eba, que contemplaba la escena con sorna.

—A solas... —puntualizó.

—Aquí somos todos amigos, puedes hablar delante de ella —contestó Anthony.

Marga dudó, pero decidió que quizá a Eba le convendría oír lo que tenía que decir, aceptar la realidad: que ella y Anthony iban a estar juntos después de aquella noche, que no se iba a librar de ella tan fácilmente.

—Me voy contigo —anunció.

Anthony la miró sin comprender del todo.

—¿Cuándo? —preguntó.

—Mañana. Quiero irme de aquí, quiero irme a vivir contigo. Si quieres, claro...

Él soltó una carcajada de felicidad.

—¡Por supuesto que quiero! —exclamó mientras la abrazaba y la levantaba por los aires.

Cuando Anthony volvió a dejar a Marga en el suelo, Eba había desaparecido. Marga no podía dejar de sonreír: lo había conseguido. Había sido tan fácil, tan natural... Se iba a ir con Anthony y era cuestión de tiempo que le convenciera de dejar al resto y vivir sólo con ella. Todo era perfecto.

—¡Me voy con él! —le gritó a Carmen al oído.

—¿Vas en serio?

—Sí. Me ha dicho que soy bienvenida —respondió Marga orgullosa.

Carmen la miró a los ojos dubitativa. Parecía preocupada.

—Mejor lo hablamos por la mañana.

—No hay nada que me vaya a hacer cambiar de opinión —le advirtió Marga mientras le quitaba el porro para darle una calada.

—Pero ¿qué cojones...? —soltó Carmen mirando a la entrada de la casa.

Marga se dio la vuelta extrañada. Al principio pensó que estaba alucinando, que lo que estaba viendo era producto de su imaginación: una lamia, una ninfa del bosque. Eba había vuelto a aparecer, pero ahora se había quitado el camisón. Caminaba completamente desnuda bajo la luz de la luna. Como único adorno, llevaba unas flores prendidas a la melena negra, que le caía en cascada sobre el cuerpo, ocultando sus pechos. En las manos llevaba un cuenco de madera que sostenía con infinito cuidado, como si fuera una figura de cristal. Marga miró a su alrededor, nadie parecía alterado por la desnudez de Eba, sólo Carmen y ella estaban desconcertadas.

—¿Qué hace? —susurró Marga.

Carmen tampoco apartaba la vista de Eba, que caminaba con paso firme hasta Anthony, sosteniendo el cuenco como si formara parte de un ritual.

—Vamos, chicas, es vuestra primera luna llena —dijo Leo acercándose.

Había dejado de tocar la guitarra y un silencio sepulcral se había apoderado del jardín. Un silencio respetuoso y oscuro, que hizo que a Marga se le erizara el vello de la nuca.

—Venga —insistió Leo empujándolas con suavidad.

Unos minutos después todos habían formado un círculo cerca de la hoguera. El ambiente festivo se había interrumpido y Marga se sentía como si estuviera en la misa del domingo. Aunque si alguna de las vecinas de su madre en Donosti viera la escena que estaba teniendo lugar en aquellos momentos, como poco, llamarían a un exorcista. Eba estaba en el centro, ejerciendo de sacerdotisa. Seguía sosteniendo entre las manos el cuenco, que contenía un líquido que ni Marga ni Carmen podían identificar. En el suelo había una botella de cristal con el resto. Marga pensó que parecía una especie de infusión.

—Hoy tenemos dos invitadas nuevas —anunció Anthony poniéndose en pie—. Y ¡Marga *se va a estar uniendo* a nosotros mañana!

Marga sintió que se ponía roja cuando todos —menos Carmen— la abrazaron y la felicitaron.

—Y este es su primer *full moon ritual* —continuó hablando Anthony—. Bueno, Eba, ¿puedes contarles a ellas qué hacemos?

Eba asintió sonriente. A Marga le pareció una sonrisa siniestra.

—Hay cosas que no podemos ver a simple vista. Hay mundos que no vemos, hay dioses y seres tan antiguos como esta tierra. Hay más de lo que vemos día a día en nuestras vidas, y podemos conectar con ello. Podemos hablar con la Tierra, podemos ver a estos dioses —dijo con voz solemne.

Marga la contempló sin decir nada. No sabía de qué hablaba. Ella había crecido oyendo hablar de un solo dios. El dios de los domingos, el de las iglesias, el que estaba en los bautizos y las comuniones. El resto eran poco más que leyendas, cuentos para asustar a los niños antes de dormir.

—¿Cómo? —preguntó—. ¿Cómo se pueden... ver esas cosas?

Eba volvió a sonreír y alzó el cuenco que tenía en las manos.

—Con un poco de ayuda —respondió.

—Yo creo que paso de esto... —Carmen hizo ademán de levantarse, pero Marga la sujetó de un brazo.

—No. No pasamos.

Volvió a recordar lo que le había dicho Eba aquella tarde. Estaba dispuesta a lo que fuera para demostrar que ella y Anthony estaban destinados, que iba a ser su familia, su futuro.

—Marga, esto es bastante raro, no sabemos qué hay en ese cuenco —insistió Carmen hablándole al oído.

—¿Tienes miedo?, ¿tú? —preguntó Marga divertida.

—No, pero...

Marga la miró con curiosidad. Carmen nunca tenía miedo, era impulsiva, decidida. Sin embargo, parecía que quisiera decirle algo, algo que no se atrevía a decir delante de todos.

—Es un viaje único —intervino Anthony—. Cada uno tiene una *personal* experiencia.

Carmen seguía sin estar convencida. Pero no se levantó.

El primero en beber fue Anthony, en lo que parecía una parte ya establecida del ritual. Eba era la sacerdotisa, pero Anthony estaba un escalón por encima. Dirigía el culto, era el maestro de ceremonias. Él marcaba las reglas, él empezaba.

—Y ahora, Marga. Para celebrar que es nuestro nuevo miembro —dijo Eba, sonriente y tendiéndole el cuenco.

—No hace falta que hagas esto... —susurró Carmen.

Pero Marga no la escuchó. El brebaje olía bastante mal, y tuvo que reprimir las arcadas cuando le dio un trago.

—Tienes que terminártelo —le ordenó Eba.

Marga hizo un esfuerzo sobrehumano por no vomitar, pero consiguió beberse hasta la última gota. Le devolvió el cuenco a Eba con satisfacción. Ella lo llenó de nuevo con lo que quedaba en la botella de cristal y bebió de él, igual que el resto. También Carmen, que se hizo un poco de rogar, pero que finalmente cedió ante la presión del grupo y la curiosidad.

Media hora después, el mundo de Marga comenzó a desdibujarse. No sabía si los dioses eran aquellas figuras que habían aparecido de la nada y se escondían entre los árboles, pero, si lo eran, no parecían amables. El jardín ya no era su jardín y la casa era una montaña blanca que se perdía en el cielo. Cada vez que miraba a alguien, le parecía que a su alrededor brillaba una luz: la de Carmen era rosa y la de Anthony, de un rojo intenso. Sentía que su cuerpo no seguía el compás de su mente, que iba a una velocidad que nunca antes había experimentado.

—Creo que veo cosas —le dijo a Carmen, que estaba tirada a su lado en la hierba.

—Yo también. Pero no me gustan —respondió ella.

A continuación, perdió la noción del tiempo. Le pareció ver a Julia o a María corriendo, gritando. Pero apenas era capaz de distinguir quién era quién. En algún momento de la noche alguien la cogió del brazo y la guio hasta la cama. Y durante unos segundos de lucidez vio que era Anthony quien estaba a su lado tumbado en la cama. Se acercó para darle un beso, pero parecía dormido. Le miró unos segundos antes de acurrucarse sobre su pecho. Había tenido calor toda la noche, pero justo antes de quedarse dormida sintió un frío inexplicable. Se tapó con la sábana y se pegó más a él. Sonrió al pensar que aquella sólo era la primera de muchas noches juntos.

30

Dinamita

Nunca en mi vida había tenido tanto calor. El corazón me palpitaba con fuerza en el pecho, tenía la boca seca y me costaba tragar mi propia saliva. Me arrepentí de haber fumado con Paloma, no me había sentado nada bien.

—Estás muy roja —oí que me decía Abel.

Hacía unos minutos que habíamos parado de bailar. No aguantaba más el calor y me había tirado en uno de los pufs. Abel se había sentado al lado. No había ni rastro de Paloma y Fon. Haizea tampoco estaba por ninguna parte. Probablemente se había ido a dormir y Fon y Paloma habían aprovechado su ausencia para hacer lo que llevaban días deseando hacer.

—¿Por qué hace tanto calor? —me quejé mientras me abanicaba con un programa del festival.

—Creo que eres tú. Yo estoy bien. Esto te pasa por fumar cuando no estás acostumbrada —me reprochó Abel.

No se lo discutí. Seguramente tenía razón. Tanta como que al día siguiente me iba a arrepentir de mis bailes con él, de darle falsas esperanzas sólo porque estaba cabreada con Gabriel y quería olvidarme de todo. Seguí abanicándome. La cabeza me ardía.

—¿Quieres agua? —me preguntó.

Asentí. No me vendría mal. Abel se levantó para ir a la barra y yo aproveché para sacar el móvil, con tanto ajetreo me había olvidado hasta de compartir algo en las redes sociales. Cuando lo desbloqueé, vi que tenía diez llamadas perdidas de Gabriel y notificaciones de mensajes. No los abrí. Seguía cabreada. ¿De qué iba llamándome tantas veces a aquellas horas después de cómo se había puesto? Puse el móvil en modo avión. No me sentía preparada para enfrentarme a aquella situación. Y más teniendo en cuenta que ni siquiera veía bien. Notaba la vista borrosa y el corazón me latía cada vez más rápido. La cosa se ponía peor por momentos.

—Toma —dijo Abel tendiéndome una botella de agua.

Bebí unos sorbitos lentamente. Me costaba tragar, como si los músculos de la garganta no me respondieran.

—¿Por qué no nos vamos a casa? Yo te llevo, tienes muy mala pinta —sugirió Abel.

—No, seguro que en un rato se me pasa. Es la última noche, tenemos que pasárnoslo bien.

No me apetecía mucho llegar colocada a mi casa vacía después de discutir/dejarlo —o lo que fuera que hubiera pasado— con Gabriel. Abel me miraba sin estar muy convencido.

—Bueno... esperamos un rato, pero si sigues así te llevo, digas lo que digas.

Asentí débilmente y seguí bebiendo agua a traguitos.

—¡Anne!

Me giré sobresaltada al oír a alguien gritar mi nombre. Era Paloma.

—Dile a tu novio que me deje en paz —me espetó.

—¿Cómo? —respondí sin entender nada.

—Me ha llamado. Que no le coges el teléfono. El tío está un poco obsesionado.

—He visto que tenía llamadas suyas, no sé qué querrá. Es muy raro. ¿No te ha dicho nada más?

—Pues... no sé, algo de que tú tenías razón. Le he colgado —contestó Paloma, que tenía pinta de estar aún en peores condiciones que antes.

—¿Que yo tenía razón? ¿En qué? —pregunté confundida.

—No lo sé. Tú sabrás. Sólo ha dicho que tenías razón con lo de esta tarde y que le llames —suspiró ella dejándose caer en un puf.

—Eba —dije yo pensando en voz alta.

—¿De qué habláis? ¿Me podéis explicar quién coño es Eba? —exigió Abel, que no sabía de qué iba el asunto.

—¿Estás segura de que te ha dicho que yo tenía razón? —le pregunté yo a Paloma ignorando a Abel.

Paloma se encogió de hombros.

—Eso parece... mira, no sé qué pasa con Eba, pero creo que podemos dejar todo esto para mañana, han pasado más de cuarenta años. Puede esperar una noche más —respondió con cansancio.

Paloma tenía razón, al menos, en parte. Porque lo que ella no sabía es que lo que había pasado cuarenta años atrás podía estar relacionado con las muertes del festival. Y dejar pasar una noche más podría resultar fatal para otra chica.

—Lo sabía —susurré yo.

—¿Me lo queréis contar? —insistió Abel.

—No es el momento, Abel.

—Oye, ¿tú qué te has tomado? Tienes las pupilas peor que yo —dijo Paloma sujetándome la cara.

—Eso es tu marihuana —protesté mientras me levantaba.

—Pero ¿dónde vas ahora? —preguntó Abel.

—Tengo que hacer una llamada, que te cuente Paloma toda la historia —respondí mientras salía de la zona vip.

Me alejé de la carpa privada y salí al campo, caminé unos minutos en dirección a El Volcán. Allí el ambiente estaba más tranquilo, alguna persona despistada meaba a lo lejos, pero nada más. Me temblaban las piernas y cada vez me costaba más moverme y mantener la mente despejada. La sensación de no poder tragar se iba intensificando. Paré de andar y me dejé caer en el suelo pastoso, noté el barro rojo aplastándose contra mis pobres vaqueros. De repente, sentí náuseas. Me incliné hacia un lado y vomité. Menuda semana llevaba. No iba a haber dieta en el mundo que me recuperara de aquello.

Respiré profundamente un par de veces y cuando me encontré un poco mejor intenté hacer un resumen de todo lo que había pasado en aquel día de locos: Gabriel y yo habíamos ido a buscar a Eba y habíamos descubierto que estaba muerta, y que había tenido un hijo que también lo estaba. Carmen y Águeda decían que Eba era un bicho —y yo estaba de acuerdo—, aunque Gabriel no me había creído y me había echado la bronca.

Pero, última hora: resulta que ahora decía que yo tenía razón. Lo que probablemente significaba que, efectivamente, Eba había matado a alguien y lo había enterrado en mi jardín. Puede que a Anthony. Así que yo no estaba imaginándome cosas como me había recriminado el *gran investigador Palacios*. Hasta ahí, todo bien. Pero había algo que seguía sin tener explicación: ¿qué tenía que ver todo aquello con las muertes de las chicas en el festival? Porque dijera lo que dijese Gabriel, yo estaba convencida desde el principio de que la conexión era real y ahora... sabía que estaba en lo cierto.

Me esforcé por seguir pensando, tenía que haber algo que hubiera pasado por alto, pero cada vez me costaba más tener la mente clara. Los pensamientos bailaban en mi cabeza, se mezclaban con las escenas del día. Y entonces recordé una imagen: las fotos de casa de la hermana de Eba. En ellas aparecía un niño. Había visto la tumba del bebé de Eba, pero... ¿y si tenía razón una vez más? ¿Y si allí no había nadie enterrado?

Necesitaba más información. Y mi única esperanza era una anciana. Una anciana llamada Águeda. No sabía por qué —quizá fuera una especie de lucidez inducida por la marihuana—, pero cuando Paloma me dio el mensaje de Gabriel, la cara de Águeda había venido a mi cabeza. «Si necesitáis algo más, llámame, hija.»

Teniendo en cuenta que era casi la una de la mañana, no las tenía todas conmigo, pero tenía que intentarlo. Águeda podría darme algo, alguna pista. A lo mejor salvábamos la vida de alguna chica, podríamos evitar lo que fuera que estuviera pasando. Le quité el modo avión al móvil y vi que Gabriel me había estado llamando de nuevo. No pensaba contestarle. Y mucho menos ahora que sabía que yo tenía razón, que él no había creído en mí.

A la tercera llamada, Águeda descolgó el teléfono.

—¿Diga? —respondió con voz ronca.

Ahogué un grito de felicidad.

—¿Águeda? Soy Anne, nos hemos conocido hoy.

Noté que estaba hablando muy rápido. Pero no podía controlarlo. Estaba sobreexcitada. Me imaginé que en parte por el alcohol y el porro y en parte por los nervios del momento. Mi intuición me decía que estaba muy cerca de descubrirlo todo.

—¿Anne, qué Anne? —preguntó con voz somnolienta.

—La chica que iba con el policía —aclaré.

—Ah, sí, hija. Pero ¿por qué me llamas a estas horas?

Me alegré de que no me gritara. Parecía que la curiosidad había ganado al enfado.

—Mire... necesito saber más cosas de Eba.

—¿Más cosas?, pero ¿no hablasteis con su hermana?

—Sí, sí. Pero sólo nos dijo que ella estaba muerta y que su bebé también. Vimos las tumbas en el cementerio. Sé que es una locura, pero ¿cree que el bebé puede estar vivo? Quizá sea un niño robado o algo así.

—Bueno, que yo sepa el bebé del cementerio murió. Eso fue hace muchos años, cuando era muy joven.

Me quedé chafada. En el fondo esperaba que me dijera que la tumba estaba vacía, que resolviera el misterio. Pero quizá mi intuición no estaba tan fina como yo pensaba.

—¿Está segura?

—Sí, claro. Recuerdo el funeral. Pobre moceta... menos mal que luego pudo quedarse embarazada otra vez.

La voz de mi cabeza gritó.

—Está diciendo... ¿que Eba volvió a quedarse embarazada?, ¿que tuvo otro bebé? —me aseguré.

—Ah sí, tendrá tu edad ahora.

Y en ese momento, no sé cómo, lo supe. Antes de preguntarle el nombre, antes de escuchar la respuesta. Todos los eventos se encadenaron en mi cabeza. Y me di cuenta de que había caído en la trampa.

—¿Cómo se llama? —pregunté apenas sin voz.

Colgué el teléfono sin despedirme. Tenía que irme de allí. Pero el cuerpo no me respondía. Mis piernas eran de gelatina. La cabeza me ardía y estaba empapada en sudor. Entonces los vi: monstruos, sombras que aparecían y desaparecían como demonios, que me gritaban. Conseguí levantarme y salir corriendo hacia El Volcán, pero sentía su aliento en la espalda. El suelo era de lava, y el cielo un mar que amenazaba con ahogarme. Me costaba respirar. Tropecé y me quedé allí, de rodillas, sobre las piedras de sal, mirándome las manos ensangrentadas. Un sonido me sacó del trance: era mi móvil. No me dio tiempo a contestar. Porque el monstruo me había encontrado. Estaba allí, entre las sombras.

—Te he estado buscando —me dijo cuando se acercó.

Y entonces supe que era el fin.

31

Gabriel

Gabriel Palacios se consideraba una persona extremadamente profesional. Había trabajado mucho y muy duro para llegar a ser subinspector tan joven. Durante años había cambiado las fiestas por el gimnasio, por carreras bajo la lluvia, por horas de estudio. Compaginó la universidad con la preparación de las oposiciones al cuerpo y entró a la primera, con las mejores puntuaciones de su promoción. Nunca se relajaba, nunca dejaba de trabajar. Tenía un expediente laboral y académico brillante: dos titulaciones, trabajos de investigación... todo lo que le pudiera ayudar a sumar puntos.

Había renunciado a muchas cosas. Y una de ellas era el

amor. No es que no hubiera tenido líos, sexo casual, alguna cita..., pero nunca se había permitido que fuera más allá. Cuando consiguió llegar a subinspector, supo que tendría que demostrar muchas cosas, era muy joven. Brillante, pero poco más que un chaval a ojos de muchos. Para entonces, ya se había acostumbrado a vivir solo. A salir a correr a las cinco de la madrugada, a tener citas rápidas por aplicaciones para ligar como Tinder. No era perfecto, pero a él le valía. Hasta que apareció Anne.

El suyo no era un amor de la infancia, no se enamoró de ella cuando eran pequeños. De hecho, apenas si se conocían entonces. Pero desde que se habían visto aquel día en su jardín, habían tenido una conexión especial. Gabriel se sentía bien con ella, aunque todavía se estuvieran conociendo. Se sentía tan bien que hasta había descuidado su trabajo. Y eso era algo que no podía perdonarse. Sobre todo, porque sentía que la culpa de todo era suya. Era él quien le había facilitado los datos de una investigación abierta, quien le había dicho que creía que había relación entre los crímenes. Si sus compañeros se enteraran de aquello... de todas las cagadas que había cometido en los últimos días, del tiempo que había perdido investigando símbolos en internet y persiguiendo pistas que no llevaban a ninguna parte... Podía irse olvidando de presentarse a la convocatoria que se había abierto para el acceso a la plaza de inspector.

Pero lo peor de todo era que después de darse cuenta lo había pagado con Anne.

Se pasó la mano por el pelo, era un tic nervioso que tenía desde pequeño. Aquel día había sido especialmente duro para sus nervios. No paraba de darle vueltas a la cabeza en el coche. No le gustaba haberse ido sin arreglar las cosas con ella. Se consoló pensando que por lo menos no la había dejado sola, que estaba con Abel Arbaiza. Lo extraño era que aunque sabía que eran amigos, la cara de Anne al verle no le había parecido precisamente de felicidad. Quizá debería haberle preguntado. «No.» Se corrigió mentalmente. Él no tenía derecho a inmiscuirse en su vida. Bastante había hecho ya. Miró el reloj del coche, pronto llegaría a Estella. Pensaba darse una ducha e irse a la comisaría. Estaba repasando todo el trabajo que tenía que hacer cuando, gracias al *bluetooth*, el teléfono empezó a sonar. La voz de Mendive se escuchó al otro lado de la línea.

—¿Gabriel?

—Dime —respondió él.

—¿Dónde estás? El inspector Vergara ha preguntado por ti.

Gabriel se arrepintió una vez más de haberse metido en

todo aquello. Las investigaciones en solitario de los últimos días podían acabar con su sueño de ser inspector. No podía permitirse aquellos fallos, no después de haber llegado tan lejos.

—Camino de Estella —contestó escuetamente.

Mendive no insistió más. A esas alturas ya sabía que Gabriel era un hombre reservado y de pocas palabras.

—Bueno, te lo voy contando por aquí. Nos ha llegado el análisis del móvil de las víctimas, parece que ambas se comunicaban con una misma cuenta de Instagram. El último mensaje que recibieron ambas fueron unas coordenadas. Cada vez son distintas, pero hemos comprobado que se corresponden con puntos cerca del festival y del monte... ¿cómo lo llamabais?

—El Volcán —respondió Gabriel pensativo.

—Eso. Coordenadas cerca de El Volcán.

—¿De qué era la cuenta?

—Pues no hay mucha información... Están intentando vincularla a alguien, pero de momento no tenemos nada. Pero parece un rollo místico. Hay un par de fotos de cuadros antiguos, los hemos identificado como *El aquelarre*, de Goya, y *El circulo mágico*, de Waterhouse. Y frases del estilo: «Conecta con lo antiguo» o «Únete al aquelarre».

—¿Narcoturismo? —aventuró Gabriel.

—Es posible. Puede que sea alguien que venda una experiencia mística o algún rollo de brujería —dijo Mendive.

—El estramonio es famoso por ser utilizado en los aquelarres, cuentan que las brujas lo untaban en las escobas y se las pasaban por los genitales. Se sabe que provoca alucinaciones, así que no es raro que creyeran que podían volar o que vieran al demonio.

—Vaya, eso no me lo esperaba —confesó Mendive.

—Cuando llegue allí, hablamos. Pero creo que deberíamos echar un vistazo en esas coordenadas. En la zona de El Volcán hay bastantes cuevas... es un buen sitio si no quieres que te encuentren.

—Sí. Hemos reforzado la seguridad en el festival y de momento nadie ha reportado ningún incidente más, ni anoche tampoco.

—Menos mal —suspiró Gabriel aliviado—. En cuanto llegue a casa, me ducho y voy a la comisaría.

—Quedamos en Los Arcos, que para cuando te duches tú ya es la hora de cenar.

Gabriel sonrió. Los Arcos era el bar favorito de Mendive. No estaba cerca de la comisaría, pero hacían unos bocatas de chistorra buenísimos. Así que su compañero buscaba cualquier excusa para hacer una visita.

—Vale, me has convencido —accedió Gabriel.

Dos horas después, Gabriel tenía la sensación de que la vida empezaba a volver poco a poco a la normalidad: se había duchado, había cenado un bocadillo de chistorra y un café bien cargado con Mendive y llevaban una hora hablando de los casos de las chicas del festival. Se sentía relajado, sumergirse en el trabajo siempre acallaba el ruido del resto de los problemas. Todo parecía secundario cuando se enfrentaba a un caso de homicidio. Cuando contemplaba las fotografías de los cuerpos sin vida, cuando sabía que aquellas personas dependían de él. Que ellos eran su última esperanza. La única oportunidad que quedaba de que se hiciera justicia. Verónica Hernández y Clara Lozano, veintidós y veinticinco años, respectivamente. Ambas habían perdido la vida tras tomar una infusión que contenía estramonio. Una infusión que alguien les había proporcionado, probablemente sin que ellas conocieran los riesgos de tomarla. Y ese alguien seguía en libertad.

—Por cierto, se me había olvidado comentarte esto —dijo Mendive mirando una anotación que tenía en su libreta—. No es importante ahora, pero para que no se me olvide. Investigué lo que me pediste este mediodía. Le he pedido el favor a Ibarra, de la Guardia Civil, y hemos cotejado denuncias de desapariciones de 1978 con los nombres que me diste. Resulta que alguien denunció en septiembre de 1978 la desaparición de un tal Anthony Wadlow.

A Gabriel se le atragantó el segundo café. Había olvidado que cuando Anne le había contado lo que habían hablado con Carmen, le había pedido a Mendive que cotejara los nombres de Eba y Anthony con denuncias de desapariciones en la zona en aquel año.

—Esto es por los huesos del jardín ese, ¿no? —continuó Mendive.

—Sí... ¿Has dicho que alguien denunció la desaparición de un tal Anthony en 1978?

—Sí. La denuncia la puso alguien llamado Leopoldo Villas.

Gabriel apoyó la cabeza entre las manos. Parecía que aquella historia le iba a perseguir hasta el infinito. ¿Anthony había desaparecido? ¿Y si Anne tenía razón y Eba le había hecho algo? No quería volver a meterse en aquella espiral, en aquella locura, pero...

—¿Había algún dato más?

Mendive le miró extrañado. No entendía por qué tenía tanto interés en aquel caso, por qué le pedía indagar en desapariciones de 1978 cuando tenían un caso abierto delante de las narices.

—Pues que nunca le encontraron, probablemente volvió a Estados Unidos. Pero hallaron un coche a su nombre en el valle del Salazar —comentó repasando sus notas.

—¿En el valle de Salazar?

—Sí, cerca de Esparza de Salazar, por lo visto.

Gabriel notó que le faltaba el aire unos segundos. Mendive le miró preocupado.

—¿Estás bien? ¿Ocurre algo? Mira, no sé qué cojones te pasa con este caso, pero...

—Tengo que hacer una llamada —le cortó Gabriel levantándose.

Salió del bar y respiró profundamente el aire fresco. La pesadilla continuaba. Y lo peor de todo: Anne tenía razón. Y él la había tratado como un idiota. Anthony desapareció y su coche fue encontrado cerca de Esparza de Salazar, el pueblo de Eba. Había un porcentaje muy alto de posibilidades de que los restos óseos del jardín pertenecieran a Anthony. Y de que Eba hubiera tenido algo que ver con ello. Aquel podía ser el famoso secreto que guardaban la madre de Anne y Carmen. Ellas habían estado allí, ellas lo sabían. Por eso Carmen tenía miedo de Eba. Y luego estaba el tema de los collares. ¿Cómo se relacionaba el asesinato de Anthony con la muerte de las chicas? Había empleado toda la tarde en convencerse de que no había relación, de que era una coincidencia... pero en el fondo, sabía que no lo era. ¿Y si Anne estaba en lo cierto y el hijo de Eba estaba vivo? Era una locura, pero...

Llamó a Anne varias veces, pero no obtuvo respuesta. Le mandó un whastapp. Estaría en el festival. Quizá lo mejor sería esperar al día siguiente y hablar con ella con tranquilidad. Sin embargo, estaba preocupado. Cuando volvió a entrar en el bar, se enfrentó a la mirada inquisitiva de Mendive. Y suspiró: era hora de contarle todo, aunque aquello pusiera en riesgo su puesto.

—Sé que suena a locura, pero es el mismo símbolo —resumió cuando acabó.

Mendive se rascaba la coronilla, donde se hacía evidente su calva incipiente, mientras miraba las fotografías.

—¿Y dices que no lo has visto en ningún sitio más? —preguntó.

—No. Busqué durante horas. Sólo lo he visto en los collares y las escarificaciones de las chicas.

—Y entonces... ¿crees que el hijo de esa mujer puede estar vivo?

—No creo, pero lo que es evidente es que puede existir una relación entre los casos: misma zona, mismo símbolo.

Mendive asintió pensativo.

—Quizá podemos localizar los datos de esta mujer. Para comprobar que ella y el niño están muertos de verdad. ¿Sabemos el apellido?

—Sí, Eba Iriarte. Nacida en Esparza de Salazar.

—¿Eba Iriarte? —repitió Mendive extrañado.

—¿La conoces?

—El nombre me suena de algo... aunque no recuerdo muy bien de qué. Bueno, voy a llamar para que nos lo busquen —dijo saliendo del bar.

Gabriel volvió a llamar a Anne. Ahora el móvil ni siquiera daba señal. Estaba preocupado por ella: si de verdad había relación entre ambos casos, podía estar en peligro. Miró en la agenda del móvil y llamó a Paloma. La conversación fue menos fructífera de lo que esperaba, ya que parecía estar muy borracha y, además, no estaba con Anne.

—Vale. Haz una cosa: intenta decirle a Anne que me llame cuando pueda. Y dile... que ella tenía razón en lo de esta tarde —le pidió sin muchas esperanzas.

—Déjala en paz, que eres un chapas —respondió ella antes de colgar.

La siguiente hora se le hizo eterna. Habían metido mucha presión en comisaría para que les buscaran los datos cuanto antes, pero Gabriel no soportaba la inactividad. Además, sabía que si estaba equivocado, iba a tener que darle muchas explicaciones al inspector Vergara.

—Deja de tomar café —le sugirió Mendive, que se había fijado en que estaba nervioso.

Cuando recibieron la llamada estaban saliendo del bar, que estaba a punto de cerrar.

—Entiendo. Gracias, Zúñiga —dijo Mendive después de escuchar unos segundos en silencio.

Gabriel le miró ansioso.

—Parece que tanto Eba Iriarte como Igor Iriarte están, efectivamente, muertos. Pero hay algo más. Parece que Igor no era el único hijo de Eba.

—Joder, no se me ocurrió pensar que pudiera tener más hijos.

—Y eso no es lo mejor... Zúñiga se ha tomado la molestia de meter su nombre en Google y por lo que me ha contado, creo que a ti te va a sonar.

Y tanto que le sonaba. Se sintió como un imbécil, todo aquel tiempo había estado allí, delante de todos. Tenían que llegar al festival cuanto antes. Los dos se montaron en el coche y Gabriel puso la sirena. Intentó llamar a Anne otra vez, el móvil dio señal, pero ella no respondió. Tenía la sensación de que algo no iba bien, sabía que ella estaba enfadada, pero no era normal que no contestara. Podría estar en peligro, ella y quién sabe quién más en el festival. Pisó el acelerador y le pidió a Mendive que siguiera llamándola, una y otra vez. Si algo le pasara a Anne... no sería capaz de perdonárselo. Nunca.

32

Seven devils

En algún momento debí de quedarme inconsciente porque cuando abrí los ojos ya no estaba en el mismo sitio. No recordaba casi nada de las horas anteriores. Había un enorme vacío en mi memoria. Recordaba fragmentos del festival. Recordaba el miedo, la necesidad de huir, la impotencia al no lograrlo, pero ¿por qué tenía sangre en las manos? ¿Era vómito lo que me resbalaba por la camisa? Y entonces me vino a la mente algo más. Una figura humana sin rostro inclinándose sobre mí.

Me costó unos instantes enfocar y ver con claridad. Me arrepentí de conseguirlo. La visión que tenía delante se parecía bastante al infierno. Frente a mí había una hoguera

encendida cuya luz se proyectaba sobre las paredes roco-
sas, provocando extrañas sombras, casi humanas, que parecían estar a punto de atacarme. Me encogí sobre mí misma y me esforcé por separar mis delirios de la realidad. Me
pareció intuir la presencia de dos cuerpos en una esquina
de la cueva. Pero no podía estar segura. Incluso me sentí
tentada de tocar las llamas para comprobar que el fuego era
de verdad. Por suerte no lo hice. En cambio, alargué la
mano para tocar una de las paredes. Sólida, fría, roja: real.
No estaba en el infierno, probablemente estaba en una de
las cuevas que había en la ladera de El Volcán. Entonces vi
que alguien entraba. Noté cómo se aceleraba mi respira-
ción, el miedo presionando el pecho. Al principio no reconocí su rostro. Me parecía alguien ajeno, una figura más.
Sólo cuando estuvo muy cerca, me fijé en que aquellos ojos
castaños me eran familiares. Los había visto antes, desde
que éramos unos niños.

—Por fin —suspiró Abel.

Le miré en silencio, no me sentía capaz de articular palabra. Mi cabeza estaba en otro sitio, muy lejos de allí, lu-
chando por entender algo, por mantener alejados a los
monstruos. Supuse que él era la sombra sin rostro. Que era
él quien me había llevado a aquella cueva. Y sentí un escalofrío recorrerme la espalda.

—Estás drogada —dijo. No era una pregunta.

Se puso de cuclillas, me miró fijamente a los ojos y me acarició el pelo con delicadeza.

—Vale, tienes que levantarte.

Casi me hizo gracia su petición. No podría levantarme ni aunque quisiera, mi cuerpo había decidido ir por su cuenta.

—¿Por qué me has traído aquí? —le pregunté, mientras me esforzaba por recuperar algún recuerdo de la nebulosa de mi mente.

Me miró sorprendido.

—Yo no te he traído aquí —contestó.

No entendía nada, no entendía qué hacía allí, no entendía por qué no podía pensar. Por qué el cuerpo no me respondía. Quiénes eran las figuras de mis delirios.

—Tampoco sé quiénes son esas dos chicas, pero tienen peor pinta que tú —dijo señalando a los dos cuerpos que me había parecido ver antes en una esquina de la cueva—. Llevo buscándote un buen rato, tu querido Palacios me ha llamado y me ha dicho que podías estar en peligro. Me ha pedido que mirara cerca de El Volcán, he visto luz en esta cueva y he venido, pero...

Abel no pudo terminar la frase porque alguien le golpeó en la cabeza por detrás con una piedra. Si hubiera sido capaz de gritar, lo hubiera hecho. Pero de mi garganta no salió ningún sonido. Noté la sangré salpicándome en la cara, caliente, espesa. Abel cayó hacia un lado como un muñeco de trapo. Levanté la vista despacio y, entonces, recordé: mi jardín, mi madre y Carmen, Gabriel, Eba y Anthony, la visita a Esparza de Salazar, la llamada a Águeda y... la sombra.

Pero ahora la sombra tenía cara. Tenía nombre y apellidos. Y estaba parada delante de mí, con una piedra ensangrentada en la mano y los ojos azules brillando de odio. Los mismos ojos azules de su madre. Haizea Iriarte tiró la piedra a un lado y pasó por encima del cuerpo inerte de Abel sin siquiera dignarse a mirarlo.

—Parece que esta noche no se acaba nunca —susurró mientras se acercaba a mí—. Pero tú no lo sabes, ¿verdad? Tu mente no está aquí ahora mismo.

Apenas sentí dolor cuando me agarró de un brazo y me obligó a levantarme, casi tuvo que arrastrarme hasta una de las esquinas de la cueva, donde estaban las dos chicas. Ambas parecían inconscientes.

—Qué decepción —comentó Haizea estudiándolas con la mirada.

Cuando la miré, vi en ella a Eba. O a la imagen mental que yo me había hecho de Eba. Haizea era menos salvaje, llevaba la melena más corta, más clara, tenía los rasgos más dulces. Pero ahora, a la luz de la hoguera, su rostro me parecía diferente, estaba distorsionado. O puede que estuviera viendo su verdadero yo. Puede que ese fuera uno de los efectos del estramonio que me había echado en el supuesto kombucha. Lo supe cuando Águeda me dijo el nombre. Y ahora, había vuelto a recordarlo. Aquel era el motivo de que estuviera así. Las chicas que tenía al lado estaban probablemente en el mismo estado. Aunque, misteriosamente, yo empezaba a recuperar —a pasos diminutos— algo de lucidez.

—¿Qué es lo que quieres? —conseguí preguntar.

Me miró divertida.

—¡Así que tu madre no te contó nada! Supongo que puedo hacerlo yo —dijo sin perder la sonrisa.

Me pregunté —por enésima vez en los últimos días— qué había pasado en aquel verano. Qué era tan fuerte como para desencadenar un odio que durara cuarenta años.

—Tu madre era una niña malcriada. Como tú. Te he visto en esa casa, en la casa donde empezó todo. Una mansión, ¿verdad? Me ha costado mucho poder estar a solas contigo, no te separabas de ese maldito policía.

De repente me vino a la mente la tarde en la que había tenido la sensación de que alguien me observaba al volver a casa. Pensaba que me lo había imaginado, pero ahora tenía sentido. Haizea llevaba tiempo vigilándome. Llevaba tiempo esperando aquel momento.

—Ella... Marga, arruinó la vida de mi madre —continuó Haizea—. ¿Sabías que estaba embarazada? Y tu madre se lo iba a quitar todo. Le quitó la única oportunidad de empezar una vida lejos del pueblo. La gente como vosotras no entiende a la gente como mi madre y como yo. Mi madre estaba conectada con cosas que tú no imaginas. Podía ver a los dioses antiguos. Ahora lo llaman «energías»... El nombre cambia, pero la esencia no.

Me costaba bastante procesar toda aquella historia que me estaba contando.

—Eba era una asesina. Y tú eres igual —le espeté.

Nunca imaginé que diría esa frase.

—¡Yo no he matado a nadie! Todas estas chicas buscan ir más allá, buscan tener un viaje a otro nivel de consciencia. Pero no todas pueden conseguirlo... yo no lo elijo. Sólo soy un medio entre ellas y los dioses. Ellos deciden quién es digno —se defendió enfurecida.

—Joder, estás como una puta cabra —suspiré.

—No espero que lo entiendas. Mi madre dedicó su vida a esto. A ayudar a la gente a entrar en comunión con lo que permanece oculto a los ojos. Yo he continuado sus enseñanzas. Las que lo consiguen vuelven.

—Porque no se acuerdan de nada... —respondí yo mirando a las chicas de al lado, que estaban tiradas como muñecas abandonadas. Me fijé en que tenían los brazos marcados: el símbolo de los collares.

Haizea se dio cuenta de lo que miraba.

—No te preocupes, tú también tendrás el tuyo. Todo empezó aquí, en Milenio, y aquí va a acabar. Es un homenaje a mi madre —dijo mientras se sacaba un collar de debajo de la camiseta. Un collar idéntico al que colgaba de mi cuello.

—Tú convenciste a Fon para hacer el festival... Todo esto para vengarte —pensé en voz alta.

—Tampoco es que fuera muy difícil. Es imbécil —se rio ella.

—Y tu tía sabía lo que hacías, por eso no nos dijo nada.

—¡Esa beata qué va a saber! Está más preocupada por el qué dirán en el pueblo. No le gusta que yo sea su sobrina. Le recuerdo a mi madre, ella sí que me quiso.

—Tu madre mató a Anthony, ¿ese era su concepto del amor? —repliqué yo intentando ganar tiempo.

—Mi madre hizo lo que tenía que hacer. Anthony se dejó embaucar por Marga. Después de haber compartido con él todo su mundo iba a dejarla por otra. Era un desagradecido. Quiso ponerlos a prueba, a los dos. Y puede que lo hiciera con una dosis de estramonio un poco más alta de lo normal. Sin embargo, cometió un error. Tu madre sobrevivió. —Aquello parecía hacerle gracia, no perdía la sonrisa.

Me fijé en que había sacado una navaja de algún lado. Unos segundos después noté sus manos heladas sujetando mi antebrazo. No tenía fuerzas para huir. Sentí la hoja de la navaja entrando en la carne. El dolor me devolvió instantáneamente a la realidad. Parecía que había recuperado parte de la sensibilidad. Haizea continuaba con su monólogo.

—Mi madre murió creyendo que la tuya había muerto. Pero ¡no! Años después descubrí que estaba viva. Que era feliz, que tenía una mansión, una casa, una hija. Mi madre malvivió toda su vida, tuvo que sacrificar a su gran amor. Así que ahora le toca a tu madre perder a lo que más quiere. A ti —dijo haciendo más presión con el cuchillo.

Y por primera vez en la noche, grité. Tan fuerte que me asusté a mí misma. Antes de que me diera cuenta, alguien se había abalanzado sobre Haizea: Abel. Parecía desorientado y tenía la cabeza cubierta por una costra de sangre seca y tierra. La agarró del cuello y ella se retorció intentando liberarse. Pero Abel no había contado con la navaja. Haizea alzó la mano derecha y le hundió la hoja en el brazo, él gritó de dolor y se separó de ella unos instantes, los suficientes como para que esta pusiera el filo de la navaja contra su cuello.

—Mira, hijo de puta —susurró mientras presionaba el cuchillo haciendo que brotara un hilo de sangre.

Puede que esa noche hubiera algo más en aquella cueva con nosotros. Puede que Haizea tuviera razón y que fuera posible contactar con aquellos dioses, con las energías de la Tierra. Oír sus voces y sentir su presencia. Pero se equivocaba en una cosa: no estaban de su parte. Estaban conmigo. Estaban en la tierra roja donde me había criado, vivían dentro de El Volcán, en el aire que movía las cortinas de mi casa. Y aquella noche, aunque nadie me creyera después, ellos me levantaron del suelo. Ellos me ayudaron a salvar a Abel.

¿Cómo, si no, fui capaz de levantarme y estampar a Haizea contra la pared de la cueva? Aunque no fue suficiente. Haizea no había soltado el cuchillo y se lanzó contra mí como una fiera. Nos quedamos en el suelo, mirándonos a los ojos. Sentía su aliento caliente sobre la piel, el olor a perfume caro. Temí que aquellos ojos azules fueran lo último que viera en mi vida. Abel no pudo reaccionar a tiempo para librarme de ella. Entonces, noté una puñalada en el abdomen. Y después, todo se desvaneció. Como en un sueño. Antes de cerrar los ojos escuché un estallido, tan fuerte que hizo que me dolieran los oídos. Y luego, el silencio.

33

Ain't no sunshine

Verano de 1978

Marga se despertó de repente. Estaba sudando, tenía escalofríos, como si hubiera tenido una pesadilla, pero no recordaba ningún mal sueño. La noche anterior era una inmensa laguna negra. Recordaba estar en el jardín, la luz de la luna, beber del cuenco y, después, destellos fugaces que podrían ser reales o no. Imágenes borrosas que iban y venían, que se desvanecían. Se incorporó en la cama y vio que Anthony dormía a su lado. Tampoco recordaba haber llegado a la cama con él. Miró debajo de las sábanas y se alegró al ver que ambos estaban completamente vestidos. Se desperezó unos segundos y se levantó a mirar por la ventana, el sol brillaba radiante y le taladraba los ojos. Bajó la persiana y volvió a la cama. Anthony seguía dormido. Marga le contempló embelesada. Había sido su primera noche juntos al fin y al cabo. Se deleitó mirando sus labios entreabiertos, admirando su rostro. Tardó unos segundos en darse cuenta de que algo no iba bien. Que su pecho no se movía, que estaba demasiado quieto, demasiado pálido. Tuvo un presentimiento, o más bien, una certeza.

—¿Anthony? —susurró con un hilo de voz.

Alargó la mano para acariciarle la mejilla, pero se quedó a medio camino. Sabía lo que iba a pasar si le tocaba. Sabía que aquello iba a confirmar lo que ni siquiera se atrevía a pensar.

—Despierta —sollozó mientras finalmente le ponía la mano en el brazo.

Estaba helado. Y Marga sintió que aquel frío le atravesaba la piel y se le metía en los huesos.

—¡Anthony! —gritó mientras empezaba a zarandearle. No se dio cuenta de que había empezado a llorar, ni de lo fuerte que estaba gritando.

Ni siquiera se dio cuenta de que alguien había entrado en la habitación.

—¿Marga? ¿Qué pasa? —preguntó Carmen acercándose.

Marga no contestó. Se limitó a seguir zarandeando el cuerpo inerte de Anthony mientras gritaba su nombre, una y otra vez.

—¡Para! ¡Ya vale! —le ordenó Carmen agarrándola de los hombros. Tuvo que inmovilizarla para, con grandes esfuerzos, apartarla de él.

Marga se acuclilló sollozando en un rincón de la habitación.

—Está muerto —susurró Carmen después de tomarle el pulso a Anthony.

—No —respondió Marga negando con la cabeza.

Carmen se mordió el labio y se retiró el pelo de la cara.

—Marga... no podemos hacer nada —dijo agachándose para ponerse a la altura de su amiga.

—Él estaba bien. No...

Marga era incapaz de hilar frases enteras, sus pensamientos iban de un lado a otro sin control. Sentía un dolor tan fuerte en las costillas que le costaba respirar, sentía que se iba a ahogar, que algo le iba a explotar dentro del pecho.

Carmen se levantó y comenzó a andar por la habitación.

—Madre mía, tenemos que sacarle de aquí.

Marga levantó la cabeza sin comprender. Ni siquiera

sabía qué era lo que decía Carmen. El dolor era demasiado fuerte, demasiado intenso.

—¿Qué?

—¿Cómo que qué? ¿Quieres llamar a la policía? ¿Quieres que nos acusen de asesinato? ¿Que tus padres se enteren de esto? —replicó Carmen levantando la voz.

Marga sintió que a través del dolor se abría paso algo más: miedo, pánico.

—Pero nosotras no hemos hecho nada —musitó confusa.

—¡Ya lo sé! Esto es culpa de la zorra de Eba y de la mierda que nos dio anoche. Voy a buscarla y a arrastrarla de esa melena de bruja que tiene —exclamó Carmen saliendo de la habitación.

Marga se acurrucó en la esquina y hundió la cabeza entre las rodillas. No podía mirar a Anthony, no podía ver su cuerpo inerte. No quería que aquella fuera la última imagen que le quedara de él. Cerró los ojos con fuerza y se esforzó por visualizarle riendo, cantando, vivo. Cuando su amiga volvió, no sabía cuánto tiempo había pasado en aquel limbo: podrían haber sido minutos, horas... no le importaba.

—Se ha ido —anunció Carmen—. La muy puta se ha pirado con el coche de Anthony.

—Tú crees que ella le ha... ¿que ella le ha hecho esto? —preguntó Marga levantando la cabeza.

—No lo creo, lo sé. ¡¿Sabes qué es esto?! —gritó Carmen tirando algo al suelo.

Marga lo miró extrañada, parecía un cardo.

—Es estramonio. Estaba en la habitación de Eba, crece por todas partes en tu puto jardín. Esto es lo que nos dio anoche, por eso hemos tenido ese viaje tan malo. Y ahora, haz memoria, Marga. ¿Quiénes fueron los únicos que bebieron de un cuenco diferente? ¡Anthony y tú! ¡Seguro que había puesto una dosis más fuerte! —siguió gritando Carmen.

—No. Pero si él estaba bien —repitió Marga.

—Se habrá muerto por la noche. Por algún milagro de la naturaleza, tú has sobrevivido. Pero Anthony llevaba bastante más mierda en el cuerpo además del estramonio —dijo Carmen dejándose caer en el suelo.

—¿Por qué iba a querer matarle Eba? Ella le quería... —respondió Marga confusa.

Carmen soltó un suspiro muy largo.

—Ayer, cuando apareció en pelotas en la ceremonia, me pareció ver algo, pero no estaba segura. Ahora tiene sentido. Estaba embarazada, Marga. Tenía tripa, poca, pero sé reconocer a una preñada. Y tú amenazabas con quitarle a su amante, al padre de su criatura. Si no era suyo, no sería de nadie. Joder, ¡si ya sabes que está loca! Intentó quitaros del medio a los dos.

Marga no conseguía asimilar toda la información, las palabras flotaban sueltas en su mente.

—¿Embarazada?

—¡Sí, Marga! Y ahora se ha largado y nos ha dejado este marrón. Tenemos que hacer algo.

—Yo no quiero hacer nada... —susurró Marga volviendo a esconder la cabeza entre las piernas.

Carmen se levantó de un salto, furiosa.

—¡Levántate! Y deja de comportarte como una cría. Tú y yo no nos vamos a joder la vida por esta panda de locos. Echaré al resto con alguna excusa, y cuando vuelva, espero que te hayas levantado y estés dispuesta a hacer lo que hay que hacer. O te juro que te cruzo la cara —bufó Carmen mientras salía de la habitación.

Marga tardó minutos en reunir las fuerzas para levantarse. Se apoyó en la mesa dando la espalda a Anthony y se miró en el espejo. No reconocía a la persona que le devolvía la mirada. ¿Qué había hecho? Hacía tan sólo unos días era feliz, tenía un futuro y una vida. Y ya no le quedaba nada. Ni de la vieja Marga, feliz e ignorante, ni de la nueva Marga, atrevida y despreocupada. Era un fantasma. Tenía miedo. Miedo de lo que iba a pasar, de sus padres, de la policía, de la culpa. Y se dio cuenta de que sólo tenía una salida: serenarse y hacer lo que había que hacer. No era fácil. Se concentró en respirar, puso todas las fuerzas que le quedaban en ello: en inspirar profundamente, en dejar de temblar. Y esperó a que Carmen volviera.

—Ya está. Les he dicho que Eba y Anthony se habían ido juntos esta mañana. Me ha costado convencer a Leo, pero se lo han creído. Se van todos —anunció Carmen.

—Tienes razón. Tenemos que hacer algo. Si mis padres se enteran, si la gente se entera... —murmuró Marga limpiándose las lágrimas con el dorso de la manga.

Carmen asintió nerviosa.

—Creo que tengo un plan. No es el mejor, pero no nos queda otra. Tampoco creo que nadie vaya a buscarle. No tiene familia, ni es de aquí.

Marga nunca hubiera imaginado que un cuerpo humano pudiera pesar tanto. Que fuera tan difícil bajarlo por las escaleras. En el proceso, el collar de Anthony, el que ellas tenían igual, se enganchó y se rompió. Marga lo recogió y se lo guardó en el bolsillo. Tampoco se imaginaba que cavar un hoyo fuera tan duro, que la tierra se le metería en los ojos y en la boca, que le dolerían todos los músculos y que le llevaría tantas horas.

—Es lo mejor —dijo Carmen cuando depositaron el cuerpo de Anthony en el foso que habían cavado junto a la fuente.

—Espera —le pidió Marga—. Quiero poner algo... un recuerdo.

Subió a su habitación y buscó en uno de los cajones hasta que lo encontró: un recorte de periódico de hacía un par de días. Lo había guardado como recuerdo, hablaba del festival. Y pensó que sería un buen tributo para Anthony, el festival, el verano... su último verano. Lo metió en una pequeña cajita metálica y sacó el collar de plata de Anthony del bolsillo. Lo contempló unos segundos y finalmente lo depositó en la caja junto al recorte.

—¿Qué vamos a hacer ahora? —preguntó mientras ella y Carmen tapaban el hoyo.

—Vivir y olvidar —suspiró Carmen.

Estaba casi anocheciendo cuando terminaron de tapar el agujero. Marga estaba exhausta, nunca en su vida había estado tan cansada, tan derrotada. Se sentó en el suelo, cerca de la fuente.

—¿Y si nos descubren? —le planteó a Carmen.

—No lo harán. Nadie va a buscarle, era un trotamundos. ¿Crees que a la policía le importaría? ¿Que se iban a meter aquí? No va a pasar.

—Pero mis padres... Van a sospechar al ver la tierra removida.

—Ya he pensado en eso, necesito que hagamos un último esfuerzo —respondió Carmen con algo parecido a una sonrisa.

Les llevó otra hora preparar una hoguera encima de la tumba improvisada. Una hoguera enorme con leña, cartones, papeles y todo lo que encontraron en la casa que pudiera ser útil.

—Tus padres te van a echar la bronca por las hogueras... pero nada más —dijo Carmen mientras las dos miraban las llamas crepitar.

—Yo le quería... —musitó Marga.

—Lo sé —suspiró Carmen abrazándola—. Pero la vida es una mierda a veces.

—¿Crees que algún día podré volver a ser feliz? —preguntó mientras las lágrimas volvían a brotar de sus ojos.

—De eso estoy segura. Esto sólo es una fase... Ya sabes, «lurrak hazi eta lurrak jan»: «La tierra lo cría y la tierra se lo come».

—Polvo somos y en polvo nos convertiremos —susurró Marga mientras contemplaba la hoguera.

34

Podría ser peor

Me despertó el sonido de una voz familiar, aunque al principio no fui capaz de identificarla. Tenía mucho sueño, quería abrir los ojos, pero sentía que los párpados me pesaban toneladas.

—Anne, Anne... —La voz seguía llamándome.

Lo primero que vi cuando por fin conseguí levantar los párpados fue un pelo blanco, corto, con las puntas teñidas de rosa; y unos ojos verdes delineados de azul detrás de unas gafas sin montura.

—¡Ay, Virgen de Codés! ¡Que estás viva! —gritó mi abuela.

Me costó unos segundos analizar el espacio donde me

encontraba, era una habitación blanca, aséptica: estaba en un hospital.

—¡Hija, hija, qué susto por Dios! —Mi abuela seguía hablando sin parar mientras yo intentaba poner orden en mi mente.

Cuando se inclinó para abrazarme, noté un dolor en un lateral del abdomen. Y los recuerdos de la noche anterior se agitaron en mi cabeza, aunque con algunas lagunas causadas por el estramonio.

—Abel... ¿cómo está? —susurré.

—Bien, está bien, tú ahora no te preocupes de eso, *maitia*.

Suspiré aliviada. Mis últimos recuerdos no eran precisamente felices. Hasta a mí me sorprendía seguir viva. Cuando perdí el conocimiento, pensé que lo último que vería serían los ojos azules de Haizea, que ahí se acababa todo para mí. Me incorporé un poco en la cama, tenía ganas de llorar, me dolía el pecho, me pesaba aquella noche infernal que sabía que no iba a poder olvidar en años.

—Tranquila, hija... Si es que ya sabía yo que este verano iba a ser movido. Lo decía el horóscopo —se lamentó mi abuela mientras me agarraba de la mano.

No tuve tiempo de contestar porque en ese momento se abrió la puerta y entró un médico que muy amablemente apartó a mi abuela para examinarme, preguntarme mi nombre y contarme que me habían operado de urgencia la madrugada anterior. Al parecer había perdido mucha sangre. Y además había llegado con una intoxicación por estramonio, aunque vomitar me había salvado la vida. Estábamos en el hospital de Estella e iba a tener que permanecer allí unos cuantos días.

—Si necesitas cualquier cosa, pulsa el botón —me indicó antes de irse.

—Tú tranquila, que yo te voy a traer tarta de queso de tapadillo. Hambre no vas a pasar —dijo mi abuela que, por algún motivo, pensaba que la pérdida de sangre se compensaba con tarta de queso.

Iba a preguntarle cuándo había llegado ella de Donosti, pero la puerta se volvió a abrir. Me sentía como Frodo al final de *El Señor de los Anillos*: tumbada en la cama en una habitación en la que no dejaba de aparecer gente.

—Perdón, ¿interrumpo? —pidió permiso Gabriel con timidez.

Mi abuela le miró extrañada, intuí que no se conocían.

—¿Y tú quién eres? —preguntó sin mucha educación.

—Subinspector Gabriel Palacios, ya no se acordará de mí, pero soy el nieto de Agustina.

A mi abuela le cambió la cara cuando se dio cuenta de que aquel desconocido era el pequeño de los Palacios.

—¡Ay, madre! Pero qué mayor estás. ¿Y eres policía?

—Los años, que pasan para todos. Salvo para usted —respondió Gabriel haciéndole la pelota.

Yo puse los ojos en blanco.

—¡Anda, anda! Qué tonterías dices... —contestó mi abuela regocijándose.

—¿Cree que podría dejarme con su nieta unos minutos? Tengo que hacerle unas preguntas —planteó Gabriel con su mejor sonrisa.

Mi abuela accedió encantada.

—Cuídala —le advirtió antes de salir de la habitación.

Gabriel y yo nos miramos durante unos instantes, hasta que se decidió a acercarse y sentarse al lado de la cama.

—Tú me salvaste, ¿verdad? —le pregunté sin rodeos.

Recordaba las explosiones antes de desmayarme, probablemente disparos. Si Haizea no me apuñaló más veces, fue gracias a él.

—Bueno, es mi trabajo —se justificó con una sonrisa.

Sentí que volvía a llorar. ¡Mierda! Encima debía de tener una pinta horrible, me alegré de que no hubiera un espejo en la habitación.

—Eh, no llores —susurró Gabriel sentándose en la

cama—. Sé que ha sido duro. Pero tú salvaste a Abel, si no fuera por ti... Además, ya ha acabado todo.

—¿Y Haizea? —pregunté yo sorbiéndome los mocos.

—No tienes que preocuparte de eso —contestó Gabriel muy serio.

—¿No?

—Haizea está muerta, Anne.

Me imaginé que no debía de haber sido fácil para él disparar a alguien. Probablemente era la primera vez que tenía que usar su arma en la vida real. No le envidiaba, sabía que yo no podría sobrevivir a algo así. Que no podría dormir por las noches aunque supiera que había hecho lo correcto, que había salvado vidas. Pero Gabriel estaba hecho de otra pasta. Era mucho más fuerte que yo.

—Lo siento... —dije sin saber muy bien por qué.

—Tú no tienes la culpa de nada. Te has llevado una puñalada por salvarle la vida a un amigo, y si yo no llego a estar allí... —No terminó la frase.

Cerré los ojos unos instantes. Estaba cansada. Noté cómo Gabriel me acariciaba el brazo y cuando abrí los ojos me fijé en el apósito que me habían puesto en el antebrazo: la escarificación. Lo levanté con cuidado y contemplé el símbolo a medio hacer. Sólo un círculo.

—Podría ser peor —afirmó Gabriel con media sonrisa.

—Mucho peor.

Gabriel siguió acariciándome el brazo distraído.

—¿Qué te dijo ella? —preguntó.

Aparté la mirada. No me apetecía pensar en eso. Todavía estaba demasiado fresco. Preferiría haberlo olvidado todo, que el estramonio me hubiera borrado la memoria, que todo se quedara en una noche perdida. Finalmente cogí aire y le resumí a Gabriel todo lo que había pasado en la cueva o, por lo menos, todo lo que recordaba. Incluyendo los desvaríos de Haizea sobre dioses y elegidos. Aunque no quise decir nada sobre lo que había sentido cuando me levanté para salvar a Abel, la sensación de que había algo más allí. Aquel sería mi secreto. Él asintió sin interrumpirme mientras anotaba cosas en su —ya famosa— libreta.

—Supongo que Eba debía de estar metida de lleno en el tema del *new age*, un movimiento de los sesenta que mezclaba corrientes, cultos, religiones y mitos en busca de la espiritualidad —comentó.

—Y la hija heredó las aficiones de la madre —añadí yo intentando sonar más relajada de lo que estaba.

—Siento haber llegado tan tarde. Y siento no haberte creído desde el principio —suspiró.

Le miré a los ojos, parecía muy cansado. Probablemente no habría dormido todavía.

—No pasa nada —le respondí con una sonrisa.

—Fui en cuanto lo supimos, y al llegar pensé que estabas...

Agachó la cabeza y se pasó la mano por el pelo, me había fijado que lo hacía cuando estaba nervioso. Me sentía tranquila con él cerca. Su presencia era como un bálsamo en aquellos momentos. No quería que se fuera. No quería irme. Después de todo lo que había pasado en las últimas horas y ¿esa era mi máxima preocupación en aquel momento, dejar de ver a mi ligue? Estaba pensando en nuestra posible separación cuando un nuevo recuerdo acudió a mi cabeza. Y sentí de nuevo presión en el pecho, pánico.

—¡Las chicas! ¡Las chicas que había en la cueva! —grité.

—Están bien. Intoxicación grave, pero sin riesgo de muerte —me tranquilizó—. También hemos hablado con la tía de Haizea, parece que no sabía nada. Le había perdido la pista hacía ya tiempo, no se llevaban bien.

—¿Y Fon? ¿Está bien? —pregunté.

—Bueno, él tampoco tenía ni idea de nada. Está conmocionado, pero nada más —contestó.

Asentí en silencio. Gabriel se levantó de la cama.

—Creo que debería dejarte descansar. Además, seguro que tu abuela ya te echa de menos.

Como si la hubiéramos invocado, mi abuela apareció

en la puerta con un café en la mano. Gabriel tuvo que aguantar cinco minutos largos de preguntas sobre todos los miembros de su familia hasta que le dejó salir de la habitación.

—Hija, qué majo está este chico, ¿no? —comentó con falsa inocencia cuando Gabriel se fue.

—Abuela... no empieces.

—¡Oye! Es mejor que el imbécil aquel que quería salvar ballenas —se defendió.

Saúl. Era curioso, en los últimos días no había pensado ni un segundo en él. Ahora me parecía insignificante. Cómo podían cambiar las cosas en unas semanas, cómo se reordenaban las prioridades cuando tu mayor prioridad era sobrevivir.

—Sí, en eso tienes razón —coincidí.

—Por cierto, hay alguien más que quiere verte —comentó.

—¿Abel y Paloma?

—El pobre Abel se llevó una pedrada que no sabe ni dónde anda... pero no me refería a ellos.

Alguien llamó a la puerta de la habitación. Aquello parecía un bar, no paraba de venir gente.

—¡Ah! Ya estás aquí —dijo mi abuela emocionada.

Cuando mi madre —vestida con pantalones de elefantes, por cierto— entró en el cuarto, casi no me lo podía creer.

—¡Mamá! ¿Cuándo has vuelto?

—¡Anne! —exclamó mientras se acercaba a abrazarme.

Cuando nos separamos vi que estaba llorando.

—Hija, perdóname, tenía que habértelo contado —susurró limpiándose la cara.

Me senté en la cama y me preparé para escuchar. Sabía que nos esperaba una conversación muy larga.

35

Quedará en nuestra mente

—Así que ¿Eba mató a Anthony y vosotras le enterrasteis en el jardín? —pregunté a modo de resumen.

Mi madre, Carmen, Paloma y yo llevábamos una hora reunidas. Después de la aparición estelar de mi madre con aquellos pantalones de elefantes y de las preguntas de rigor sobre cómo estaba y qué me había pasado, Carmen y Paloma habían entrado en la habitación. Había llegado el momento de que, después de tantos años, habláramos por primera vez de lo que había pasado en el verano de 1978.

—Joder, mamá. La próxima vez que me digas que llego tarde de fiesta... —dijo Paloma.

—Teníamos dieciocho años y estábamos asustadas. No sabíamos qué hacer —suspiró mi madre.

—¿Llamar a la policía? ¿No se os ocurrió? —insistió Paloma.

—Eba se había ido y el cadáver estaba en la cama de Marga, teníamos miedo, Paloma —respondió Carmen con resignación.

—¿Por qué no nos lo contasteis antes? —pregunté yo.

Mi madre agachó la cabeza avergonzada.

—Me daba... vergüenza. Queríamos olvidarlo. ¿Qué iba a decirte?

—Algo así como «Verás, hija, cuando era un poco más joven que tú estuve en una orgía mística y enterré a mi novio guiri en el jardín» —contestó Paloma.

—Paloma, tampoco te pases —le reproché yo.

Ella puso los ojos en blanco.

—Casi te matan por esta mierda —continuó.

—Hija, yo no sabía nada de la hija de Eba, ni de las chicas del festival, no sabíamos que había relación. Si lo hubiera sabido... No podría perdonarme que te hubiera pasado nada —musitó mi madre echándose a llorar.

—Ya está, mamá, estamos todos bien. No es tu culpa. No llores.

—Si no llora, no es Marga —apuntó Carmen con una sonrisa.

—He vivido toda la vida con esto dentro, intentando compensarlo. Intentando dejar atrás la culpa.

Eso explicaba por qué nunca tenía vacaciones, la vocación repentina que sintió por la medicina después de aquel verano, la preocupación constante por los demás... Siempre me había preguntado por qué nunca descansaba, por qué siempre quería hacer más y, por fin, allí estaba la respuesta.

—Es un alivio soltarlo todo después de tanto tiempo —admitió Carmen.

Paloma alzó las cejas con sarcasmo. Seguía bastante cabreada con ella y con mi madre. No me sorprendía, siempre había sido así: dura de pelar, orgullosa. Supongo que en eso se parecía bastante a su madre.

—Cuando encontraron los huesos tuve miedo. Miedo de revivir todo, de que saliera a la luz. Y después viste el collar, las entradas... Por eso desaparecí. Pero cuando hablé con Carmen y me dijo que habíais estado investigando, decidí que tenía que volver. No podía contarte esto por teléfono. Y después Carmen me dijo que estabais buscando a Eba...

—¿Y tú? ¿Tampoco nos lo podías contar en persona? —le reprochó Paloma a su madre.

—No era el momento, yo también tenía miedo. Si hubiera sabido qué era lo que estaba pasando... pero pensé que sólo queríais saber quién estaba en el jardín, y que no tenía sentido removerlo después de tantos años.

—¡Joder, vaya dos! —se quejó Paloma.

—Ahora que lo pienso, si Anthony murió envenenado, es normal que no hubiera marcas en los huesos cuando los encontraron —comenté—. Pero ¿qué va a pasar ahora?

—Hemos hablado con Gabriel. Parece que el caso ha prescrito, no van a reabrirlo —me explicó mi madre.

—Menos mal... —suspiró Paloma.

Sonreí al pensar en Gabriel. Extrañamente me hacía ilusión que mi madre le hubiera conocido, aunque fuera en aquellas circunstancias.

—Entonces ya ha pasado todo —dije.

—No ha sido fácil vivir con este secreto, con la culpa durante tantos años. Espero que podáis perdonarnos.

—¡Qué remedio! —accedió Paloma.

—Supongo que la locura es hereditaria. Eba era una zorra loca y su hija... Y pensar que dos chicas han muerto —se lamentó Carmen.

—Vosotras no podíais saberlo. Nadie podía —respondí yo.

—Parece que hay cosas que no se pueden olvidar, que siempre vuelven —susurró mi madre.

Y pensé que tenía razón. No creía que yo fuera capaz de olvidar jamás la noche de la cueva, el miedo, la muerte, la sangre. Aquella era una de las cosas que te acompañaban toda la vida. Como la culpa a mi madre y a Carmen. Sentía pena por ellas, por todas las veces que me había enfadado con mi madre por su excesiva vocación por ayudar a los demás. Era prácticamente una niña cuando se despertó con su ¿novio? muerto al lado y le enterró en el jardín. Algo así te deja tocado para siempre. Pero también sentía que aquello nos había unido más, ya no había secretos, ya no había nada que esconder.

—Creo que vamos a bajar a tomar un café —anunció Carmen—. Ya hemos tenido bastantes lágrimas por hoy.

Mi madre asintió mientras se limpiaba la cara con un pañuelo: aún no había dejado de llorar.

—Mamá, ya vale, que pareces una fuente.

—Ya verás cómo yo la animo —dijo Carmen sonriendo.

Paloma y yo nos quedamos solas por primera vez desde que había pasado todo. El día se me estaba haciendo eterno.

—Tendrías que haberme contado que había relación entre las muertes del festival y lo de tu casa. Me lo hubiera tomado más en serio —me dijo.

—Ya lo sé, Gabriel me pidió que no dijera nada, no era seguro.

—Hubiera podido ayudarte —añadió.

—No creo. Ninguno lo vimos venir hasta que lo tuvimos encima.

—Haizea, hija de Eba. ¡Joder! Y esas pobres chicas, con esos rituales chungos y toda la movida de los dioses y su puta madre. Menos mal que Gabriel llegó antes de que... bueno, antes de que palmaras.

—Y yo no le cogía el teléfono porque estaba enfadada con él... Soy idiota.

—Bueno, eso no hubiera cambiado nada. Estabas drogada y era demasiado tarde —me tranquilizó Paloma.

—Supongo que tienes razón. Lo importante es que ahora Haizea ya no puede hacer daño a nadie más. Y que Abel y yo estamos bien.

—Abel, creo que no va a superar en la vida que Gabriel tuviera que salvaros. Aunque sea policía. Él se cree un caballero andante —comentó.

—Hizo lo que pudo, fue a buscarme. ¿Le has visto?

Paloma asintió.

—Sí, hace un rato. Tiene la misma mala cara que tú. No puedes levantarte con el chisme ese, ¿verdad? —dijo señalando el gotero de suero.

—¿Tengo mala cara? —pregunté yo preocupada.

—Bueno... no es tu mejor día, eso está claro.

Bufé indignada.

—Gracias. Eres la mejor amiga del mundo. Si pides una silla de ruedas, podríamos ir a ver a Abel.

Paloma dudó.

—No sé, era una broma. Te acaban de abrir en canal, no creo que sea la mejor idea...

Mientras discutíamos si era práctico o no intentar ir a ver a Abel, llamaron a la puerta.

—¿Se puede? —preguntó Abel asomando la cabeza.

—Pero ¡bueno! Si es que sois tal para cual —exclamó Paloma riéndose.

Abel tenía un apósito bastante grande en un lado de la cabeza y —como yo— llevaba un pijama de hospital, pero sonreía igual que siempre.

—¡Pensé que no te podías mover! —le reproché.

—Bueno, estoy bastante mejor que tú, no me puedo quejar —comentó encogiéndose de hombros.

—Menos mal —sonreí yo.

—Y todo gracias a ti. Si no la hubieras parado... Y después pensé que te iba a matar. No me dio tiempo a reaccionar, lo siento Anne —dijo sentándose en la silla que quedaba libre.

Parecía avergonzado, abatido.

—Tranquilo, Romeo. Por suerte llegó la policía y estamos todos bien. Ya estoy cansada de tanto drama. No vais a conseguir hacerme llorar —nos advirtió Paloma intentando quitarle hierro al asunto.

—Os voy a echar de menos —reconocí.

—Espera, ¿te vas? —preguntó Abel con incredulidad.

—He hablado con mi madre antes. Creo que voy a volver un tiempo a Madrid, hasta que me recupere, con ella. Necesito distanciarme un poco de todo esto.

—Y yo que pensaba que ahora nos íbamos a ir los tres de fiesta... —bromeó Paloma.

Abel me miraba apenado.

—Mi oferta sigue en pie, tienes trabajo en las bodegas, cuando quieras.

Le sonreí agradecida. Sabía que lo decía en serio. Pero ahora necesitaba relajarme durante una temporada. Mi madre había insistido en que volviera con ella a casa un tiempo. Después, cuando estuviera recuperada del todo —no sólo físicamente— podría pensar qué hacer.

—Chicos, voy a volver. Esto es sólo temporal, ahora no estoy en condiciones de decidir qué quiero hacer con mi vida.

—Por lo menos déjame la llave de tu casa para aprovechar la piscina —bromeó Paloma.

—Ni de coña, que te conozco y me montas una *rave*.

Abel soltó una carcajada.

—Anne, sabes que esta siempre será tu casa —dijo poniéndose serio.

—Espero que vuelvas antes de diez años —me amenazó Paloma.

Les miré y sonreí. A pesar de todo lo que había pasado, del miedo, de los malos recuerdos, de todo, estaba agradecida. Y Abel tenía razón: no importaba el tiempo que pasara, el pueblo, la casa, siempre serían mi hogar.

36

Haizea

Lo que menos le gustaba a Haizea de vivir en el pueblo eran los inviernos. Eran tan largos que parecían eternos. Las calles se llenaban de nieve en diciembre y los días eran grises, interminables. En aquellos meses, su tía no le dejaba salir de casa para mucho más que ir a por el pan y a misa. Haizea odiaba ir a misa. Y especialmente, odiaba a don Ramón, el cura. Odiaba su calva lisa y brillante, sus dientes amarillos y sus ojos pequeños y hundidos. Tampoco le gustaba el olor a incienso de la iglesia, ni las velas, ni las caras tristes de los santos que la miraban desde las hornacinas.

—Hoy me duele la tripa... —intentaba escabullirse algún domingo por la mañana.

Pero su tía era implacable.

—Como no te estés muriendo, vas a ir a misa como Dios manda. ¿O es que quieres acabar como tu madre? —le espetaba.

Su tía repetía mucho aquella frase: «¿Es que quieres acabar como tu madre?». Haizea no sabía qué responder. Porque apenas se acordaba de ella. Había muerto cuando tenía seis años, y lo único que le quedaban eran recuerdos que se iban volviendo cada vez más borrosos, y alguna foto en el salón de su tía. Cada vez que preguntaba por ella, Elisa se enfadaba.

—Tu madre tomó el camino de la perdición. Las malas compañías acabaron con ella. Y me dejó a mí contigo. Tú te pareces a ella. Pero yo me voy a encargar de que no cometas los mismos errores.

Pero ella no la creía. Se llevaba la mano al pecho y acariciaba el collar de plata que siempre llevaba puesto, el único recuerdo que conservaba de ella. Y al tocarlo, sentía que lo que decía su tía no era verdad. Que su madre había sido buena y que, de alguna forma, seguía cuidando de ella. Tampoco obtenía muchas respuestas cuando preguntaba por su padre. Elisa no le quería decir ni su nombre y le dedicaba el mismo desprecio.

—Un francés —contestaba secamente.

—¿Cómo se llamaba? —preguntaba ella entusiasmada.

—No lo sé. No me acuerdo —mentía.

—Tía, ¡cómo no te vas a acordar!

—¡No me acuerdo! Era un gabacho que nunca se preocupó por ti. Abandonó a tu madre cuando tú eras pequeña. ¿Ya estás contenta?

—Y ¿por qué la abandonó?

—Deberías dejar de preguntar y dar gracias de tenerme a mí. Y esta casa. Nunca te va a faltar de nada conmigo.

En eso su tía tenía razón. Nunca le había faltado de nada. Aunque fuera parca en cariño, los días que volvían de misa su tía cantaba por la casa y preparaba la comida favorita de Haizea. No era mala, pero Haizea llegó a la conclusión de que no sabía querer a nadie más que a Dios. Vivía torturada por pecados que todavía no había cometido. Por haber perdido a toda su familia, por haber fracasado en mantener a su hermana alejada de la perdición, por tener que cuidar a una sobrina, que era como una hija que no había pedido.

El único consuelo de Haizea era el bosque. Desde pequeña había descubierto que le calmaba pasear entre los árboles, sentir la brisa en la cara, perderse por los caminos que salían del pueblo y pasar horas sin escuchar nada más que los pájaros. Allí se sentía libre de sus pensamientos, de la vigilancia de Elisa, de todo. Pasaba horas sentada en un viejo tocón que había en un claro al que le gustaba ir. A veces, se encontraba a algún pastor con las ovejas, pero a nadie más. Y allí le gustaba jugar a imaginar que tenía otra vida, una muy diferente. Imaginaba que su madre vivía, que su padre era un francés rubio, guapo y agradable. Que vivía lejos de allí, que tenía una familia.

Aquello le había costado muchas broncas de su tía, porque a veces desaparecía durante tardes enteras. Y Elisa aprovechaba cualquier infracción para castigarla.

—¡No vas a salir con tus amigas en dos semanas! —le amenazaba enfurecida, con el pelo recogido y tirante y aquel delantal que parecía no quitarse nunca.

Haizea se reía, ella no tenía amigas. No amigas de verdad, al menos. Pero su tía no soportaba su risa. Se enfurecía más y más y, alguna vez, hasta la abofeteaba.

—¡Vas a aprender por las buenas o por las malas! —le decía.

Pero ni siquiera aquello hacía que Haizea dejara de reírse.

Con los años le perdió el miedo a su tía, aprendió a plantarle cara, a burlarse de aquella vieja beata que intentaba controlarla, que insultaba a su madre, que la encerraba en casa. Y todo cambió definitivamente el verano de sus dieciséis años, cuando encontró el diario de Eba. Si su tía hubiera sabido de su existencia, lo hubiera destruido. Pero por suerte para ella, había sobrevivido a los años, en una caja polvorienta del trastero. Era un diario confuso, casi un cuaderno de pensamientos. Empezaba en julio de 1978 y a través de él, Haizea conoció por fin a su madre.

18 de agosto de 1978

Me prometí que no volvería, los días son más largos aquí. Con Elisa. La tripa se me nota cada vez más. Ni siquiera eso me consuela, un hijo suyo... un hijo de ÉL. Le echo mucho de menos, sobre todo por las noches. A veces me da pena lo que hice, pero sé que estuvo bien. Estuvo bien. La culpa no fue mía, ella le mató. A él y, en el fondo, también a mí. No sé vivir sin verle... pero pasará. Le veré la cara a mi hijo ¡nuestro hijo! Marga y él están donde deben estar. Los dioses hablaron. Siempre hablan, nunca dejan de hablar. Cuando todo pase... me iré de aquí. A Francia. Lejos. Una nueva vida.

Haizea conoció a Eba, a Marga y a Anthony. A Igor, el niño que nació muerto. Y sintió el dolor de su madre como suyo, por la pérdida de todo. Porque su amante la traicionó con otra, porque su hijo murió y todo su mundo se desmoronó. El diario acababa al poco tiempo de que su madre llegara a Francia, al pequeño pueblo de Cénac-et-Saint-Julien. Antes de que ella hubiera nacido, antes de que su madre conociera a su padre —quienquiera que fuese—. Describía el pueblo como un lugar de cuento, un reducto de paz entre castillos y ríos. Haizea se alegraba de que al menos allí hubiera sido feliz.

15 de abril de 1985

Aquí la gente es amable. Aunque no entiendo todavía el idioma, es fácil comunicarse. Mi contacto trabaja por esta zona, necesitan sanadores, gente como nosotros. Me siento mejor aquí, el aire es más fresco, no siento la presencia de Elisa. No echo tanto de menos a Igor. Ni a Anthony. Aquí puedo respirar. Hay castillos por todas partes, parecen de película, aunque por las noches dan miedo. Y hay casas... casas que me recuerdan a aquel verano. Casas grandes y blancas con el tejado negro y vallas metálicas. Pero son sólo momentos, después se me olvida. Después estoy bien.

Durante aquel verano leyó el diario todos los días. Memorizó las páginas, cada palabra, llegó a sentir que era ella misma quien lo había escrito. Experimentó los efectos del estramonio, los viajes para elevar la conciencia que describía su madre, la conexión con los dioses de un mundo más antiguo. Leyó sobre los rituales de Eba, sobre sus creencias, y las hizo suyas. Por primera vez pertenecía a algo. Aquel era su secreto, era su mundo, le permitía sobrellevar la realidad de la vida en una aldea de menos de cien personas. Aguantaba las bofetadas de su tía y cada vez se reía más alto. Soñando con desaparecer de allí.

—Por lo menos eres buena estudiante... —decía su tía a regañadientes cada vez que ella traía las notas del instituto.

Y fue aquello precisamente lo que la liberó de Elisa, del pueblo. Consiguió una beca de excelencia para estudiar en la universidad, en Bilbao. Administración de Empresas. No le interesaba, pero era su salida al nuevo mundo. Y durante unos años fue feliz, hizo amigos, se tiñó el pelo, descubrió que tenía un don para encandilar a la gente, buscó trabajo y se compró ropa bonita. Fue feliz hasta el día en que descubrió que Margarita Aribe, Marga, estaba viva. Desde que había encontrado el diario de su madre, había estado obsesionada con aquella casa indiana de la que hablaba, la casa donde empezó todo. No fue difícil encontrarla en internet, no había muchas en Navarra. De vez cuando buscaba fotos de la casa y las miraba durante horas, intentando imaginarse a su madre en el jardín, más joven de lo que era ella en ese momento, con Anthony, cuando aún era feliz.

Y fue en una de esas búsquedas cuando llegó al perfil de Facebook de Margarita Aribe. Cuando descubrió que no había muerto como su madre pensaba, que era feliz, que tenía una vida aparentemente perfecta y una hija. Una hija que se llamaba Anne, una hija poco más joven que ella misma. Y nada volvió a ser igual. No estaba hecha para llevar una vida aburrida en Bilbao. No quería olvidar. Le debía algo a su madre, le debía seguir sus enseñanzas, le debía ser libre. Y sobre todo, le debía venganza. Aunque aquello significara sacrificar todo lo que había conseguido.

37

Carreteras infinitas

Me costaba dejar la casa una vez más. No importaba que hubiera estado diez años sin pisarla y hubiera vuelto hacía poco más de una semana. Aun así, sentía un nudo en el estómago mientras recogía la ropa que tenía tirada en el suelo de la habitación para rehacer la maleta. Odio hacer maletas casi tanto como las despedidas.

—Anne, ¿de qué quieres el bocadillo? ¡Que me voy al bar a despedirme de Carmen y de paso los cojo ya! —me preguntó mi madre a voces desde la planta de abajo.

Me asomé a la barandilla para contestar:

—¡De tortilla!

—Vale, hija, vuelvo en un rato.

Regresé a la habitación y seguí intentando emparejar calcetines. Mi abuela se había ido a Donosti el día anterior, y mi madre y yo estábamos terminando de recoger todo para volver a Madrid esa misma tarde. Había pasado una semana desde la última noche del festival, desde la noche de la cueva. Y aunque todavía tenía puntos en la tripa y moverme era todo un reto, estaba considerablemente mejor. Mientras guardaba mis cosas en la maleta, encontré el cuaderno de notas, aquel en donde, supuestamente, iba a ir anotando todo aquello de lo que quería escribir. Vaya fracaso. Desde que había llegado al pueblo no había escrito ni una línea, ni siquiera había apuntado una triste idea para algún artículo —por no hablar de que había estado a punto de morir—. Me iba a ir fenomenal de *freelance*. Suspiré y guardé la libreta, todavía quedaba verano por delante.

El ladrido de Dalí desde el recibidor me avisó de que alguien estaba llamando al portero. Me costó una eternidad bajar las escaleras, pero antes de llegar abajo y mirar la cámara, ya sabía quién me estaba esperando en la verja de fuera. Me había despedido de todo el mundo. De todos, menos de él.

—¿Te pillo bien? —preguntó Gabriel sonriendo en la pantalla.

—Claro —respondí mientras pulsaba el botón.

Aproveché los minutos que se tardaba en recorrer el camino desde la verja exterior a la puerta de la casa para mirarme en el espejo de la entrada. Veredicto: aceptable para estar recién salida del hospital.

—¿Qué tal estás? —dijo Gabriel cuando le abrí la puerta.

—Bien, mucho mejor.

—Tienes buena cara.

Miré al suelo avergonzada y le hice un gesto para que me siguiera al salón. Aquella vez no hubo beso para saludarnos. Los dos sabíamos lo que significaba que yo me fuera a Madrid sin fecha de vuelta.

—¿No está tu madre?

—No, ha ido a despedirse de Carmen y a por unos bocadillos para el camino —contesté mientras me sentaba a su lado en el sofá.

Dejamos entre los dos una distancia prudencial. Como si fuéramos dos desconocidos. El ambiente era bastante tenso.

—Bueno, supongo que no tienes mucho tiempo, pero quería despedirme antes de que te fueras.

Le miré disimuladamente. Me pareció que estaba más guapo que nunca —puede que fuera el efecto de la despedida—. Ya no tenía ojeras bajo los ojos grises, estaba afeitado y llevaba —para variar— una camiseta negra de manga corta y vaqueros.

—Tengo un rato, me queda poco que recoger —dije por fin.

—¿Te han quitado ya los puntos?

—No, todavía los tengo. Me los quitarán en Madrid —comenté.

—Siento que todo haya salido así —afirmó.

Parecía que seguía torturándose por todo lo que había pasado, como si él tuviera la culpa de algo.

—Ya lo hemos hablado antes, no fue culpa de nadie.

Hubo un pequeño silencio. Quería decirle muchas cosas y no sabía por dónde empezar. Que le iba a echar de menos, que volvería, que me gustaba más de lo que me hubiera esperado. Que nada de aquello era su culpa.

—Te voy a echar de menos —confesó él.

No pude evitar sonreír. Se me había adelantado.

—Yo a ti también. Pero volveré.

—Lo sé, ahora estás mejor en casa. Tienes que recuperarte, todavía estás convaleciente —respondió recuperando el tono serio y oficial.

—Sí. Supongo que sí.

—No quiero molestarte más. Tengo que volver a la comisaría —dijo levantándose—. ¿Necesitas ayuda con algo? ¿Te bajo alguna maleta?

Yo me levanté también del sofá.

—No, no hace falta, *sherpa* —sonreí mientras le acompañaba de vuelta a la puerta.

Cuando me apoyé en el marco de la entrada, no pude evitar acordarme de la primera vez que nos habíamos besado. Antes de que se desatara todo, cuando el verano todavía parecía normal.

—Espero que me avises cuando vuelvas —me amenazó.

—No me atrevería a lo contrario. Tienes un arma.

—De hecho, la tengo sólo para eso —respondió entre risas.

—Te llamaré —prometí.

No me respondió. Se acercó a mí y me besó despacio. Me entraron ganas de deshacer la maleta, de quedarme, de olvidarme de mi salud mental y dedicarme a lo que fuera allí —aunque fuera a plantar patatas en la huerta— para no separarme de él. Le abracé todo lo fuerte que pude.

—*Agur*, Anne —me dijo cuando nos separamos.

Le miré alejarse como la mujer de un marino que se queda en tierra. Pero algo dentro de mí sabía que aquello no era el final, no podía serlo.

—*Agur* no, hasta luego —susurré sin que pudiera oírme.

Dalí debió de notar que estaba triste, porque no se separó de mí mientras terminaba de recoger. Lo último que guardé en la maleta fue un cristal de cuarzo rosa que me había dado Paloma cuando nos habíamos despedido. «Está cargado», me había dicho al dármelo. Después, me había tenido que aclarar que se refería a que estaba cargado de energía y que podía usarlo cuando me sintiera triste o tuviera ansiedad. También iba a echarla de menos a ella, aunque seguro que iría a visitarme pronto.

Mi madre no tardó mucho en volver con una bolsa de bocadillos de tamaño descomunal envueltos en papel de plata.

—¿Lo tenemos todo? —preguntó cuando bajó mi maleta.

—Creo que sí.

En la calle hacía un bochorno pegajoso. El cielo estaba nublado y amenazaba tormenta. Antes de montarme en el coche, eché un último vistazo a la casa. Sin la luz del sol parecía apagada, tenebrosa. Una mansión salida de una novela de terror que guardaba secretos e intrigas. Y en el fondo había algo de cierto en todo aquello. Tenía un magnetismo especial, una energía que me atraía, que me hacía soñar más vívidamente siempre que estaba allí. La miré con tristeza. Iba a echar de menos las amplias habitaciones, la luz y el jardín cuando volviera a mi zulo en La Latina.

Me volvieron a la memoria todos aquellos recuerdos de niña, los juegos, las horas buscando pasadizos secretos y contemplando las luces del pueblo desde lo alto de la torre. Por un momento me pareció que los años no hubieran pasado, que seguía siendo la misma cría sin preocupaciones que corría por las escaleras de la casa. Disfrutando del olor de la tarta de queso de mi abuela por las tardes y de los diegos por las noches. Hinchándome de orgullo cada vez que les decía a los otros niños que vivía allí, en la Casa del Mexicano. En aquella casa antigua, que guardaba miles de historias entre sus muros.

—Venga, hija, que esto es una sauna —me apremió mi madre.

Me subí en el coche y pronto nos alejamos de allí. El pueblo estaba tranquilo, como si nada hubiera pasado, a pesar de que los habitantes estaban escandalizados, porque la historia había trascendido a la prensa y todo el mundo hablaba del mismo tema. «Ya sabía yo que en esa casa pasaba algo raro» era la frase del mes.

—Ya he hablado con Gerardo y con Rogelio, van a arreglar pronto el desastre del jardín —comentó mi madre.

Mi abuela estaría contenta. Poco a poco todo volvería a la normalidad. Aunque algunas heridas tardarían en cicatrizar más que otras.

—Me alegro.

—Así estará todo listo para cuando quieras volver —dijo mi madre.

—No sé si debería volver.

Mi madre me miró de reojo mientras conducía.

—Los malos recuerdos pasan, esto no durará para siempre.

Tenía razón. Pero sentía que aquella noche del festival iba a acompañarme toda la vida, que tardaría mucho en dejar de despertarme en medio de la noche empapada de sudor después de tener pesadillas horribles.

—¿Y si no pasa?

—Hija, la vida ya es bastante complicada, intenta pensar en lo bueno.

Sabía que ella tenía experiencia en superar cosas, en olvidarlas, o por lo menos en aprender a vivir con ellas. Parecía más relajada desde que todo había salido a la luz, desde que no guardaba ningún secreto. O al menos, ninguno que yo supiera.

—Supongo que tienes razón.

—A ti te gusta estar aquí, sé que te gustan la casa y el

pueblo más que a mí. Tienes amigos, estás a gusto. Es tu sitio.

Sonreí ligeramente al recordar que unos días antes Abel me había dicho algo parecido: «Esta siempre será tu casa». Me acomodé en el asiento del copiloto y subí el volumen de la música. La letra de la canción resonó en el coche:

Tengo una chica y una pistola
Un crucero de placer
Carreteras infinitas
Y algún crimen que resolver.

Miré por la ventana, a ambos lados de la carretera se extendían los viñedos y, más adelante, campos de trigo que se mecían con el viento. Y pensé en todos los momentos buenos de aquellos días, lo que había vivido antes de que todo se volviera una locura. Supuse que, me alejara lo que me alejase, una parte de mí siempre estaría allí. Para bien o para mal, ese era mi sitio.

Y aquello no era una despedida.

Epílogo

Verano de 1978

Los primeros días fueron un infierno. Carmen casi tuvo que arrastrarla para que se alejara de la hoguera que habían prendido sobre la tumba de Anthony. Se quedó allí durante horas hasta que ella fue a buscarla en medio de la noche. Tuvo que bañarla para quitarle la tierra de la cara, del pelo. Y la acompañó durante las horas en las que no paró de llorar. Pero después, poco a poco, el mundo volvió a girar. Su vida se fue poniendo ligeramente en orden. Quizá las pastillas que le quitaba a su madre para dormir ayudaran, pero el dolor fue remitiendo y empezó a sentirse mejor. Carmen la visitaba todos los días o, por lo menos, todos los que podía. Porque después de que sus padres llegaran y descubrieran el saqueo de botellas de vino y los restos de las hogueras del jardín, la habían castigado durante semanas. Pero aun así, Carmen conseguía engatusar a su madre para entrar a verla, le llevaba Coca-Cola del bar y le hacía compañía. Sólo entre ellas podían hablar de *aquello*. De lo que había pasado.

—¿Cómo van las cosas ahí fuera? —le preguntaba Marga.

Al principio tenía miedo de que cualquier día la policía se presentara en la casa, de que alguien hiciera preguntas.

—Nada nuevo. No te preocupes, nadie sabe nada. No tienes vecinos en kilómetros —la tranquilizaba Carmen.

—Pero y si... y si alguien le busca —insistía ella.

—Nadie le buscaría aquí. Leo y los demás piensan que se fue con Eba, vieron que su coche no estaba. Deja de preocuparte.

Con el tiempo la preocupación fue desapareciendo, nadie preguntaba por Anthony. Y Marga comenzó a replantearse cosas, empezó a interesarse en hacer algo diferente con su vida. Quería ayudar a los demás. Porque dentro de ella sentía que tenía una deuda con el mundo. Que tenía una angustia a la que necesitaba dar salida de alguna forma. Dejó de apetecerle salir, y cuando se acabó el castigo, se quedaba en casa de forma voluntaria. Sus padres no daban crédito.

—Hija, yo no sé qué te ha pasado este verano, pero ¡vaya cambio! —le decía su madre sorprendida.

—Nada, *ama*, es que estoy más tranquila —respondía ella cambiando de tema.

—Bien, bien. Pues bienvenida sea la tranquilidad.

Pero la tranquilidad para Marga era una mezcla de remordimiento y miedo sumado a una constante necesidad de redención. Sin embargo, la normalidad y la rutina se fueron imponiendo. El miedo se fue diluyendo, los recuerdos fueron quedando cada vez más lejos. Se animó a salir a tomar algo, a leer más libros. Tomó la decisión de dedicar su vida a ayudar a los demás, a compensar.

—Dentro de muchos años ni nos acordaremos de esto —repetía Carmen constantemente.

Pero Marga tenía sus reservas al respecto. Estaba aprendiendo a vivir con ello, pero no creía que pudiera sacarlo nunca de su mente.

Pronto el verano llegó a su fin y se empezó a preparar para volver a Donosti. Pensaba que lejos de allí todo iría mejor, no habría recuerdos en cada esquina, no dormiría en la cama donde había pasado todo. No se podría escapar por las noches a visitar la tumba secreta de Anthony. Además, siempre le había gustado septiembre, era un mes que traía cosas buenas, traía comienzos. Y aquel año, lo necesitaba más que nunca. Necesitaba empezar de cero.

Estaba terminando de recoger su ropa cuando en la radio sonó un grupo nuevo, Los Pecos, con una canción que se llamaba *Esperanzas*. Y Marga sonrió de verdad por primera vez en mucho tiempo. Esperanzas era justo lo que ella necesitaba.

Antes de salir por la puerta y dar por terminado aquel terrible verano de 1978, miró una vez más hacia el lugar donde yacía Anthony. Al lugar donde iba a estar siempre. La casa se alzaba frente al jardín como un testigo silencioso. Y Marga se preguntó cuántas cosas habrían pasado entre aquellas paredes y, sobre todo, cuántas cosas más quedaban por pasar. Sabía que aquella historia volvería algún día, que la perseguiría para siempre. Después de todo, la gente del pueblo tenía razón: aquella casa estaba llena de fantasmas.

Agradecimientos

Dice mi abuela —que me recuerda un poco a la de Anne—
que es de bien nacido ser agradecido.

Así que, ahí voy.

Gracias a Gonzalo, por confiar en mí desde el primer
momento, por creer en esta historia y luchar por ella. A
Cova, por desvelarse conmigo, por llevarme de la mano,
por mantenerme tranquila y cabal.

A Mikel Santamaría, jefe de Comunicación de la Policía Foral de Navarra, por aguantar mis infinitas preguntas sin perder la paciencia. A Ricardo Ortega, por ser mi
antropólogo forense de cabecera y siempre un gran pro-
fesor.

A mi madre —otra vez— porque no valía con dedicarle
la novela. Por apoyarme siempre, en todo.

A Edu, por leer esta novela según salía del horno. Por confiar en ella —y en mí— más que yo misma.

A mi abuela, que me hizo creer en las brujas y me ha transmitido su amor por Navarra.

A Jon, por ser la voz de la tranquilidad y mi asesor de vinos y bodegas. A Vero, a Ana, a Vir, a todas las amigas y amigos que me han sufrido desde que empezó esta aventura.

Y, sobre todo, a vosotros, lectores. Sé que está muy dicho eso de «esto sin vosotros no sería posible», pero en este caso no puede ser más cierto. Gracias a los que seguíais mis historias desde antes, a todos los que las compartisteis y me ayudasteis a cumplir este sueño. Y también gracias a los que me acabáis de conocer. Espero que hayáis disfrutado de esta historia tanto como yo.

Y como no podía ser de otra forma... ¡nos vemos en las redes sociales!

twitter.com/nagoresuarez